danubebooks

Daniel Gräfe

Wir waren Kometen

Roman

danubebooks

Bibliografische Information der Deutschen Nationalbibliothek:
Die Deutsche Nationalbibliothek verzeichnet diese Publikation in der Deutschen Nationalbibliografie; detaillierte bibliografische Daten sind im Internet unter http://dnb.d-nb.de abrufbar.

Umschlaggestaltung	Oliver Ochmann, KKM Werbeagentur
Verlag	danube books Verlag e. K., Ulm
Druck und Bindung	DENONA d. o. o., Zagreb
ISBN	978-3-946046-41-7

Für Lola

nachbeben

eins

An diesem Junimorgen suchten wir uns ein Versteck.
Wir nahmen die S-Bahn zum Nikolassee. Schon bald vertrieb der Wind den Geruch von altem Frittenfett und verschmorten Gummi, am Ufer knirschten die Kiesel unter unseren Schritten. Das Sonnenlicht fiel in Lubas Augen, der grüne Sprenkel, der ihrem linken Auge eine weitere Farbe verlieh, erschien mir als Insel. Das Gras am Weg war schon verbrannt. Immer wieder zeigte Luba zum See, auf das wogende Schilf, wenn es ein altes Entennest oder Vögel entblößte, deren Namen ich nicht wusste. Sie wiederum kannte sie nur in ihrer rumänischen Muttersprache, die sie ungern benutzte, deshalb freute ich mich über jedes Wort, das sie mir daraus gab.
Am südlichen Ufer waren wir allein. Um uns vor dem Wind zu schützen, legten wir uns in ein verlassenes Boot, auf die morschen Planken. Lubas Haut war kalt, tief sog ich den Geruch ihres Körpers, den ich noch immer nicht benennen konnte, ein. Luba legte ihren Kopf auf meine Brust. „An welchem Fluss würdest du am liebsten leben?“, fragte sie, und ich antwortete: „Welches Gebäude in Berlin würdest du zuerst abreißen?“, während sie schon fragte: „Wolltest du als Kind von zuhause weglaufen?“
Seitdem wir uns kannten, war Fragen stellen unser Spiel, sie nicht beantworten zu müssen, gehörte dazu.
„Wenn du nicht hier aufgewachsen wärst, würdest du ein anderer sein?“
„Was würdest du für mich wagen?“
„Würdest du dich rächen, wenn du die Gesetze ändern könntest?“, fragte sie.
Über uns formten die Wolken einen bulligen Hund. Der Hund verwandelte sich in eine schiefrunde Hütte und ich

dachte, wie es wäre, mit Luba zusammenzuziehen, und wunderte mich selbst über mich, schließlich kannten wir uns erst seit vier Wochen.

Wir kletterten aus dem Boot und Luba stieg die steile Böschung hinab, hob einen Stein auf und schnippte ihn über das Wasser. Zweimal sprang er auf, dann tauchte er unter.

„Wer es dreimal schafft, darf sich etwas wünschen, es aber nicht verraten", sagte sie.

Viermal hüpfte ihr Stein über das Wasser. Lange blickte sie auf die Stelle, wo er versank. Ich selbst versuchte es ein Dutzend Mal vergeblich, meine Steine verschwanden nach einem oder zwei Aufschlägen im See. In der Ferne begann es zu grollen, die Luft kühlte sich ab. Das mit den Wünschen müsse ich noch üben, meinte Luba, schubste mich aus Spaß zum Wasser und kletterte die Böschung hoch. Ich stolperte, steckte den Stein, den ich hatte werfen wollen, in die Hosentasche und lief in meinen nassen Schuhen mit ihr und dem beginnenden Regen um die Wette.

In meiner Wohnung in der Rathenower Straße schüttelten wir uns die Tropfen wie Hunde aus den Haaren und zogen einander aus. Noch nackt setzte Luba Tee auf, und ich startete mein Netbook.

Etwas später stellte Luba den Tee neben mich und setzte sich auf meinen Schoß. Sie lächelte, sie mochte es, dass ich wieder zu schreiben begonnen hatte, seitdem ich sie kannte. Ich umfasste sie mit den Armen und suchte mit den Fingern die Tastatur hinter ihr, obwohl wir beide wussten, dass wir miteinander schlafen würden, bevor ich mit den Aufzeichnungen über unseren Ausflug fertig wäre.

*

Ich habe den Stein aufbewahrt.
Ich gehe in den Flur und nehme ihn aus der Schuhschachtel, in der ich das Wenige aus unserer gemeinsamen Zeit sammle. Leicht liegt er in meiner Hand. Der kantige Rücken. Die hellen Maserungen an seinem Bauch. Ich sehe ihn vor mir, wie er für einen kurzen Moment über den See geglitten wäre.
Ich gehe ins Wohnzimmer. Der Ficus. Das halbleere Regal, in dem mein Netbook harrt.
Ich gehe zum Dachfenster. Feiner Dunst steht über dem Stuttgarter Kessel, verbirgt den Dreck meiner Arbeit, mein Büro.
Ich stoße das Fenster auf. Die Luft riecht nach frisch gemähtem Rasen und den Hecken. Unter mir liegen Teerinseln, wo gerade noch Autos im Regen standen. Eine Plastikkrähe dreht sich auf einem der Glasbalkone, von links nach rechts und wieder zurück. Sie schüttelt den Kopf, als sei mir nichts geschehen. Als geschähe hier nie etwas.
Mit Luba konnte sich jederzeit alles verändern, ob es nun gut war oder schlecht. An manchen Abenden gehorchten mir mein Körper und Geist nicht mehr, so erschöpft war ich von unseren Wünschen und Erkundungen.
Als ich an jenem Abend den Stein auf den Nachttisch gelegt hatte, nahm sie ihn und schrieb mit einem Filzstift darauf, als Erinnerung an diesen Tag: 6. Juni 2007. Bei ihrem Nachnamen Matei setzte sie einen Akzent.
„Für dich“, sagte sie. „Jetzt bin ich Französin und nicht mehr Luba Ohneland.“
So hatte ich sie zuvor im Spaß genannt und mich geschämt, als ich ihr Gesicht gesehen hatte. Meine Bemerkung hatte sie getroffen.

Von diesem Abend an schrieb sie sich mit einem geschwungenen Strich über dem *é*. Als eröffnete ihr der richtige Akzent alle Möglichkeiten.
Ein Jahr später hatte ich Berlin über Nacht verlassen.
Hat sie mich deshalb heute angerufen?

zwei

Luba fiel mir sofort auf, als ich ihr das erste Mal begegnete. Es war vor drei Jahren, ein heißer Tag im Mai 2007. Ich sah sie durch die Scheibe einer Boutique auf dem Kurfürstendamm. Mit einer Hand strich sie behutsam an einer Reihe mit Röcken entlang, wie man einer Erinnerung nachspürt. In diesem Moment schien sie etwas zu sehen, das nur für sie da war, als könne niemand außer ihr es bemerken. Ihre Hand war sehr schmal, sie trug keinen Ring. Das schwarze Haar hatte sie mit einer Klammer nach oben gesteckt, ihre hohen Wangenknochen traten hervor. Aber es war weniger ihr Aussehen, das mir auffiel, als ihre Haltung: den Kopf erhoben, den Körper angespannt, obwohl sie in Gedanken versunken schien. Als wappnete sie sich für eine Konfrontation, die jederzeit kommen könnte.

Etwas an ihr zog mich sofort an. Ich wollte sie kennenlernen und betrat voller Adrenalin über den mir fremden Mut den Laden, als suchte ich ein Kleidungsstück in ihrer Nähe, doch sie beachtete mich auch dann nicht, als ich nur zwei Schritte entfernt neben ihr stand. Mir fielen die Marienkäfer auf ihrer roten Bluse auf, bis ich bemerkte, dass der spitze Kragen mit schwarzem Garn geflickt war.

Hinter ihr beobachtete eine junge Verkäuferin, wie Luba zu einem der Ständer mit Blusen ging. Ihr Blick wanderte dabei über Lubas Hände, zum Gesicht und zu den Schuhen, als suchte sie etwas, was ihr ein Indiz über die andere Frau gab.

Luba aber hatte auch die Blicke der Verkäuferin nicht gesehen. Sie ging zu einer Reihe mit Kostümen, hob eines gegen das Licht, hängte es zurück und wollte den Laden verlassen. Da fasste eine Hand nach ihr, ein Riese von Mann, schnell war er neben ihr aufgetaucht.

„Haben Sie nichts vergessen?“
Sofort schaute sie sich um, ob da noch jemand war, auch mich streifte jetzt ihr Blick.
Der Riese deutete auf ihre Tasche.
Luba griff den ledernen Beutel mit beiden Händen, zog den Verschluss betont langsam auf und stülpte den Beutel um: Nichts war in ihm, nur ein zerknülltes Taschentuch. Sie ließ es auf die Schuhe des Mannes fallen. Dann trat sie einen Schritt vor, ihre Schuhspitzen berührten sich, sie musterte ihn.
„Gehen Sie bitte“, sagte er.
Luba bewegte sich nicht, sie schaute dem Mann direkt ins Gesicht, als wolle sie ihn an dem schmalen Schnauzer nach unten ziehen.
„Wollen Sie sich nicht bei ihr entschuldigen?“, sagte ich, von meinen eigenen Worten überrascht.
Der Mann drehte sich zu mir. „Gehören Sie etwa dazu?“
Ich wusste nicht, was mich mehr wütend machte, sein abschätziger Blick oder der unverschämte Ton in seiner Stimme. Ich trat einen Schritt vor. „Ich sagte, sie sollten sich jetzt wohl besser entschuldigen.“
„Lass' nur“, sagte Luba. Sie hatte sich zu mir umgewandt, ohne den Ladendetektiv weiter zu beachten, und in diesem Moment fiel mir der hellgrüne Sprenkel in ihrem linken Auge auf. „Es ist ja ein Wunder, dass er überhaupt spricht.“
Sie schloss den Reißverschluss ihrer Tasche, und wir verließen zusammen das Geschäft. Unwillkürlich bogen wir beide ein paar Schritte nach links ab und mussten lachen. Mein Puls schlug schnell. Wegen des plötzlichen Hasses, den ich dem Mann gegenüber empfunden hatte; erstaunt, weil wir beide einfach zusammen weitergingen und dabei Blicke wechselten, ohne zu sprechen. Ich fasste abermals Mut: „Darf ich dich vielleicht zu einem Kaffee einladen?“

Sie trat ein paar Schritte zur Seite, setzte sich und grinste. Wir waren schon an einem Straßencafé.

*

Bei unserem zweiten Ausflug mieteten wir am Schlachtensee ein Boot. Es war heiß. Über dem Wasser flirrte vom Dunst ein feiner Film, wie Wellen in der Luft. Dinge wie diese fielen uns beiden auf oder der eine machte den anderen darauf aufmerksam. Uns kamen oft auch dieselben Worte in den Sinn. Vor allem, wenn sie uns Gelegenheiten für mehr Nähe boten wie *Grasbetten* und *Waldwinkel*. Die Natur, so fanden wir, war voller intimer Verstecke.
Ich stieß das Boot mit den Rudern vom Ufer ab, während Luba mich bat, vorsichtig zu sein, sie habe nie schwimmen gelernt. Es erschien mir wie ein Vertrauensbeweis, dass sie trotzdem mit mir aufs Wasser kam. Behutsam steuerte ich bis zur Mitte des Sees, zog die Ruder ein und wir legten uns auf die Bretter. Wir hielten die Hände gegen die Sonne und versuchten blinzelnd, sie mit den Fingern zu bewegen.
„Stell dir vor, wenn über uns keine Luft oder Sonne wäre, sondern nur klares Wasser“, sagte Luba.
„Dann wären wir völlig aufgequollen. Wir sähen aus wie Marshmallows und wären beide tot.“
Sie kniff mich. „Nein, dann würden wir uns einfach treiben lassen, alle Dinge fielen ganz leicht.“
Sie legte ihren Kopf auf meine Brust und horchte. Kurz empfand ich das Gewicht als beklemmend.
„Dein Herz schlägt stark“, sagte sie.
„Das ist nicht stark, es klingt nur hohl.“
Sie ging nicht darauf ein. „Wirst du für mich da sein?“
Für einen Moment wunderte ich mich über ihre Frage, nahm sie aber als Necken, als Liebesspiel.

„Natürlich“, antwortete ich. „Schon aus eigenem Interesse.“
Luba richtete ihren Kopf auf, zwischen den Brauen bildete sich eine schmale Falte. Sie setzte sich auf den Bootsrand und musterte mich von oben, die Sonne warf ihren Schatten auf mich.
„Wirklich?“
Ihr Körper kippte aus dem Boot, ich hörte das Platschen und schreckte hoch. Ich geriet in Panik und sprang hinterher. Ich verschluckte mich und riss die Augen unter Wasser auf, bis ich Luba unter mir sah. Im grünen Wasser erschien ihre Haut kreideweiß, ihre Haare schwebten über ihrem Kopf, sie schien schwerelos zu treiben. Mit aller Kraft zog ich sie nach oben.
Luba spuckte Wasser in meine Richtung. Lachte. Rief, dass ich ganz schön schnell sein könne, verschluckte sich dabei und lachte jetzt über sich selbst. Dann begann sie, ans Ufer zu kraulen.
Auch ich lachte, heiser und noch immer erschrocken, kletterte zurück ins Boot und ruderte zu ihr. Plötzlich erleichtert, wenngleich ich nicht so recht wusste, ob Luba mich nur necken wollte oder getestet hatte, als Liebesprobe.
Wir legten uns am Ufer ins Gras. Luba beugte sich über mich, ihre Haare berührten mein Gesicht. Sie streichelte meine Brust und ließ langsam ihre Hand über meinen Bauch und unter die Badehose gleiten. Ich hätte sie gerettet und eine Belohnung verdient, flüsterte sie und zog mir die Hose herab.
Für einen Moment hielten wir beide still. Zum ersten Mal sah Luba mich völlig nackt und damit die lange Narbe an meinem Becken. Dort, wo die kratzigen Nähte gezogen worden waren, wand sie sich in der leuchtenden Sonne wie ein blutroter Skorpion. Behutsam strich Luba die Verästelungen zwischen meinen Beckenknochen entlang, während sich meine Haut unter der Berührung ihrer

Finger zusammenzog. Luba schien jetzt in Gedanken versunken. Ich konnte gegen die Sonne ihre Augen nicht sehen, aber ihr Lächeln hatte etwas Zärtliches.
Luba bemerkte meine Gänsehaut, bedeckte die Narbe mit ihrem Shirt und legte sich neben mich. Leise fragte sie: „Was ist dir da passiert?"
Ich suchte mit meinem Mund ihren Hals, weil ich jetzt nicht über Narben sprechen wollte. Luba küsste mich auf den Kopf, lange spürten wir unseren Atem.
Schließlich antwortete ich, das sei eine etwas spezielle Geschichte, ich würde sie ein anderes Mal erzählen. Zu verletzlich fühlte ich mich in diesem Moment mit ihr und doch auf eine mir unbekannte Weise geborgen.
An diesem Abend fing ich zum ersten Mal, seitdem ich meine Stelle als Journalist verloren hatte, wieder zu schreiben an.

*

Von Anfang an mochte ich das Gefühl, dass es etwas zu entdecken gab, wenn wir uns trafen, ohne im Voraus zu wissen, was. Gleichzeitig ahnte ich, dass auch sie in mir etwas sah oder suchte, das sie vielleicht noch nicht genau benennen konnte.
An jenem Julimorgen liehen wir uns Fahrräder und radelten in Richtung Tiergarten. Blütensamen wirbelten um uns, die Luft roch nach Blättern, Abgasen und Sommer. Wir kamen an einem Trödelstand vorbei. Ich hielt und griff nach einer eingedellten Pocketkamera, ein unfassbar billiges Teil, verkratzt, die rote Farbe in ein Rosa gerieben. Ich handelte sie um zwei Euro auf drei herunter und tat so, als würde ich alles um mich herum fotografieren, als wäre ein Film eingelegt. Ich richtete die Kamera auf Fahrradfahrer, den Brunnen mit dem rissigen Goldkarpfen, auf Luba und mich.

„Da sind die Wellen, die fliegenden Fische und jetzt kommen wir", sagte ich und dachte tatsächlich an das Meer. An Salzluft, Kalkfelsen, Gischt. Luba nahm mir die Kamera aus der Hand, zielte auf mich und fuhr los.
„Worauf warten wir dann noch?"
Ich fuhr hinterher. Unterwegs stoppte Luba an einem türkischen Imbiss, sie wolle für das Picknick am Strand ein paar Weinblätter kaufen. Während sie zahlte, sah ich den bulligen Glatzkopf kommen, mehr breit als hoch, „Fortuna" in altdeutscher Schrift auf der Brust. Seine nervöse Dogge. Luba hatte nur Augen für mich. Die Weinblätter fielen herab, als sie gegen ihn stieß, die Dogge schnappte danach.
„Pass doch auf", sagte der Bullige. „Hast du keine Augen im Kopf!"
Er zog die Dogge zu sich und lief weiter in seinem breitbeinigen Schritt.
„Blind bist du ja schon. Aber gehen könntest du wenigstens noch lernen", rief Luba ihm hinterher.
Der Mann blieb stehen. Drehte sich zu Luba um. „Locker, Alte, ganz locker." Er ließ der Dogge etwas mehr Spiel, ging aber weiter, doch Luba hatte ihn schon überholt und versperrte ihm den Weg.
„Sag das nochmal."
Er schaute nur zu mir.
Das machte sie noch wütender, sie schubste ihn, er geriet nur kurz aus dem Gleichgewicht.
„Ist die durchgeknallt?" Wieder wandte er sich an mich und ignorierte Luba, die direkt vor ihm stand.
„Ganz ruhig", sagte ich, um abzuwiegeln. „Geh einfach weiter."
Da schubste Luba ihn nochmals, sagte „Macho-Arsch", nahm das Fahrrad, das neben meinem lehnte, und fuhr los, alles so schnell, dass ich ihr gerade noch folgen konnte,

als der Bullige schon vergeblich nach meinem Fahrrad griff. Ich trat so schnell wie möglich in die Pedale, hörte den Hund nach mir schnappen.
Wir bogen in den Park ab.
„Bist du verrückt?", fragte ich, als ich Luba eingeholt hatte, doch sie lachte nur und fuhr wieder voraus. Auf der schmalen Allee warfen die Bäume vor uns ihre Schatten, Luba fuhr freihändig und schrie etwas gegen den Fahrtwind, was ich nicht verstand, sie streckte ihre Arme nach oben und rief, „Mein Bauch kribbelt!", und ich lachte und schrie: „Du bist in die Nazi-Dogge verliebt!"
Luba versuchte, mit beiden Händen gegen das Licht die Dogge zu formen, doch der Schatten verwischte. Ihr gepunkteter Rock flatterte seitlich als Fahne, als der Wind ihn in die Speichen drückte.
Ich zog Luba auf, sie hatte sich das rechte Bein aufgeschürft, der Rock war an der Seite eingerissen.
Sie streifte den Dreck ab und richtete ihr Fahrrad wieder auf. „Nichts passiert", sagte sie. „Du bist wohl mein Schutzengel."
„Ich glaube, den brauchst du nun wirklich nicht."
„Was ist jetzt mit dem Meer?", fragte sie, und ich antwortete: „Riechst du es noch nicht? Wir können die Räder bis dahin schieben."
Nachdem wir lange am Meer gesessen hatten, das erst später wieder zu einem flachen Tiergarten-Teich geschrumpft war, fuhren wir nach Hause zurück. Ich hörte während der Fahrt die Wellen in meinen Ohren rauschen.
Wir machen uns die Welt, wie sie uns gefällt, dachte ich und sah Luba vor mir, wie sie mit ihrem vor Wut zitterndem Körper vor dem Nazi-Bullen stand.
Längst hatte ich mich in ihren Mut verliebt, der sich aus einer versteckten Wut zu speisen schien. Den ungeheuren Grund dahinter ahnte ich noch lange nicht. Was Luba auch

machte, tat sie ungeschützt. Mit dieser Wut in ihrem Willen lief sie in manchen Momenten Gefahr, alles mit sich zu reißen, ohne dass es ihr bewusst zu sein schien. Und doch gewann ich selbst Mut mit ihr, fast unmerklich, so wie man sich etwas borgt und vergisst, es zurückzugeben. Als ich Luba an jenem Abend leckte, schmeckte sie nach Salz. Während wir miteinander schliefen, spürte ich in ihrer Zärtlichkeit noch die Wut jenes Nachmittags. Sie hatte mich zu fest ins Ohr gebissen, dass es leicht blutete, aber das, und dass ich im Spiel zurück biss, bemerkte sie nicht. Danach aber, als ihre Wut völlig verflogen war, hatte sie etwas Verwundbares. So wie wir umschlungen lagen, traute ich mich kaum, mich zu bewegen, als könnte ich sie verletzen.

*

Acht Wochen lang kannten wir uns, als Luba ihr Skizzenheft das erste Mal vor sich auf die vertrocknete Erde am Nikolassee legte. Sie griff den Stift ganz an der Spitze, ihre Fingerkuppen, der Handballen bewegten sich mit über das Blatt, so wie jemand beim Gehen mit den Schuhen über das Pflaster schleift, nur war es ein völlig konzentriertes Schleifen. Ihre Fingerkuppen färbten sich vom festen Griff rot, als habe sie Angst, man könne ihr den Stift wegnehmen. Es entsprach nicht ihren eleganten Bewegungen, wenn sie beim Reden mit den Händen Bilder in die Luft malte.

Sie habe als Kind schon gezeichnet, erklärte sie, als wir abends zur S-Bahn zurückgingen. Gleich nach ihrer Ankunft in Berlin habe sie an der Hochschule der Bildenden Künste einige Semester Grafikdesign studiert. Genau ein Jahr, nachdem sie aus ihrer Heimatstadt Giurgiu im Süden Rumäniens nach Berlin gekommen sei. Sie habe das

Studium aber nach drei Semestern abbrechen müssen, des Geldes wegen. Darüber rede sie aber nicht gerne, sagte sie und wir stiegen in die Bahn.

Luba zeichnete in den Wochen und Monaten darauf immer auf dieselbe Art. Unscheinbare Dinge dienten ihr als Motive: Ein Käfer, der sich aus der Erde schob. Das Kabelgewirr in unserem Stromschacht. Ausschnitte von Händen, die sich an den Griffen einer U-Bahn hielten. Wenn sie zeichnete, sah auch ich anders auf die Dinge. Betrachtete ich das Kabelgewirr auf ihrem Blatt, erinnerte es mich an die Blut- und Nervenbahnen einer geöffneten Brust. Obwohl ihre Zeichnungen konkret waren, hatten sie doch nie etwas Eindeutiges. Ich überlegte mir, ob das, was sie skizziert hatte, mit den Aufzeichnungen übereinstimmte, die ich nach unseren Ausflügen anfertigte. Nichts schien zu passen. In diesen Momenten fühlte ich mich ihr ganz nah.

Zu ihren Skizzen hatte sie eine pragmatische Beziehung, als dienten sie ihr nur dem Zweck des Zeichens selbst. Nach dem letzten Strich faltete sie das Papier und schob es unter den Kies, in eine Stuhlritze oder was sie sonst gerade fand.

Einmal fragte ich sie, warum sie keine ihrer Zeichnungen aufbewahre. Sie zögerte mit ihrer Antwort. Sie bräuchte erst noch die Voraussetzungen dazu. Bis dahin hätten die Zeichnungen für sie keine Bedeutung. Sie sagte, dass man nicht immer über alles reden müsse, und bat mich stattdessen, ihr etwas zu erzählen, wie so oft, wenn sie eine Skizze zerknüllt und weggesteckt hatte. Dass ich erzählte, wenn sie nicht reden wollte, Geschichten erfand, die sie dann weiterspann, wurde so zu unserem kleinen Ritual.

Sie mochte von Anfang an meine Fantasie. Erzählte ich ihr etwas aus meinem Alltag oder von früher, lachte sie oft an Stellen, an denen ich es nicht erwartet hatte. Und weil ich mit ihr lachte, fiel mir selbst nicht mehr ein, was ich soeben erzählt hatte, denn wenn ich erzählte, verschwammen oft die Grenzen zwischen dem Erlebten und unserer Imagination. Luba sagte, wenn wir erzählten, von früher oder erfundene Geschichten, fühle sie sich wie auf einer Reise. Oft führte sie die Erzählung weiter mit Geschichten und Worten, von denen ich nie sagen konnte, ob sie erfunden waren oder nicht.

Sie sagte auch, wenn wir erfänden, seien dies Möglichkeiten, die nicht genutzt worden waren, aber man nur ergreifen müsse.

An einem unserer Nachmittage nannte sie mich mutig. Dass ich sie bei unserer ersten Begegnung vor dem Ladendetektiv verteidigt habe, rechne sie mir hoch an. Obwohl sie nicht mehr nach meiner Narbe gefragt hatte, dachte ich, dass sie auch diese für ein Zeichen meiner Courage hielt: Dass sie für einen Unfall oder einen Schicksalsschlag stand, der mich hatte stark werden lassen. Ich wollte ihr die Illusion nicht rauben, die mich in ihren Augen jemand sein ließ, den auch ich mochte.

So verbrachten wir diese Wochen meist mit unseren Ausflügen, zeichnend und den Tag notierend, stellten uns Fragen, machten einander Komplimente oder erzählten von unseren Wünschen. Über Fakten sprachen wir nur wenig, als passten sie nicht zu zwei Verliebten, zumindest nicht in dieser Phase.

Lubas Vergangenheit kannte ich kaum. Mir war aufgefallen, dass sie es mied, von ihren Eltern zu erzählen und dass vor allem die Beziehung zu ihrem Vater offenbar schlecht war. Ich wusste, dass sie an Weihnachten 1989 in Giurgiu als Zwölfjährige die Bilder des toten Diktators Ceaușescu im Fernsehen gesehen hatte – Bilder, wie ich sie zur selben Zeit in Backnang empfing. Sie hatte erwähnt, dass sie

1996 am Tag nach ihrem Abitur mit nur zwei Koffern nach Deutschland aufgebrochen war, weil sie es in Rumänien nicht mehr ausgehalten hatte. Zur gleichen Zeit hatte ich meinen Zivildienst in jenem Krankenhaus begonnen, in dem sie mich zuvor zusammengeflickt hatten. Über die folgenden zehn Jahre erfuhr ich nur, dass Luba Schulden aufgenommen und einige Jahre in einem italienischen Restaurant gejobbt hatte. Auch als Übersetzerin hatte sie gearbeitet und kurz für einen Import-Export-Shop.

Was mich dabei am meisten faszinierte, war, wie viele Sprachen sie in dieser Zeit gelernt und welch ein unglaubliches Gehör sie für Töne und Melodien hatte. Ihr Deutsch war perfekt, nur ihre Aussprache klang etwas weicher als die der Berliner, zum Glück. Neben Rumänisch war Luba mit Bulgarisch groß geworden, weil ihr Vater ursprünglich aus Ruse stammte. Das Englisch und Französisch ihrer Schulzeit musste sie in ihren Jobs verbessert haben. Italienisch aber war ihre Lieblingssprache, ich vermochte ihre Aussprache nicht von der einer Einheimischen zu unterscheiden. Sie habe es sich schon früh alleine beigebracht, sagte sie, am Radio, ohne mir die näheren Umstände zu verraten, selbst dann nicht, als ich sie ein zweites Mal danach fragte.

In diesem Moment hegte ich erstmals den Verdacht, dass Luba sich in all ihre Sprachen geflüchtet hatte, um das Rumänische zu vergessen, als solle sie nichts an das Land ihrer Kindheit erinnern.

drei

Der Ort, an dem ich mehr aus ihrem vergangenen Leben erfahren wollte und damit, wie ich glaubte, auch über unsere gemeinsame Zukunft, lag am Rande von Berlin. Es war Mitte August. Den Hügel hatte ich auf Google Earth entdeckt, als ich nach einem abgeschiedenen Flecken geschaut hatte, der uns noch unbekannt war. Auf den Satellitenaufnahmen wirkte er wie ein auf Beton gestrandeter grüner Wal und grenzte an einen Teich, wo die Werbeeinblendung einen Bootsverleih verhieß.

Es dauerte nicht lange, bis wir den Wal erklommen hatten und mit den Beinen durch das hüfthohe Gras pflügten, das auf seinem schuppigen Rücken spross. Luba sprach wenig, sie spürte, dass ich etwas vorhatte. Ihr Argwohn verschwand erst, als ich auf unserer Decke die Kichererbsenbällchen und Datteln im Speckmantel ausbreitete, die ich vorbereitet hatte. Jetzt sah es doch wie ein Sommer-Picknick aus. Wir saßen vom Weg aus unsichtbar auf unserer Lichtung und fütterten uns lange. Luba drückte mich im Spiel nach hinten und wollte sich auf mich legen.

„Warte", sagte ich. „Ich wollte dich etwas fragen."

Sie richtete sich auf.

„Ich wollte dir einen Tausch vorschlagen, wir tauschen eine Geschichte, eine reale."

„Reale Geschichten sind langweilig, abgelehnt", sagte sie, drehte sich demonstrativ von mir weg und, nachdem ich nichts mehr gesagt hatte, wieder mir zu. „Na gut, dann mach schon."

Ich wollte sie nicht aushorchen, eigentlich. Ich dachte, dass Luba sich auch mir öffnen würde, wenn ich von dem

erzählte, über das ich sonst nicht sprach. Etwa, dass ich als Journalist gearbeitet hatte.
Wie gern ich las, wusste sie bereits, mein Vater hatte mich schon mit fünf dazu gebracht, weil ich nicht mehr den Kindergarten besuchen wollte. Ich hatte ihr auch über meinen besten Freund erzählt, den ich in jener Zeit in einem der Bücher kennengelernt hatte und der für mich bis zum Schulbeginn wie real erschien. Sie wusste, dass ich kurze Geschichten aufgeschrieben hatte.
All das lag lange zurück. Drei Monate, erzählte ich jetzt, dauerte mein Volontariat, als ich für einen Reisebericht nach Marokko durfte. Die Reise zahlte das marokkanische Touristenbüro.
Nie war ich so weit, nie zuvor in ein islamisches Land gereist. Als ich in Agadir aus dem Flieger stieg, um den Bus nach Essaouira zu nehmen, änderte sich die Luft – oder ich mich. Gierig nahm ich die Gerüche und mir fremden Stimmen auf. Wie ein Kind verspürte ich den Drang, alles, was ich sah, anzufassen.
Schon an meinem ersten Tag befragte ich mit Händen, Füßen und etwas Französisch die Händler stundenlang über die Fischerei und lief in der Nähe des Marktes die glitschigen, stinkenden Wege ab. Vor einem winzigen Café schrieb ich meine Eindrücke auf. Ich konnte nicht mehr aufhören, ich beobachtete und notierte. Dabei fühlte es sich an, als ob ich auch ein Stück von meinem eigenen Leben mit aufschriebe, das ich noch nicht gelebt hatte.
Am Anfang stand das Bild eines umgeworfenen Fischkarrens, der den Verkehr blockierte, mit Männern, die mit schwieligen Händen aufeinander losgingen und sich nach dem Streit umarmten. Meine Geschichte begann mit Kindern, die mich, den Eindringling, begafften, und einem Jungen, der mir als Mutprobe die Hälfte meines Croissants klaute. Mit der staubigen Luft, die sich mit dem Geruch von

Fisch und Minze mischte. Von meinem Privileg, hier sein und nur beobachten, schreiben zu dürfen und mir nicht die Hände schwielig schuften zu müssen. Ich zog die Füße ein, weil der Alte aus dem Café mit einem Kübel Wasser die Fischreste wegschwemmte, während ich schrieb. Ich blickte in die Gesichter um mich herum: staunend, verkniffen und gelöst, mit pfeifenden, kauenden und manchmal mit den von Lücken erzählenden Mündern. Wie ein Hofnarr fühlte ich mich in diesem Moment, der den Thron stibitzt und nach draußen geschleift hatte, so saß ich auf meinem zerkratzten Plastikstuhl, staunend und ein wenig anmaßend.

Am nächsten Tag, als ich mich auf der Suche nach einem Frühstück durch die Gassen treiben ließ und mich dabei immer weiter vom Zentrum entfernt hatte, trat ein schmächtiger Mann aus einer Seitengasse. Er hatte struppige, graue Haare, aber ein glattes Gesicht.

„Bonjour. Ich habe Sie gestern auf der Straße gesehen. Die Leute haben über Sie geredet“, sagte er in fließendem Französisch und lachte. „Nicht, was Sie denken – es war im Guten. Sie haben Spaß gemacht, wir hätten schon wieder einen neuen Schriftsteller im Quartier.“

Er führte mich eine Gasse weiter zu einem Café mit zwei Tischen und einigen Stühlen, das im Grunde genommen die Verlängerung einer Küche mit ihrem Steinofen war. Er stellte eine Messingkanne auf den Herd und goss im hohen Bogen das kochende Wasser in zwei Gläser voller Minze. Er füllte sie zu einem Drittel mit Zucker und schob mir eines mit dem Handrücken über den Tisch zu mir.

„Sie mögen unser Land.“

„Ich bin erst seit zwei Tagen hier.“

„Das macht nichts. Es kommt nicht auf die Länge der Zeit an. Nie.“

Wir schwiegen, bis wir den Tee ausgetrunken hatten. Dann

sagte der Alte leise etwas auf Arabisch, halb zu mir, halb zu sich selbst. Er schaute dabei die Kanne, mich, den Herd an, die sich lustlos auf dem Nachbarsdach drehende Wäsche. Mir war es nicht unangenehm. Ich konzentrierte mich auf den Geruch der verbrannten Kohle, auf das fast unmerkliche Glockenbimmeln, das von einer der Ziegen kam.
Bis zur Verabschiedung sprachen wir nicht mehr miteinander.
Ich ließ mich weiter durch die Gassen der Altstadt treiben und verfasste in meiner Pension die Reportage. Die Episode mit dem Alten beschrieb ich nicht.
Noch vor dem Rückflug mailte ich den Text in die Redaktion nach Tübingen.
Nach meiner Heimkehr bat mich der Chefredakteur in sein Zimmer. Die ausgedruckte Reportage hatte er auf seinem zu großen Tisch ausgebreitet. Auf jeder Seite hatte er ganze Passagen gestrichen. „Viel zu lang, viel zu umständlich. Wir brauchen Tipps, nicht ihre Gedanken. Oder wollen Sie jetzt lieber Dichter werden?“ Dann nannte er mir die Termine für die kommenden Wochen: Feuerwehrfeste, Stadtratssitzungen, goldene Hochzeiten.
An jenem Abend kam ich spät aus der Redaktion nach Hause. Ich betrachtete ein letztes Mal die Bilder aus Essaouira, doch ich sah nur Menschenmengen, den Staub, den Müll. Ich roch nichts mehr davon, unterschied keine Gesichter.
In den Wochen und Monaten darauf wurden meine Worte nüchterner und die Sätze kürzer. Mit der Kürze nahm der Abstand zu ihnen zu. Die Wörter wurden mir so fremd, wie sie mir zuletzt vor meinem Unfall erschienen waren.
Luba war mir aufmerksam gefolgt, wie ich die Dinge beim Erzählen zu greifen versucht hatte, den Staub, das Croissant, wie ich unwillkürlich die Füße eingezogen hatte, als wäre der Hügel ein fischiger Abhang. Die Geschichte bedeutete mir etwas, denn ich hatte damals das Gefühl

gehabt, dass das, was ich geschrieben hatte, gar nicht gelesen worden war. Dass ich nur wiederholen sollte, was andere zu wissen glaubten. Dass es Luba genauso ergehen musste.
So, wie sie mich aber anschaute, verfehlte ich meine Wirkung. „Warum lässt du dir die Sprache verbieten, was soll das? Warum bist du bei dieser Zeitung geblieben?"
Sie wollte mich damit nicht verletzen, das wusste ich, sie wollte es nur wissen. Einen Unterschied machte es nicht. Ich schämte mich, dass ich mich damals nicht gewehrt hatte. Dass ich hätte widersprechen können, ohne um meine Stelle bangen zu müssen, während Luba sich mit Hilfsjobs über Wasser gehalten hatte.
Luba rückte näher zu mir.
„Sorry, wir müssen alle irgendwie Geld verdienen. Ich sagte ja, reale Geschichten sind langweilig."
Wir schwiegen und schauten lange den Gleitschirmfliegern zu. Wie Flöhe versuchten sie immer wieder den Sprung.
„Weißt du", fuhr sie leise fort. „Ich musste gerade daran denken, welche Möglichkeiten du gehabt hast, und das schon als Kind. Meine Kindheit war nicht besonders einfach. Meine Geschichte ist auch nicht so glatt gelaufen wie deine."
Sie habe wenig gelesen und kaum Bücher besessen – und deshalb wohl keine geheimen Bücherfreunde getroffen, sagte sie. „Aber ich kannte in meiner Heimatstadt ein Versteck, und es war real."
Sie hatte es am Tag nach ihrem neunten Geburtstag an der Donau am Stadtrand von Giurgiu entdeckt, in den Büschen. Es roch nach nassem Gras und Mäusekot, erzählte sie. Manchmal roch es auch nach verbranntem Holz, wenn jemand am Ufer Feuer entfacht hatte. Luba sammelte Federn und Steine und zeichnete: Raben. Tauben. Die Autos

und Pferdekarren am anderen Ufer, in Ruse, in Bulgarien. Die Leute dort waren mit bloßem Auge zu sehen. Sie stellte sich vor, wohin die Schiffe fuhren, was sie in ihrem Innern geladen hatten. Wie gerne wäre sie aufgesprungen und mitgefahren.

Das Versteck war nicht weit von ihrem Schulweg, hinter den Feldern. Oft lief sie nach der Schule einen Umweg, um kurz nachzuschauen, nur für das letzte Stück kehrte sie über die Felder wieder zur Straße zurück. Sie stellte sich vor, ihr Weg führe sie durch ein anderes Land. Die Kiesel auf dem Feldweg verwandelten sich in Muscheln. Sie stellte sich vor, dass der Raps jetzt am Meer wachsen würde, und wenn sie durch ihn hindurchginge, verwandelte er sich in Schilf.

Ihre Eltern mochten nicht, wenn sie spät nach Hause kam und sie nicht wussten, wo sie gewesen war.

„Wenn du so weitermachst, kennen dich bald alle Leute in der Stadt", sagte ihre Mutter.

„Was ist so schlimm daran?"

„Du kannst den Leuten nicht trauen", antwortete ihr Vater. „Sie sind nicht so, wie du denkst." Er behauptete auch, dass ihr Nachbar Luba gesehen habe, am anderen Ende der Stadt. Aber das stimmte nicht. Ihr Vater wollte nur herausfinden, wo sie tatsächlich gewesen war. Am liebsten war ihm, wenn sie in ihrem Zimmer las oder im Flur spielte.

Er war strenger als ihre Mutter und ernst. Luba sah ihn oft mit dem Rektor der Schule reden, manchmal mit dem Bürgermeister, mit ihr selbst sprach er nicht viel. Ihre Mutter sagte dann, er sei eben ehrgeizig. Vielleicht musste er so sein als Volkspolizist, doch es gefiel Luba nicht. Manchmal, wenn ihre Mutter einen langen Rock trug, schlüpfte sie darunter, bei ihr fühlte sie sich wohl.

Meistens ging sie aber heimlich in den winzigen Schuppen im Hof und beobachte durch die Holzspalten die Vögel auf

den Feldern. Dort fand sie das rostige Radio, zum ersten Mal hörte sie einen italienischen Sender. Die Leute klangen fröhlicher und unbeschwerter als in ihrem Heimatort, geradeso, als würden sie Eis essen.
Sie sprach ihre Worte nach, Tag für Tag. Entdeckte eine Kindersendung. Verstand immer mehr.
Sie fragte ihre Eltern, ob sie im Urlaub nach Italien fahren könnten. Ihre misstrauischen Blicke ...
„Wie kommst du nur darauf?“, fragte ihre Mutter. Sie solle nicht mehr über Italien reden. Sie solle überhaupt über keine anderen Länder erzählen. Und ihr Vater sagte: „Wenn dich jemand fragt, bist du zufrieden. Was ist nur los mit dir, dass du so sprichst?“
Sie lauschte an diesem Tag, wie die Eltern sich spät abends in der Küche unterhielten: „Sie trägt ihr Herz eben auf der Zunge“, sagte ihre Mutter. Und ihr Vater: „Das Herz gehört hinter die Rippen und nirgendwo anders hin.“
Kaufte sie jetzt mit der Mutter ein, sagte diese, sie solle ihre Fragen für zuhause aufheben. Draußen durfte sie auch nicht über Ceaușescu reden oder über den Beruf des Vaters, dabei sagte die Mutter, er sei nur ein normaler Polizist. Drinnen verboten die Eltern nichts. Sie aber wollte sich auch draußen nicht verstellen. Die Leute erzählten doch: Was sie nicht kaufen konnten, welcher Arzt für einen Behandlungstermin Eier und wer Schnaps mochte. Und sie machten Witze über Ceaușescu.
„Ich war doch nur ein Kind.“

Den Satz hatte sie an mich gerichtet, als müsste ich wissen, wie es war.
Dann schwieg sie, ihr Körper war angespannt. Ich versuchte, mir all das vorzustellen. Ich schaute auf die Hochhäuser am Horizont, wie sie sich zu Quadraten gruppierten, hinter ihnen schmale, rauchende Schlote, das flache Land

dahinter verschwand im Dunst. Am Rand der Stadt entstand Lubas Zimmer, die umliegenden Felder, der Kiesweg nahe der Schule. Ich sah, wie sie im Schuppen saß und das Radio an ihr Ohr hielt, als Luba neben mir wieder zu erzählen begann: Wie sie sich wieder und wieder geärgert hatte, weil sie seit Tagen so viele Programme über Ceaușescu empfing, der 68. Geburtstag des *Conducător* nahte.

An diesem Wintermorgen hatte Luba wie alle in der Schule ein Gedicht zu seinen Ehren aufgesagt, doch sie mochte es nicht, sie wünschte sich andere Gedichte und Lieder. Die Bilder in der Schule, die Ceaușescus Namen trugen, waren grau und alt wie jenes Foto zuhause im Flur. Als Luba von der Schule kam, saßen ihre Eltern im Wohnzimmer, und mit ihnen Ceaușescu. Sie hörten auf jedes seiner Worte, es nervte Luba, sie wurde wütend.

Sie stellte sich vor den Fernseher und zog mit den Fingern ihre Ohren nach außen, runzelte die Stirn. Sie flatterte mit den Händen, sie imitierte Ceaușescus stechenden Blick, schlug mit der rechten Hand in der Luft auf und ab.

„Geh aus dem Bild“, sagte der Vater.

„Ceaușescu nuschelt. Und er spricht immer so ko-ho-homisch.“

„Sei ruhig“, sagte der Vater.

Da griff sie sich ans Herz und kippte um. „Ceaușescu geht es schlecht“, flüsterte sie und wand sich am Boden. „Gleich stirbt er. Er hat das Rattengift in unserem Hof gegessen.“

Die Mutter zog die Vorhänge zu, der Vater packte Luba und zog sie vom Fernseher weg zur Couch. Er legte sie aufs Knie und schlug sie.

„Lass jetzt“, sagte ihre Mutter, „das reicht.“ Und zu Luba: „Sprich nicht von Ceaușescu. Sprich endlich über normale Dinge.“

„Aber ich habe doch nur im Haus über Ceaușescu gesprochen.“

Da holte die Mutter aus.
Den Rest des Tages und den Tag darauf musste Luba in ihrem Zimmer bleiben.
Durch das geöffnete Fenster konnte sie ihre Nachbarin hören. Sie saß auf der Bank im Hof mit ihren schlohweißen Haaren, tiefe Furchen zogen sich über ihr Gesicht. Sie hatte die Beine angezogen wie ein Kind. Sie sang: *„Ich bin aus einem Ei geschlüpft, mein Vater die Krähe, meine Mutter die Amsel, als Zilpzalp singe ich mein Lied."*
Luba summte jetzt die Melodie. Ich war so Teil der Geschichte geworden, dass ich es erst nach einiger Zeit bemerkte. Hatte ich die Melodie nicht schon gehört?
„Meine Eltern haben mich bis zum Ende des Schuljahres nicht mehr aus den Augen gelassen", fuhr Luba fort. „Ich habe immer wieder diese Melodie gesungen. Auf dem Weg zur Schule. Bei den Hausaufgaben, nachdem ich die Tür verschlossen hatte. Und weißt du was? In diesen Momenten wollte ich lieber gegen die Decke fliegen, als das Kind meiner Eltern sein."
Ich umarmte sie. Streichelte sie, während Lubas Haut sich zusammenzog und sich rauer anfühlte. Die zwei Gleitschirmflieger vor uns hatten ihre Ausrüstung wieder zusammengepackt, weit waren sie nicht gesprungen.
„Aber die Sache mit Ceaușescu hatte auch etwas Gutes. In den Sommerferien fuhr ich mit meiner Familie zum ersten Mal weiter weg. Es war Mamas Idee, ich habe es gehört, wie sie meinen Vater dazu überredete. *Weit weg von allem. Ich solle mich einmal richtig austoben. Kaum einer sei dort.* Meine Eltern wollten mich vor dem neuen Schuljahr wohl auf andere Gedanken bringen."
Einen Tag dauerte die Fahrt in ihrem Dacia von Giurgiu bis ins Donaudelta. In Tulcea stiegen sie in ein Boot, und Luba ließ ihre ausgestreckten Arme durchs Schilf gleiten. Am nächsten Morgen fuhren sie bis ans Schwarze Meer,

der Motor des Fischerbootes stieß seine rußigen Abgase aus. Der Himmel spiegelte sich im Wasser, der Horizont versank darin, jetzt fühlte sie sich Zuhause.
Auf dem Campingplatz ritzte Luba Vögel in die Bäume, sang ihr Lied, schrie ihren Namen in den Wind. Dass ihr Vater schimpfte, war ihr hier egal, sie fühlte sich sicher und frei. „Wir sind jetzt am Ende der Welt. Wer kann uns schon hören?"
Er ließ sie noch einmal gewähren.
Ich hatte Lubas Wut, ja den Hass auf Ceaușescu gespürt, auf ihren Vater. Das Auf und Ab ihres Brustkorbs, während ich ihren verschwitzten Rücken streichelte. All das hatte meinen Ärger auf sie geschluckt.
Ihr Atem beruhigte sich.
„So glücklich wie in diesem Sommer war ich in Rumänien nie wieder."
Ich küsste sie, froh über das vermeintlich gute Ende der Geschichte, das sie wieder zu mir führte. Noch immer sah ich das Delta vor mir.
„Ich würde gerne einmal deine Heimat kennenlernen. Zeigst du sie mir?"
Lubas Brustkorb bewegte sich nicht.
„Es ist nicht mein Land", sagte sie und löste sich aus meinem Griff. „Hast du mir nicht zugehört? Ich dachte, du hättest mich verstanden."
Sie stand auf und packte die Reste des Picknicks zusammen.
Schweigend stiegen wir den Hügel hinab.
Meine Idee, Geschichten zu tauschen, bereute ich jetzt. Mir war sofort klar, dass Luba künftig noch weniger von ihrer Kindheit, von ihrem Leben in Rumänien erzählen würde.
Kurz blieben wir an dem verwitterten Bootshaus stehen und schauten auf das von den Algen verfärbte Wasser. Ein

Boot löste sich im aufkommenden Wind vom Ufer und trieb ans Ende des Teichs. Wir warteten beide, dass der andere etwas sagte, bis sich das Boot langsam zu drehen begann, wie in einem verborgenen Strudel.

vier

Als wir am Tag darauf frühstückten, entschlossen wir uns spontan, auf dem Kurfürstendamm bummeln zu gehen. Instinktiv wollten wir die Erlebnisse unseres Picknicks hinter uns lassen.

Luba verbrachte lange Zeit im Bad. Als sie zu mir in die Küche kam, hatte sie sich geschminkt und trug einen schwarzen Rock und ihre bordeauxfarbene Weste. Auch ich hatte ein Hemd und meine Lieblingsjeans angezogen.

„Willst du so gehen?"

Luba zeigte auf meine Hosenbeine, die auf Höhe der Oberschenkel eingerissen waren.

Ich ignorierte die Frage, nahm den übriggebliebenen Kaffee von der Anrichte und trank.

„Denkst du dabei auch an mich?"

„Das sind meine Lieblingsjeans."

„Erinnerst du dich nicht mehr, dass sie mich aus der Boutique jagen wollten?"

Natürlich tat ich das. Ich sah Luba wieder vor mir, die sorgfältig geflickte Bluse, die neidische Verkäuferin. Den Detektiv.

„Kapiert", sagte ich, denn ich wusste jetzt, worauf sie hinauswollte: Ich konnte mit einer zerrissenen Jeans herumlaufen, ohne dass jemand dabei dachte, dass ich nicht auf mich achtete, dass ich arm war. Dass ich vielleicht so arm war, um in einem Laden, der schicker war als ich, zu stehlen.

„Ich dachte, wir gehören zusammen."

„Wir müssen deshalb doch nicht gleich aussehen", sagte ich.

Statt zu bummeln, blieben wir zu Hause.

Luba hatte sich mit ihrem Skizzenblock auf den Holzboden gesetzt.

Ich saß vor meinem Netbook und tat so, als würde ich schreiben, beobachtete sie aber heimlich.
Ich erinnerte mich an den Vortag.
Ich hatte gedacht, dass all das, was ich an Luba noch nicht verstand, sich mit der Zeit fügen würde, auch durch unsere Geschichten. Anstatt die Gegenwart mit der Vergangenheit zu erklären, hatten wir das Vergangene nur wieder aufgerissen. Ich ahnte jetzt, dass meine Geschichte Luba daran erinnert hatte, welche Möglichkeiten sie nie gehabt hatte. Dass sie diese an meiner Stelle genutzt hätte, dass es ungerecht war.
Luba skizzierte das Muster des Parketts. Sie nahm jetzt nichts mehr um sich herum wahr.
Ich stellte mir vor, wie sie als Mädchen gezeichnet hatte. Dass sie einst aufmüpfiger gewesen war, heiterer, risikofreudig. Dass das, was manchmal bei Luba hindurchschien, nur ein Aufleuchten von früher war.

In den Tagen darauf sprachen wir weder über unseren gescheiterten Einkaufsbummel noch über das Picknick.
Unsere Fragen waren jetzt gewöhnlicher:
Willst du heute Abend kochen – oder soll ich?
Könntest du das Buch abholen?
Willst du nicht doch deine Jeans flicken?
Luba fragte mich auch, ob ich ihr etwas Geld leihen könne. Ich wusste, dass sie einen Kredit aufgenommen hatte, nachdem sie nach Deutschland gekommen war. Seitdem waren ihre Schulden auch wegen der Zinsen Jahr für Jahr gestiegen, wie hoch, hatte sie mir nicht verraten.
Ich bot ihr an, einen Teil Ihrer Schulden zu begleichen. „Ich komme aus Schwaben. Da schenkt man einer Bank keine Zinsen." Ich hätte Geld gespart, sagte ich und verschwieg, dass es nur wenige Tausend Euro waren.
Doch Luba lehnte mein Angebot ab. Etwas Geld durfte ich

ihr nur leihen, nachdem ich versprochen hatte, alles von ihr zurückzufordern.
Mir gefiel ihr Stolz, auch wenn er sie manchmal an einem normaleren Leben zu hindern schien. Luba hatte etwas Dickköpfiges, wie ich es von meiner Heimat kannte.
Wegen des Geldes begrenzten wir unsere Ausflüge auf die Wochenenden und nutzten dafür die S-Bahn. In der übrigen Zeit kümmerten wir uns um unsere Bewerbungen. Auch deshalb fühlte sich unsere Beziehung weniger leicht an, dafür aber realer. Zumindest redete ich mir das ein.

*

Im Oktober fanden wir beide einen Job. Luba konnte sechs Stunden täglich in einem Call Center in Pankow arbeiten, zumindest für ein Jahr. Es war nicht, was sie gesucht hatte, aber vielleicht würde es reichen, dass sie ihre Schulden beglich. Die Kunden kamen aus aller Welt und boten zumindest sprachlich etwas Abwechslung.
Kurz darauf stieß ich auf das Praktikum in der Werbeagentur. Das Angebot klebte an einem Laternenpfahl im Prenzlauer Berg, die Telefonnummern zum Abreißen.
„Immerhin kann ich etwas Kreatives machen, sie haben gesagt, die Chancen, dass sie mich danach übernehmen, sind gut", sagte ich nach meinem Vorstellungsgespräch zu Luba, obwohl ich den Zusicherungen misstraute.
Von meinem Plan hielt Luba nicht viel. Sie verstehe mich, meinte sie – von Slogans und falschen Versprechungen habe sie als Kind aber schon zur Genüge gehört.
Ich sagte ihr, das sei für eine Übergangszeit, dass ich später wieder als Journalist arbeiten könnte, bei einer größeren Zeitung als früher, und lenkte das Gespräch auf sie: Warum sie nicht versuche, ihr Grafikstudium fortzusetzen?
Wie sie das finanzieren solle?

Am Ende meiner ersten Woche in der Werbeagentur lud mich Jan zu einer Feier ein. Er stammte aus Recklinghausen, hatte in Berlin Design studiert und betonte immerzu, wie billig die Wohnungen in Friedrichshain seien. Er liebte Retro-Chic und trug Hemden mit Karo-Mustern. Ich mochte ihn nicht besonders, sah es aber als eine passende Gelegenheit, mich mit den anderen Kollegen zu vernetzen. Ich sagte Luba, dass ihr die Feier nicht gefallen würde, weil es so ein Arbeitsding sei. Sie wollte trotzdem mit.
Schon als Jan die Tür öffnete, beschlich mich ein schlechtes Gefühl. Mir war jetzt klar, was er mit Retro meinte. Ein Bild von Honecker hing im Flur, daneben das eines goldenen Buddhas. In den Küchenregalen standen Badusan-Schweinchen, eine leere Flasche Lauterbacher Magenbitter, Pittiplatsch und Schnatterinchen. Auf dem Tisch lag ein aufgeschlagenes Jugendweihe-Buch, das einem Andreas gehört hatte. All das war willkürlich zusammengekauft und diente offensichtlich nur der Show.
Jan führte uns ins Wohnzimmer, das wie ein normales Wohnzimmer wirkte – abgesehen von den orangefarbenen Stehlampen und Nierentischen. Auf einem Beistelltisch in der Ecke standen ein Stern-Recorder und ein alter Plattenspieler, Marschmusik leierte in den Raum, offensichtlich war es ironisch gemeint.
Wir waren früh da. Zwei Männer in Pullundern und mit Hornbrillen, die ich nur flüchtig aus der Agentur kannte, fläzten sich in den Sesseln, als hätte Jan auch sie arrangiert. Lubas Blicke glitten zwischen dem Krimskrams und den Gästen hin und her.
„Hallo, wie heißt du? Machst du auch Marketing?“, fragte einer der beiden. Luba antwortete nicht.
„Und wer ist das?“, fragte sie stattdessen und zeigte auf ein Ulbricht-Bild an der Wand, sie wollte den Pullunder testen.

„Weiß nicht", sagte der. „Aber das Bärtchen ist cool, nicht? Ich bin Ben, Grafiker."
Jan schenkte uns Sekt ein, Luba wäre am liebsten sofort wieder gegangen.
„Was soll das?", flüsterte sie zu mir. „Was sind das für Typen?"
„Ich kenne sie doch auch nicht, frag' sie doch selbst", sagte ich, weil ich genervt war, dass sie sich keine Mühe gab.
Luba setzte sich, während ich mich mit Jan über alte Filme unterhielt. Nach etwa einer halben Stunde bemerkte ich, wie Luba mit den Fingern Gänsefüßchen in die Luft malte, offenbar äffte sie einen der Männer nach. „Anführungszeichen unten, Anführungszeichen oben. Überall Anführungszeichen. Kannst du nicht einmal sagen, was du eigentlich willst?"
Ben, der andere und Jan schauten zuerst auf Luba, dann auf mich, als müsste ich meine Freundin erklären.
In diesem Moment schämte ich mich für sie. Ich ging zum Beistelltisch, um eine neue Platte aufzulegen, die neben dem Teller lag. Die Nadel kratzte durch die Stille, dann erklang ausgerechnet ein Pionierlied, Jan hatte für seine Party nichts dem Zufall überlassen.
„Geh voran, kleiner Pionier, denn die Heimat ruft nach dir", tönte es, schon verließ Luba das Zimmer.
Ich hörte, wie die Wohnungstür sich schloss.
Wütend folgte ich Luba nach draußen.
„Was sollte denn das?"
„Ist das für euch nur ein Spaß?"
Mit den Augen erforschte sie mein Gesicht.
„Was meinst du mit euch? Das sind meine Kollegen."
„Schöne Kollegen hast du da."
„Willst du meine Arbeit sabotieren?"
Luba schaute mich nur an.
„Die da haben von dem Leben früher nicht die geringste Ahnung. Vielleicht machen sie ja deshalb nur Werbung."

„Dann hättest du es ja mal zur Abwechslung erklären können", erwiderte ich. „Das Leben ist hier heute nämlich anders, falls du es nicht bemerkt hast."

„Vergiss es. Als Zeitzeugin tauge ich nicht. Auch nicht für dich."

Ich versuchte, sie zu umarmen.

„Ich will doch nur wissen, wie du aufgewachsen bist, um dich besser zu verstehen."

Sie entwand sich meinem Griff.

„Ich will aber einen Mann und keinen Historiker."

„Dann musst du dich jetzt entscheiden."

Fassungslos schaute mich Luba an.

Dann musste sie lachen. Ihr war wieder eingefallen, dass ich Geschichte studiert hatte.

Das Wochenende holten wir ihre Möbel, Luba zog bei mir ein.

Wir feierten unseren Neustart bei einem Vietnamesen. Als wir das Lokal verließen, hatten sich die Wolken über uns zu dicken schwarzen Bäuchen geformt. Der Tag war ungewöhnlich warm gewesen, die Luft roch nach Blitz und Donner. Luba hakte sich bei mir unter und legte ihren Kopf an meine Schulter. Sie summte gedankenverloren, sofort stimmte ich ein.

Luba öffnete die Wohnungstür, zog sich aus, legte sich auf das Bett und knipste die Nachttischleuchte aus. Ich hätte wieder von meiner Arbeit erzählt, behauptete sie, obwohl ich die Agentur mit Bedacht nicht erwähnt hatte. „Erzähl' mir lieber von deinen Reisen."

Sie mochte es in diesem Herbst, wenn ich ihr im Dunkeln von einer Zeit berichtete, in der ich noch Abenteuerlust gehabt habe, wie sie meinte. Sie selbst kannte außer ihrem Heimatland nur Bulgarien und die polnische Ostseeküste, so war ich im Vorteil. Ich hatte ihr die Gerüche in den

Gassen Marrakeschs beschrieben und von zwei redseligen Mopedmädchen in Hanoi erzählt, wie sie sich gegen die Hitze von Kopf bis Fuß vermummt und durch ihre Tücher hindurch kichernd mit mir unterhalten hatten. An diesem Abend war ich müde und satt. Mir fiel nur ein Urlaub in Italien ein.

„Mit Neun bin ich mit meiner Familie an die Adria gefahren", begann ich und spürte Lubas nackte Haut, ihren Atem. Ich erzählte, wie ich mit ein paar schiefen Türmen den Sandburgenwettbewerb in Rimini gewonnen hatte, weil die anderen ihre Burgen zu nahe am Wasser gebaut hatten. Wie ich morgens mit einem Buch stundenlang in der Nähe des Hafens auf meiner rauen Luftmatratze trieb und abends nach Motoröl roch. Wie ich an einem Nachmittag schüchtern mit den Jungs aus dem Städtchen am Tischkicker stand und sie mich *Rummenigge* nannten, obwohl ich fast jedes Spiel verlor. Wie ich danach verzweifelt meine Eltern gesucht hatte.

Ich merkte, dass Luba leise weinte.

„Nicht so schlimm", sagte ich. „Ich hab' sie ja wiedergefunden."

„Das ist es nicht. Ich bin nur glücklich. Das hatte ich fast vergessen."

Am nächsten Morgen küsste mich Luba aus dem Schlaf und umarmte mich lange. Die Stärke ihrer Umarmung nahm mir kurz die Luft, aber so, wie sie mich ansah, war ich mir sicher, dass alles zwischen uns wieder gut werden würde. Luba strich mit ihrem Finger über meine Lippen und flüsterte: „Zusammen können wir überall hin."

„Wenn es nicht zu viel kostet", antwortete ich aus einer Laune heraus, auch weil ich keine Ahnung hatte, worauf sie hinauswollte, doch sie meinte nur: „Das ist kein Witz. Lass es uns zusammen versuchen. Lass uns nach Italien gehen."

So wie sie es sagte, klang es nicht nach den Fragen, die wir uns noch vor einigen Monaten gestellt hatten, etwa ob wir lieber zum Mond oder zum Mars reisen würden. Natürlich, sie hatte mir erzählt, wie sie als Kind in Gedanken nach Italien geflüchtet war, dennoch glaubte ich, es sei wieder einer ihrer Tests.

Am Abend, als wir gemeinsam das Essen vorbereitet hatten und Luba das Thema nicht mehr erwähnt hatte, sprach ich sie wie beiläufig darauf an.

Sie wolle es als Grafikerin versuchen, am besten im Norden mit seiner Modeindustrie, sagte sie und deckte den Tisch. Dann könne ich auch wieder als Journalist arbeiten, vielleicht als Korrespondent.

Bis ich begriff, was sie gerade gesagt hatte, hatte Luba schon zu essen begonnen. *Aber ich kann doch nicht einmal Italienisch, wie soll ich da recherchieren? Ich habe ja kaum Erspartes und du hast Schulden,* sagte ich oder dachte es nur. Warum versuchte sie nicht, zuerst Grafikdesign zu studieren? Warum machte sie nicht eine Ausbildung, hier, in Berlin? Warum konnte es nicht ein anderes Land sein, die Schweiz oder Österreich zum Beispiel, wo auch ich die Sprache verstünde?

„Dafür habe ich Rumänien nicht verlassen", sagte Luba, schob ihren Teller zur Tischmitte und stand auf.

„Aber du warst doch die vergangenen zehn Jahre hier."

„Du meinst, das war freiwillig?"

Luba ging in Richtung Badezimmer, blieb stehen.

„Berlin war das bestmögliche. Mehr konnte ich mir damals nicht leisten."

Als wir uns an diesem Abend ins Bett legten, kam mir unser Gespräch unwirklich vor. Sie hatte so ruhig gesprochen, als hätten wir schon längst gemeinsam beschlossen auszuwandern, und sie hätte mich nur daran erinnert.

Tags darauf bemerkte ich, dass Luba einen Bildband über die Mailänder Modeindustrie gekauft hatte. Ich schlug ihn auf, zwei Blätter fielen heraus, sie waren an den Rändern gewellt und verbrannt. Offenbar wollte Luba sie darin glätten.
Auf ihnen stand das Datum in einer Kinderschrift: 21.5.1988. Aus dem Ruß erstreckte sich ein Gebüsch, in dem ein Mädchen kauerte. Mit beiden Armen umfasste es ihre Beine. Im Hintergrund zeichneten sich Wiesen und ein Fluss ab, über dem Wasser schwebten Vögel wie Haken. Ich musste an das Versteck denken, von dem Luba erzählt hatte.
Mit dem Finger fuhr ich die Ränder der Zeichnungen ab. Eine fast unmerkliche Aschespur legte sich über die Kuppe. Kurz glaubte ich, Rauch zu riechen, so wie man ein Feuer löscht. Unwillkürlich legte ich das Blatt zurück, ohne das andere anzuschauen, und schloss den Band.
Den ganzen Tag über dachte ich an die Zeichnung.
Als wir am Abend das Geschirr abgeräumt hatten, legte ich das Buch auf die Anrichte neben der Spüle.
„Hast du diese Zeichnungen gemacht?“
Das Besteck glitt aus Lubas Händen. Langsam hob sie Messer und Gabeln vom Küchenboden auf und legte sie in die Spüle. Sie verschloss mit dem Stöpsel den Abfluss und ließ das Wasser einlaufen. Sie nahm die dreckigen Teller von der Ablage und kratzte mit den Fingernägeln die eingetrockneten Essensreste ab. Das Wasser gurgelte. Erst als es über die Spüle auf den Boden rann, drehte Luba den Hahn zu und sich zu mir. Sie schaute mich an, als sei ich ein anderer.
„Fass meine Sachen nicht an.“
„Der Band war im Regal, ich habe ihn zufällig hervorgeholt und die Blätter sind herausgefallen. Ich wusste gar nicht, wie gut du in diesem Alter schon zeichnen konntest“, sagte ich schnell. „Die Zeichnung hat etwas sehr Eigenes.“

Nur langsam verschwand der andere aus Lubas Blick.
Sie trocknete mit dem Geschirrtuch ihre Hände ab und nahm das Buch. Vorsichtig schlug sie die Stelle mit den Skizzen auf. Mit den Fingerspitzen fuhr sie das Flussufer ab.
„Ich hatte drei dicke Hefte mit Zeichnungen. Ohne sie wäre ich nicht mehr da."
Ich konnte mich kaum bewegen, als ich sie umarmte. Ihr Körper war noch kälter als meiner.
„Jetzt bist du ja hier", sagte ich.

Die folgenden Tage gingen mir Lubas verbrannte Zeichnungen nicht aus dem Kopf. Luba verbarg etwas, was sie offenbar mit mir nicht teilen wollte, vielleicht gar nicht konnte. Es fühlte sich an, als wären wir zu dritt: Luba, ich und ihr Geheimnis. Es beunruhigte mich, wie sich unsere Beziehung zu verändern begann.
So schien Luba in diesen Wochen oft abwesend und ging lange alleine spazieren. Oder sie sagte, sie wolle ein Bad nehmen und schloss sich ein, ohne dass ich das einlaufende Wasser hörte. Es erleichterte mich auf gewisse Weise, dass sie in ihren Gedanken wohl auch in Italien war, dass sie auf eine Antwort von mir wartete. Und es bedrückte mich, fühlte ich mich doch dazu nicht bereit.

*

Ich wusste, sie würde den Streit suchen.
Es war der 17. November, ein Samstag. An diesem Abend brachte Luba vom Regen durchnässt eine 20-Euro-Jeans zu einem Discounter zurück, die Nähte hatten sich nach dem ersten Waschen gelöst. Ich war gerade aus der Agentur gekommen und kochte etwas, als sie die Wohnungstür zuschlug und vom Flur aus rief, sie habe die Jeans auf das Laufband geknallt und gesagt, eine Jeans sei eine Jeans

und wenn man keine Jeans verkaufen wolle, solle man es doch lassen. Sie müsse doch auch eine gute Arbeit abliefern, obwohl sie einen beschissenen Job habe.

Ich stellte die Pfanne mit dem Putenschnitzel und dem Reis auf den Tisch.

„Hast du mir überhaupt zugehört?"

„Ich bin nur etwas müde, ich hatte heute einen langen Tag."

„Was meinst du, wie es mir geht", antwortete sie. „Die Arbeit im Call Center macht mich kaputt. Oder was denkst du, warum ich immer so früh schlafen gehe?"

„Es tut mir leid", wiederholte ich, „so war es nicht gemeint."

Luba setzte sich neben mich und griff nach meiner Hand. „Aber was schlimmer ist: Sie macht auch meinen Kopf kaputt, die Arbeit tötet mich ab. Und mit dir macht sie das auch, merkst du das denn nicht? Du bekommst die Augen ja kaum noch auf."

„Das Praktikum geht ja nicht mehr lange."

„Warum hörst du dann nicht sofort auf?"

Ich nahm mir etwas Fleisch aus der Pfanne und schnitt es. „Ich bekomme ja Geld als Praktikant, das ist anderswo nicht üblich. Außerdem kann ich die Erfahrungen gut gebrauchen."

„Erfahrungen?" Luba wiederholte das Wort, als wäre es ein Witz. „Du vergeudest deine Zeit und dein Talent. Warum machst du nicht etwas, was zu dir passt?"

„Es ist zurzeit schwer, überhaupt eine Stelle zu finden. Oder merkst du nicht, dass wir gerade in eine Riesen-Wirtschaftskrise schlittern?", sagte ich und begann zu essen, um mich nicht weiter rechtfertigen zu müssen.

Auch Luba nahm sich Fleisch und Reis, folgte aber mit den Augen jeder meiner Bewegungen.

„Wie du schlingst", sagte sie. „In Italien nehmen sie sich Zeit für die wichtigen Dinge."

„Es geht ja nicht nur um Essen“, sagte ich. „Außerdem kann man sein Leben auch genießen, wenn man in Deutschland ist.“
„Ich könnte es als Modedesignerin versuchen. In Mailand sitzen die renommiertesten Firmen.“
„Und wie willst du es ohne Ausbildung gerade dorthin schaffen?“, sagte ich und entschuldigte mich sofort, ich wusste, wie ich sie damit verletzte. „Ich bin ein Idiot. Ich kann doch nicht einmal Italienisch.“
„Das kann man doch lernen. Du warst doch schon in Italien.“
„Aber doch nur für zwei Wochen in den Ferien, als Kind.“
„Du bist doch jetzt erwachsen, oder nicht? Du kannst als freier Korrespondent arbeiten, ich helfe dir beim Übersetzen.“
„Wie soll das funktionieren? Und weißt du überhaupt, was sie für einen Text zahlen?“
Luba knallte die Gabel auf den Tisch. „Ist das für dich alles ein Witz? Du bist nur feige. Wovor hast du so viel Angst?“
Sie nahm ihren Teller und stand auf. Verharrte.
„Kannst du es dir nicht mit mir vorstellen?“
Sie sprach jetzt so leise, dass es schmerzte.
Ich stand auf und ging zu ihr.
„Und wenn wir für einen Monat auf Probe nach Mailand ziehen? Und solange die Wohnung in Berlin behalten?“
„Ich möchte keine zwei Wohnungen“, sagte sie. „Ich möchte auch nur einen Mann.“
In dieser Nacht lag ich neben Luba wach. Ich hatte Angst, sie würde jeden Moment aufstehen und die Koffer packen.

Am nächsten Morgen bekam Luba Fieber und Schüttelfrost. Sie bat mich, für sie eine Mail an das Call Center zu schreiben. Als ich aus der Agentur zurückkehrte, lag sie noch immer im Bett, sie fühle sich elend, einen Arzt brauche sie nicht.

Auch am nächsten und übernächsten Tag ging sie nicht in das Call Center, ließ sich aber nicht krankschreiben. Als ich von der Arbeit kam, hatte Luba sich Bücher über Italien gekauft: einen Rom-Reiseführer. Goethes Italienische Reise. Bis in die Nacht las sie darin, ohne mit mir zu Abend zu essen.
Innerhalb einer Woche nahm sie stark ab. Ich kaufte bei ihrem Lieblingstürken Oliven und gefüllte Weinblätter. Ich kochte für sie, doch sie ließ den Teller stehen. Sie ignorierte auch mich.
Vielleicht glaubte sie nicht mehr daran, dass ich sie verstand. Für mich aber hatte sich ihr Wunsch ins Irrationale verkehrt, ich war mir sicher, dass es nicht nur um Italien ging. Etwas schien an ihr zu zehren.
Ab und zu fuhr sie noch nach Neukölln, um ihre beste Freundin zu besuchen. Radka war fünf Jahre vor Luba nach Deutschland gekommen und hatte ihr etwas Geld geliehen, auch deshalb konnte ich sie nicht leiden. Als Luba über Nacht nicht nach Hause kam, rief ich an. Radka meinte, dass es Luba jetzt wieder etwas besser gehe, was ich mit ihr nur mache?
Luba übernachtete ein zweites, ein drittes Mal. Jedes Mal ging es ihr am Anfang schlecht und nach den Gesprächen mit Radka etwas besser. Das sagte zumindest Radka, denn Luba antwortete mir nicht, sie hatte ihr Handy in unserer Wohnung gelassen. Ich hatte Radka in Verdacht, sie würde Luba meine guten Wünsche und Bitten, doch nach Hause zu kommen, verschweigen.
Zwei Wochen nach unserem Streit kündigte das Call Center. Am Tag darauf kam sie von Radka zurück. Sie hatte ein Wintergesicht wie der endende November, bleich und kalt. Sie stellte den Fernseher an und sah uralte Zeichentrickfilme von Walt Disney: *Bugs Bunny, Die drei kleinen Schweinchen.* Danach schaute sie auf dem Laptop bis in

den späten Abend Katzenvideos auf Youtube. Ihre Augen waren tiefrot.

„Ich bin genau dort, wo ich vor zehn Jahren schon einmal war. Nichts hat sich verändert. Ich habe doch alles versucht."

An diesem Abend versprach ich, mit ihr nach Italien zu gehen.

fünf

Ich liege wach. Das Morgenlicht zeichnet Schatten an die Wand: einen schiefen Kamin, ein Antennengerippe.
Nach Lubas Anruf habe ich kaum geschlafen. Mir zu meinem 32. Geburtstag zu gratulieren, erschien mir vorgeschoben, nach all den Jahren. Ich sah ihr Gesicht vor mir, ich musste an die letzte Nacht in Berlin denken.
Mir ist schlecht. Im Bad übergebe ich mich.
Ich öffne das Dachfenster, die Sonne spiegelt sich im Metallrahmen. Der Wind hat den Blick auf den Stuttgarter Kessel freigelegt.
In Gedanken fahre ich mit der Bahn zum Büro hinab. Den Haigst, die Wielandshöhe, den Pfaffenweg. Wer hier zusteigt, hat keine Schulden wie ich, der hat den Hund, den Gärtner, den Hausfreund. Am Marienplatz in die Hohenstaufenstraße und in den schmalen Hof. Das Treppenhaus riecht montags nach Bohnerwachs, meist lehnt noch der Schrubber neben der Klingel: *Age Xpress – Seniorenmarketing.*
Sabine Reichert würde zu unserem Meeting kommen, lächelnd. Meine Chefin schaltet ihr Lächeln ein und aus, ohne dass es unangenehm wirkt.

Sie lächelte auch, als ich ihr in der vergangenen Woche meine neuen, ziemlich miesen Slogans vorstellte. „Der Halter fürs Alter“ für die Stützstrumpf-Kampagne. „Ihr Brausen-Rausch“ – Duschkopfhörer für die *Silver Generation.*
Auf einmal sprach sie von meiner möglichen Beförderung. Wir wüssten ja beide, wie gut ich mit den wichtigsten Kunden könne, und dass ich unter all den Mittelmäßigen immer noch der Beste sei. Und lächelnd meinte sie, dass sie

aus Gründen, die ich später erfahren würde, mich an genau dieser Position brauche.

Mit ebendiesem Lächeln hatte sie mir vor zwei Jahren auch verkündet, dass ich von Berlin mit in die neue Filiale nach Stuttgart wechseln könne. Noch während sie es mir schmackhaft machen wollte, sagte ich zu.
Ich hätte jede Gelegenheit genutzt, Berlin und Luba für immer hinter mir zu lassen – und meine verdammten Wünsche auch.

*

Am Morgen nach meinem Versprechen, mit Luba nach Italien zu gehen, aß sie wieder.
Ich hatte ihr Zwieback und Pfefferminztee hingestellt, damit sich ihr Magen wieder an Nahrung gewöhnte. Stattdessen nahm sie das Rührei und den Speck von meinem Teller, zerteilte alles in winzige Stücke und kaute daran. Langsam nahm ihr Wintergesicht eine normale Farbe an. Selbst das Leuchten in ihren Augen war wieder zu erahnen.
In den kommenden Tagen merkte ich, wie Luba mir keinen Vorwurf mehr machte. Wollte ich essen gehen, willigte sie sofort ein. Wenn wir kochten, wählte ich aus. Sie schickte mich sogar aus der Küche, ich solle entspannen, als sei ich ihr Gast.
Morgens las sie mir aus der Zeitung Meldungen vor, die unter der Rubrik „Glücksgefühle" im Vermischten liefen. Das Porträt einer Putzfrau, die mit ihrem kleinen Kind von Sizilien an das Nordkap wandern wollte. Ein Kriegsflüchtling, der ein Bein verloren hatte und nun ein Rollstuhlbasketball-Team trainierte. Und natürlich las sie von deutschen Auswandererpaaren, die ein Geschäft aufgebaut

hatten, irgendwo auf Mallorca, den Fidschis oder Hawaii, mit Wurstbuden und Bäckereien.
„Siehst du", sagte sie.
Ich antwortete mit einem Nicken. Lubas Verhalten rührte, ärgerte und bedrückte mich zugleich.
Als eine Slowakin mit 1000 gewonnenen Euro in den Bergen eine Pension aufgemacht und den Wunsch ihres Lebens erfüllt hatte, sagte ich nur, das erscheine mir jetzt nicht sehr wahrscheinlich.
„Ihr macht aus euren Wünschen nichts", erwiderte Luba und breitete wie zum Beweis die Zeitung aus. „Auch du nicht."
Wie sie dabei *Ihr* und *Du* nahtlos aneinanderreihte, gefiel mir nicht.

Am nächsten Tag wurde ich krank, es war der zweite Advent.
Das Fieber stieg auf 40 Grad und schüttelte meinen Körper, schüttelte die Last der vergangenen Wochen heraus. In der Nacht lag ich von den heißen Schüben wach. Mehrmals übergab ich mich. Mir war schwindlig. Ich wusste nicht mehr, wer zu mir sprach.
Am nächsten Morgen sagte mir Luba, ich hätte nach meinem Vater gerufen. Ich blickte auf meinen ausgestreckten, mumifizierten Körper herab. Die Arme, Brust, Bauch und Beine lagen in Handtücher gewickelt, die einmal nass und kalt gewesen sein mussten.
Zwei weitere Tage und Nächte blieb ich im Bett und stand nur für den Toilettengang auf. Luba machte mir Wickel. Brachte den Tee. Zwieback. Ihr Blick war stark und klar.
Ich wusste, woran sie dachte.
Am vierten Morgen stolperte ich in das Bad zum Spiegel. Meine Augen saßen unruhig in ihren Höhlen, das Gesicht war bleich. Mit dem Kamm fuhr ich mir durch die verklebten

Haare und spülte die Büschel unter dem Wasserhahn aus. Ich ging in die Küche, um Tee zu kochen.
Luba saß schon am Tisch.
„Du stehst ja schon wieder. Du bist bestimmt bald wieder gesund."
Sie hatte den Laptop aufgeklappt. Mit dem linken Arm verdeckte sie eine Mappe, doch ich erkannte sofort die Größe, die Form.
„Was soll das?"
„Ich will dir nur helfen, Liebster", sagte sie. „Ich wollte nur sehen, wie du deine Bewerbung geschrieben hast."
Luba drehte den Laptop um. Die Webseite zeigte zwei Stellen, die in Italienisch und Deutsch ausgeschrieben waren: Korrespondentenjobs in Rom und Mailand, in freier Mitarbeit für einen Redaktionspool eines Zeitungsverbunds.
Ich legte mich wieder ins Bett.
Als ich am nächsten Morgen erwachte, hatte Luba den Laptop auf einen Stuhl gestellt und auf den Hocker daneben meine Bewerbungsmappe und ihre Notizen ausgebreitet.
„Ich habe ein Anschreiben verfasst, ich …"
„Bist du jetzt ich?"
Sie setzte sich zu mir auf das Bett und nahm meine Hand.
„Die Agentur hat dich unglücklich gemacht – und mich auch. Noch drei Wochen, dann ist es endlich zu Ende, stimmt's?"
Sie zitterte.
Da wusste ich, dass das Ende meines Praktikums für Luba den Termin unseres Neubeginns in Italien bedeutete.

Am darauffolgenden Sonntag mietete ich einen feuerroten Corsa. Ich wollte mit Luba aufs Land fahren, um mich nach meiner Krankheit zu erholen. Aber auch um die vergangenen Wochen, um Italien zumindest für diesen Tag hinter mir zu lassen.

Wir fuhren die Nebenstrecken nordöstlich der Stadt. Obwohl es kalt war, ließen wir die Scheiben herunter, spürten dem Fahrtwind nach. Wir waren in unseren Gedanken versunken und kurvten den ganzen Tag durch die Dörfer. Am späten Abend fuhren wir zurück. Kurz vor unserer Wohnung stoppte uns ein Polizist.

Noch immer hatten wir die Fenster offen. Der Polizist schaute an mir vorbei zu Luba auf dem Beifahrersitz. Sie solle ihm den Ausweis zeigen. Ich hielt ihm meinen hin, doch er wollte ihn nicht sehen. Er nahm den ihren und ging zum Wagen.

„Vielleicht suchen sie nach einer Frau."

Es war einer der wenigen Sätze, die ich an diesem Tag gesagt hatte.

Der Beamte glich den Ausweis ab. Erst Minuten später kam er zurück und stellte sich an Lubas Fenster. Wortlos reichte er ihr den Pass und machte mit der Hand eine kurze Bewegung, dass wir weiterfahren sollten.

Wir hatten gerade geparkt, als Luba meinte: „Siehst du. Das passiert mir ständig. Sie behandeln hier Ausländer wie Dreck."

In der Wohnung warf sie ihre Jacke in eine Ecke. „Es ist gut, dass wir bald in Italien sind. Dort sieht man zuerst den Menschen und nicht die Nationalität. Meinst du, ich müsste in Italien wie hier in einem Call Center arbeiten?"

In der Nacht dachte ich lange nach über das, was Luba gesagt hatte. Sie redete Berlin schlecht, das war mir klar.

Und doch erinnerte ich mich daran, dass man sie vor einiger Zeit nach zwei langen Telefonaten, bei der ihre Nationalität keine Rolle spielte, zu einem Bewerbungsgespräch eingeladen hatte – die Anstellung sei nur eine Formsache.

Vor Ort hieß es dann, man suche eine Muttersprachlerin für den Job, was absurd war, da Luba akzentfrei sprach.

Ich hatte den Verdacht gehabt, dass es an etwas anderem

gelegen haben könnte. Ich wusste, dass Luba ihre Meinung frei heraus sagte, falls ihr eine Frage nicht gefiel, und sei es in einem Bewerbungsgespräch.

Jetzt aber fielen mir wieder andere Fragen ein, die man ihr gestellt hatte, als ich bei ihr war.

Woher kommst du?

Gibt es noch diese Waisenhäuser?

Wie lange willst du bleiben?

Neben den Fragen gab es auch Antworten auf Fragen, die Luba gar nicht gestellt hatte.

Das hätte ich nicht gedacht.

Da kann man nichts machen.

Das kann man sich nicht aussuchen.

Ein, zwei Mal hatte ich den Zusammenhang nicht mitbekommen und wollte mich deshalb nicht einmischen. Ich sagte auch nichts, weil es sonst gewirkt hätte, als könne Luba nicht für sich selbst sprechen. Ich hatte aber ohnehin nicht gewusst, wie ich reagieren sollte, wie bei dem Polizisten. Auf Fragen und Kommentare wie diese kannte ich keine Antworten, die nicht selbst beleidigend gewesen wären.

Ausgerechnet am nächsten Tag wurde ich zu einer Reaktion gezwungen.

Wir hatten uns nach der Arbeit am Alexanderplatz getroffen und wollten gemeinsam nach Hause fahren. Luba ging schon zur Bushaltestelle Unter den Linden, während ich noch Brot besorgte.

Von weitem sah ich den jungen Mann bei ihr stehen, sein nach oben gegeltes Haar. Luba sagte etwas zu ihm. Der Mann fuchtelte vor ihrem Gesicht, spuckte aus.

„Was ist los?“, rief ich zu Luba, als ich über die Straße rannte.

„Er hat mich beleidigt.“

„Was hat er gesagt?“

Ich sprach nur mit Luba, merkte, dass ihn das wütend machte.
„Ich soll ihn ficken."
„Du spinnst wohl", sagte ich zu dem Typ.
„Ruhig, Alter. Ich wusste nicht, dass es deine ist."
„Was soll denn das heißen?", sagte ich.
„Mach mich nicht an."
„Bist du völlig bescheuert, sie ist doch keine Sache."
Er holte mit der Hand aus, instinktiv wich ich zurück.
„Du Opfer. Fick deine Mutter", schrie er und torkelte weiter, ich war so überrascht, dass ich das Öffnen der Tür hinter mir überhörte.
„Was ist jetzt?", sagte der Busfahrer. „Rein oder nur gucken?"
Ich stieg ein, Luba folgte mir.
Sie schwieg.
Was hätte ich machen sollen, dachte ich, während wir die Humboldt Universität passierten, das Café Einstein, Madame Tussauds. Ihm hinterherlaufen, ihm auf die Fresse hauen? Er war doch gestört und offensichtlich betrunken. Ich hatte nicht geglaubt, dass es mitten in Berlin Typen wie ihn noch gab, die Frauen als Freiwild sahen.
Zu Hause knallte Luba die Wohnungstür zu.
„Bin ich eine Nutte für dich?"
„Was hätte ich …"
Schon war sie im Badezimmer verschwunden und hatte die Tür geschlossen.

Eine Woche später sagte man mir die Stellen in Mailand und Rom ab. Ich hatte gehofft, dass es länger dauern würde. Dass man auf die Bewerbung gar nicht reagierte. Doch die Absagen kamen nicht nur schnell, sondern waren ausgesprochen höflich formuliert.
Luba analysierte jedes Wort. „Wenn deine Artikel gut genug sind, werden sie sie drucken. Jetzt kennen sie dich schon."

Zwei Tage später bot mir die Agenturchefin Reichert überraschend einen Jahresvertrag an, es war kurz vor dem vierten Advent. Ich schlich mich in die Wohnung wie ein Dieb. Durch den Türspalt zur Küche sah ich, wie Luba am Computer nach Stellen oder einer Unterkunft suchte.
Als sie später ins Zimmer kam, stellte ich mich schlafend.
Am nächsten Morgen lag eine Kopie des Vertrags im Briefkasten. Ich las sie im Treppenhaus, die Details waren wie von Reichert beschrieben. Ich versteckte den Vertrag hinter meinen Büchern im Flurregal, als Luba aus dem Schlafzimmer kam.
„So früh?"
Ich lächelte, während ich scheinbar nach meinem Fahrradschlüssel suchte.
„Dein letzter Arbeitstag", sagte Luba und küsste mich zum ersten Mal seit Tagen. „Das müssen wir heute Abend feiern."
Ich sah die Angst in ihrem Gesicht. Schnell schloss ich hinter mir die Wohnungstür und versuchte vergeblich, die Panik in mir zu unterdrücken.

Am Abend hatte Luba Lachs gebraten und dazu eine Quiche vorbereitet.
Den ganzen Tag hatte ich in der Agentur über das Angebot nachgedacht. Ich hatte mich an meine Befürchtungen erinnert, als Luba den Nazi und seine Dogge beschimpft hatte, wie sich Luba immer wieder selbst gefährdete. Dass sich Lubas störrische Kraft aber gegen mich wenden und zu ihrem Ziel zwingen wollte, damit hatte ich nicht gerechnet.
Ich hatte mir Argumente zurechtgelegt, dass sie mich von meinen Bekannten abschnitt. Dass ich an manchen Tagen nicht mehr wusste, wessen Leben ich lebte. Wie ich ihr vertrauen und mit ihr nach Italien gehen sollte, wenn sie mir offensichtlich Dinge aus ihrer Vergangenheit ver-

schwieg. Und ich wusste, dass all das auch vorgeschoben war. Ich war feige.
Luba war im Bad. In der Küche hatte sie den Tisch schon gedeckt und die Quiche im Herd warmgehalten. Sie hatte einen Chianti Reserva gekauft, bestimmt war es ein teurer Jahrgang. Ich legte die Vertragskopie auf den Küchentisch und ging nach draußen.

Ich hatte erwartet, dass Luba das Schreiben zerknüllen und wegwerfen, dass sie auf mich einschlagen würde. Dass sie weinte. Doch als ich eine Stunde später zurückkehrte, lagen die Papiere ausgebreitet auf dem Tisch und Luba saß regungslos davor.
„Luba", begann ich.
„Sei still."
Mit beiden Händen schob sie die Blätter zu mir.
Erst jetzt schaute sie auf. Ihr Blick hatte etwas Gespenstisches ohne die Wut darin, die ich erwartet hatte. Ihre Haut war bleich wie im Schock.
„Du wolltest doch wissen, wer meine Kinderzeichnungen verbrannt hat", sagte sie leise.
„Du erinnerst mich an Wanko. Auch er hat mich am Ende verraten."

sechs

Die Nacht hat den Hof vor unserer Agentur verschluckt. Noch habe ich nichts zu Reichert gesagt.
Eigentlich ist es mir egal, weshalb mich meine Chefin befördern möchte, wozu sie mich braucht. Ich könnte endlich meine Schulden bezahlen.
Ich steige die Treppen unter dem Marienplatz hinab. Der Geruch von verschmortem Gummi erinnert mich an verbranntes Gras. In der U-Bahn wischen die Lichter über die Scheiben, bis der Tunnel sie schluckt. Das gleichmäßige Rattern beruhigt mich.
Am Hauptbahnhof wieder nach oben, in den angrenzenden Schlossgarten. Ein junges Liebespaar. Ein loses Protestplakat der Parkschützer gegen den Bahnhofsneubau an einer Platane dahinter. Im Baumwipfel sitzen Krähen, die Köpfe in den Nachthimmel gestreckt.
Was wäre, wenn auch ich weg wäre, einfach so. Keine Reichert.
Kein Büro.
Die Lichter der Schaufenster gehen an, da taucht Luba in meinen Gedanken auf, ihr Gesicht spiegelt sich in einer der Scheiben.
Ich laufe weiter, sie spaziert vor mir, der aufrechte Gang.
Ich muss an den Sprenkel in ihrem linken Auge denken, die Insel.
Sie läuft weiter, ohne sich umzudrehen, als flaniere sie nur, als sei nicht sie fremd in der Stadt, als sei *ich* der Fremde.
Ich kenne ihre Frage, auch wenn sie nicht spricht.
Hatte ich dich nicht gewarnt?
Ich laufe weiter, im Zickzack durch die Stadt.
Ich bekomme Hunger, zum Brunnenwirt.
Spuren von Fritteusenfett und Currywurst ziehen sich

über den Tresen. Mit mir warten Prostituierte, Partygänger. Übriggebliebene, Hornbrillenträger. Alle mit ihren Geschichten. Luba tritt hinzu, die Geschichten der anderen interessieren sie nicht. Sie schaut nur mich an.
Du Handlanger. Du bist so feige.
Ich gehe weg von ihr und nehme den Bus. Er fährt die Steige nach oben, während es zu regnen beginnt. Der Fahrtwind treibt einzelne Tropfen über das Fensterglas.
Als ich mit Luba an jenem heißen Junitag vom Nikolassee zurückgefahren war, hatten sich unsere Köpfe in der Scheibe der Bahn gespiegelt. Lubas Spiegelbild sah mich an, so wie sie zuvor nach dem über den See gleitenden Stein geschaut hatte.
Ich kenne ihre Nummer noch auswendig.
Wieder und wieder wähle ich, weil ich mich vertippe. Das vertraute Kratzen, sie hat ihr altes Handy nicht gewechselt. Der Anrufbeantworter.
„Ich bin es. Lukas. Ich …"
Es raschelt, ich höre ihren Atem.
„Lukas?"
„Warum hattest du mich angerufen?", frage ich.
„Wer ist das?"
Eine Frauenstimme. Sie klingt wie die von Radka.
„Ich habe keine Zeit mehr", sagt Luba.
Sie legt auf.

*

Im Flur der Schuhkarton.
Das alte Adressbuch darin. Ich stecke es in meine Tasche.
Dazu mein Netbook.
Noch etwas Wasser für den Ficus.
Die Treppen herunter.
Draußen ein leises Quietschen. Die Plastikkrähe hat sich

aus ihrer Halterung gelöst. Zitternd und schief schwingt sie in der Mittagssonne.
Ich laufe zu meinem Auto, müde drehe ich den Zündschlüssel um. Die Nacht habe ich kaum geschlafen.
Drei Schulkinder rennen lärmend den Gehweg entlang, aufgeregt schlackern die Ranzen auf ihren Rücken. Ich fahre in den Kessel hinab, am Marienplatz am Büro vorbei, schon ist es wieder aus meiner Sicht.

Als ich heute Morgen ankam, stand Reichert vor ihrem Zimmer.
„Ah, Herr Brandt! Sie wollten mir wegen des neuen Postens Bescheid geben. Ich habe den Vertrag schon hier."
„Tut mir leid, das passt gerade nicht."
Natürlich lächelte sie.
„Gut, dann kommen sie erst einmal an. Wie wäre es gegen Zwölf?"
„Ich brauche mehr Zeit."
„Mehr Zeit? Ich dachte, wir hatten alles schon besprochen." Ihre Stimme senkte sich. „Die Agentur führe bald ich, halten Sie sich einfach an mich."
Nur ein paar Tage, maximal eine Woche, mehr Zeit brauche ich doch nicht, dachte ich. Ich traute mich nicht, es anzusprechen.
„Ich komme bald zurück."

Am Schlossplatz vorbei, am Schlossgarten. Ich lasse das Fenster herunter, die Auspuffe vor mir spucken blasse Wölkchen aus.
Die Sonne kitzelt in meiner Nase. Pappelsamen treiben herein. Beim Niesen fahre ich Schlangenlinien, das Netbook scheuert über den Bezug, der Fahrer hinter mir hupt, hält sich den Finger an die Stirn.
Sie muss bei Radka sein.

Auf der Autobahn schwirren die Pappelsamen über dem Armaturenbrett, sie tänzeln gegen das Licht.
Ich will dieses Gefühl zurück.

über land

eins

Kein Anschluss unter dieser Nummer.
Ich habe Luba nochmals angerufen. Hoffentlich ist ihr nichts passiert.
Im Internet habe ich Radkas Doktorarbeit gefunden, das Datum stammte aus dem vorigen Jahr. Quantenphysik. Darunter stand ihre Adresse, ein Festnetzanschluss, Frankfurt. Vielleicht ist Luba ja zu Besuch bei ihr. Ich halte an und wähle zur Sicherheit Radkas Nummer.
„Radka Mungiu."
Ich lege auf. Sie darf nicht wissen, dass ich komme.

Radkas Wohnung liegt in der Nähe des Bahnhofs. In einer Seitenstraße stelle ich den Wagen ab. Die verwaschene Fassade, ihr Nachname handgeschrieben auf dem Klingelschild, zweiter Stock. Vergeblich suche ich Lubas Namen.
Der Lautsprecher kracht, er knarrt, nichts zu verstehen.
Ich höre Schritte im Treppenhaus. Die Tür öffnet sich nur einen Spalt, in den sich Radkas schmales Gesicht schiebt. Sie kneift die Augen zu winzigen Schlitzen, es ist nicht wegen des Lichts. Meinen Gruß erwidert sie nicht.
„Ist Luba bei dir?"
„Warum willst du das wissen?"
„Sie hat mich angerufen."
Ihre Augen weiten sich.
Der Flur in ihrer Wohnung ist dunkel und eng und führt in ein Zimmer mit einer Kochnische. Ein Sofa, ein Röhrenfernseher. Radka deutet mit einer knappen Bewegung auf den Stuhl an der Küchenzeile. An der Wand gegenüber steht die Tür einen Spalt weit offen, ein Bett ist zu sehen, eine Matratze am Boden. Radka schließt die Tür.

Neben der Tür steht ein Regal, der Rücken von Lubas Mailand-Band ist zu erkennen, sie muss hier gewesen sein.
„Bist du jetzt stumm?"
Ich gehe zum Regal, suche nach den zwei Blättern mit ihren Kinderzeichnungen darin, nie hätte sie sie zurückgelassen. Das Buch über die Kirchen in Florenz und Rom. Goethes *Italienische Reise*.
„Bist du zum Lesen gekommen?"
„Wie geht es ihr?", frage ich.
„Ich dachte, du hast mit ihr telefoniert." Sie holt nochmals Luft, ihre Stimme beruhigt sich: „Erzähl schon."
„Luba hat mir zum Geburtstag gratuliert", beginne ich und Radka antwortet sofort: „Also deshalb war sie so schlecht gelaunt."
„War Luba enttäuscht?", frage ich, und sie nickt, nicht böswillig, nur feststellend.
„Was hat Luba gesagt?", fragt sie, und ich sage, dass sie mir doch nur zum Geburtstag gratuliert habe, und wie ich das sage, kommt es mir bescheuert vor.
„Ist das wirklich alles?", fragt Radka. Ihr Blick ist jetzt misstrauisch, es ergibt für sie keinen Sinn, und ich kann es verstehen, mir geht es genauso: Da reden zwei nach zwei Jahren wieder miteinander und haben sich nichts gesagt. Radkas Mundwinkel sinken, wie damals, wenn Luba mich verteidigte. *Er wird es noch tun, glaub mir.* Oder: *Er ist kein Feigling.*
Radka geht zum Fenster, steht mit dem Rücken zu mir. Mir fällt ein Bild auf dem blauen Board neben ihr auf, es zeigt einen weißhaarigen Mann mit einem akkuraten Scheitel und wachen Augen.
Luba hatte einmal erzählt, dass Radka mit einem Astrophysiker zusammen war, sie hatte für einen seiner Kurse das Tutorium übernommen. Er sei so alt, dass sie sich nicht vorstellen könne, dass die beiden miteinander Sex hatten. Vielleicht schauten sie sich im August die Perseiden-

Meteoriten an und versprachen einander, einen neu entdeckten Stern nach dem anderen zu benennen. Dann sagte sie, dass Radka jüngere Männer nie genügt hätten, dass sie überhaupt nie das Leben werde führen können, das sie verdiene, und ich hatte gedacht, ob das mit dem Leben auch auf Luba zutrifft.

Radka folgt meinem Blick, kippt den Rahmen auf die Vorderseite. Da fällt mir die SIM-Karte daneben auf. Radka nimmt sie in die Hand, schüttelt den Kopf.

„Sie wollte nicht, dass ich sie erreiche. Sie hat alles zurückgelassen."

„Wie lange war Luba bei dir?"

„Sie hat mich im April besucht, um sich von mir zu verabschieden, sie wollte ja unbedingt nach Italien gehen. Aber vor einer Woche stand sie wieder vor meiner Tür."

„Was ist mit ihr passiert?"

Radkas Lippen zittern.

„Kannst du mir zumindest sagen, wo sie jetzt ist?"

„Nach Rumänien zurück."

„Das glaube ich dir nicht. Das hielte sie nicht aus."

„Hat sie es denn mit dir ausgehalten?"

Sie dreht sich von mir weg.

„Sie hat gestern Nacht einfach ihre Sachen gepackt", sagt Radka mehr zu sich selbst als zu mir, „sie ist nach Bukarest geflogen, sie wollte nach Giurgiu zurück, zu ihren Eltern." Sie murmelt den Namen des Ortes, als liege er am Ende der Welt. *Giurgiu.*

„Zu ihren Eltern?"

„Zu wem sonst? Oder kennst du noch jemanden?"

Ihr Oberkörper bebt, und da begreife ich, dass sie es selbst nicht versteht, dass sie nicht mehr weiß als ich. Ich möchte sie in den Arm nehmen, die Angst um Luba teilen. Ich lege eine Hand auf ihre Schulter. Das Beben stockt. Wir schweigen.

Dann nimmt sie meine Hand weg, noch immer steht sie mit dem Rücken zu mir: „Bitte geh' jetzt."
Im Flur warte ich darauf, dass sie noch etwas sagt, doch da kommt nichts, selbst nicht, als ich ihre Wohnungstür zum Treppenhaus öffne. Lange bleibe ich auf der Schwelle stehen.
„Du machst nie, was du sollst."
Radka kommt zur Tür, sie hält drei zerfledderte Notizbücher in den Händen. „Ich sollte dir das vielleicht nicht geben. Sie hat sie zurückgelassen – aber ich will sie nicht mehr."
Ich steige die Treppe hinab, die Stufen vor mir verwischen sich, während ich das erste Notizbuch öffne, in meinem Kopf zeichnet sich eine zerknitterte, schiefe Karte ab, Rumänien ist darauf, mit einem Fleck mitte-rechts-unten, *Giurgiu,* nicht größer als ein Fliegenschiss, nie wäre Luba dorthin. Ich stoße mich an der Tür, fluche, hebe das Buch wieder auf, Radka ruft von oben, ich sei *noch immer ein Idiot,* und, als ich schon draußen bin. „Pass auf dich auf."

zwei

Tagebuch Luba
Frankfurt, 14. April 2010

Was ich schreibe, gehört nur mir. Niemand darf es verbrennen.

Wieder und wieder sage ich es zu mir in meinen Gedanken, weil ich Angst habe, mein Tagebuch zu beginnen, ich fühle mich, als wäre ich wieder zehn. Damals vernichteten sie, was ich schrieb. Sie wollten meinen Willen brechen.

Wieder und wieder spreche ich zu mir, damit ich mich selbst hören kann und ihre Stimmen in meinem Kopf übertöne. Ich höre mich flüstern: „Sie können dir nicht mehr schaden, es ist vorbei. Du lebst jetzt in einem freien Land.“

Dann schreibe ich.

Und doch lese ich meine Zeilen wieder und wieder, es fällt mir schwer, daran zu glauben. Auch als Kind hatte ich gehofft, mein Tagebuch könne sicher sein.

Radka schläft nebenan. Sie hat gut auf mich aufgepasst in den vergangenen Wochen. Ich werde ihr morgen keine Nachricht hinterlassen, sie würde mich nicht fahren lassen. Sie würde sagen, ich bin nicht bereit dafür.

Ich habe Angst. Niemand erwartet mich. Ich könnte verschwinden und nicht einer würde es erfahren. Radka nicht. Lukas nicht. Vielleicht meine Eltern. Doch das ist egal. Sie wohnen in dem Land, in das ich nie mehr gehen werde.

15. April

„Grazie“, sagte vorhin der Kontrolleur, „grazie.“

Ich lächelte.

„Mille Grazie, la Signorina“, sagte er und gab mir das Ticket

zurück. Jetzt lächelte er auch. Er trug einen dicken goldenen Ring an seinem Finger, seine Stimme klang weich.
Alles hier klingt so weich.
Deswegen habe ich als Kind die Stimmen im Radio so geliebt – als würde man beim Sprechen ein Eis essen.

Im Moment möchte ich jede Kleinigkeit notieren, weil ich fühle, es gibt wieder eine Sprache für mich, die mir hilft, immer war sie in meinem Kopf. Und doch schreibe ich lieber in Deutsch. Ich will mich meiner neuen Sprache, dem Italienischen, behutsam nähern, sie ist kostbar.
Ich möchte mich von den Worten nähren. Ich möchte mein Leben fortsetzen, wo es stehen geblieben ist, als ich zehn war. Ich möchte noch einmal wachsen.

*

Du hast jetzt die Wahl. Auch das muss ich mir immer wieder sagen.
Als Kind gab es für mich nur das Ja oder das Nein. War ich nicht dafür, musste ich dagegen sein. Auf dem Schulhof petzten die anderen, ich sänge die Hymne falsch. Trug ich keinen Wimpel, wurde ich zum Schulleiter bestellt. Sein Stock fragte mich solange, bis ich die richtige Antwort fand.

Als ich mit neunzehn nach Deutschland kam, wäre ich fast verrückt geworden: Alles war möglich, aber keiner interessierte sich dafür, auf einmal war ich allein mit meinen Entscheidungen. Meine Meinung schien kaum einen zu kümmern, auch nicht meine Pläne und Wünsche. Sie fragten, wo ich herkomme. Viele fragten nicht weiter. Andere erzählten, was sie selbst über Rumänien gehört hatten.
Dafür nahmen sie wahr, dass ich anders aussah. Wurde ich lauter, weil ich lachte, weil ich zu viel getrunken hatte vor

lauter Glück, in einem anderen Land zu sein, wurden die Blicke intensiver. Manche glotzten, als wäre ich ein exotisches Tier.

Ich möchte endlich gesehen werden, so wie ich bin.

Rom, 16. April

Ich habe endlich ein Zimmer in einer kleinen Pension gefunden, stundenlang habe ich heute nach einer günstigen Unterkunft gesucht. Es gibt kein Fenster, nur einen Luftschacht zum Hof. Das Waschbecken ist im Gang. Trotzdem muss ich vierzig Euro die Nacht zahlen. „Das ist Rom und nicht Sizilien", meinte der Mann an der Rezeption. „Wollen Sie es nehmen oder nicht?"

Ich schaute an ihm vorbei, als ich das Geld auf den Tisch legte, er sollte spüren, was ich von ihm hielt.

Ich habe gerade mein Geld gezählt. Es sollte für eine Woche reichen. Ich muss schnell Arbeit finden, zumindest einen Aushilfsjob.

Ich bin zu müde, um noch nach draußen zu gehen. Morgen aber will ich die Stadt erkunden, dann gehört Rom nur mir. Ich möchte wie eine Touristin laufen.

17. April

Ich habe eine halbe Portion Tonnarelli allo scoglio bestellt. Die Muscheln erinnern mich ans Schwarze Meer. Die Tavola Calda ist voll, jeder scheint hier zu essen. Die Männer tragen Hemden und Krawatten, sie achten auf sich. Ich wollte, sie achteten auf mich.

Es ist dumm, dass ich eine Reaktion erwarte, irgendein Zeichen. Dass ich jetzt da bin, dass sich etwas ändert. Und doch

kann ich dieses Gefühl nicht unterdrücken. Ich möchte, dass man mich wahrnimmt.
Warum seht Ihr mich nicht?
Der Kellner fragt, ob ich noch etwas trinken möchte. Ich sage nein. Er bringt die Rechnung und fordert mich zum Zahlen auf. Ich ignoriere ihn und schreibe weiter. Ich werde ihm einen Zehn-Euro-Schein liegenlassen, ich reiße zwei Ecken ab. Hoffentlich wird er ihn aus der eigenen Tasche ersetzen müssen.

*

Es ist Abend, ich bin endlich in meinem schäbigen Zimmer zurück, ausgerechnet hier fühle ich mich wieder sicher.

Nach dem Essen kam ich an einem Postkartenstand vorbei, alles war völlig überteuert, natürlich kannte ich die Motive: die Sixtinische Kapelle. Die Engelsburg. Die Tiberinsel. Der Campo de' Fiori.
Wie oft habe ich mich als Kind am Neptunbrunnen sitzen sehen, mit den Beinen im Wasser wie die anderen Kinder. Meist habe ich eins der Mädchen in Gedanken zu ihren Eltern nach Hause begleitet. Und wie oft habe ich mir gewünscht, dass Schulleiter Popescu seine dreckige Hand in die Bocca della Verità steckte und für immer verlöre.
Als ich zehn war, als sie mich in die neue Schule gesteckt hatten wie ein Tier, hatte ich auch eine Karte geschrieben, auf Italienisch. Ich erinnere mich noch an jedes Wort: „Nessuno può farti del male. Si va dove si vuole. Ti piacerebbe prendere un gelato con me? Ci incontriamo in Piazza di Spagna, il 24 settembre alle ore 15.00."
Ich fügte „Roma, Italia" hinzu und klebte eine möglichst neutrale Briefmarke mit einer Eisenbahn darauf, eine mit Ceaușescu hätte jeden erschreckt.
Ich hatte einen Namen genommen und eine Straße und gehofft,

dass sich jemand melden würde. Ich sehnte mich nach warmherzigen Worten, nach einem Zeichen aus einem anderen Leben – und wäre es nur eine schwungvolle Schrift.

Eine Woche, nachdem ich die Karte eingeworfen hatte, als ich mich schon fragte, ob mir noch jemand antworten würde, fand ich sie auf dem Küchentisch. Mutter und Vater waren noch nicht zurück. Dort, wo ein Stempel hätte sein sollen, war ein Kaffeefleck.

Ich habe seitdem keine Postkarte mehr geschrieben. Nicht einmal eine, die ich in einen Umschlag gesteckt hätte.

Als ich den Postkartenständer vor dem Souvenirladen sah, dachte ich, die Engelsburg, die Spanische Treppe, selbst der Neptunbrunnen könnten brennen. Ich nahm die Karte mit dem Brunnen, um meine Angst zu überwinden, doch sie glitt mir aus der Hand. Gleichzeitig hatte ich den Drang, die Karte in den Mund jenes Mannes zu stecken, der sie aus der Post genommen hatte, in den Mund des Mannes, der sie angeschaut und in den Mund seines Handlangers, der sie auf den Küchentisch gelegt hatte, als unser Haus verschlossen war.

Damals redete ich mir ein: Mein Wunsch ist zu mir zurückgekommen, wenigstens ist er zu mir zurückgekommen, am Ende hatte mich der Geheimdienst nicht besiegt. Ich wusste, dass es nicht stimmte.

Meine Finger zitterten. Ich schaute mich um, obwohl ich nicht wollte, als würde mir jemand folgen, so wie mir jemand gefolgt war, als ich meine Schule verlassen und auf eine neue gehen musste, ans andere Ende der Stadt.

Ich ging zur nächsten U-Bahn. Danach nahm ich einen Bus und noch einen, ich fuhr in verschiedene Richtungen, die Verfolger aber blieben in meinem Kopf.

Als es schon dunkel wurde, stieg ich aus, um einen alten Mann nach dem Weg zu fragen. Zum Glück war meine Unterkunft nicht weit. Der Mann bot mir an, mich ein Stück zu begleiten, er wohne in der Nähe. Unterwegs sprachen wir kaum, und doch beruhigte es mich, dass er mit mir ging.

Und doch werde ich heute wie damals mit dem Tagebuch unter dem Kissen schlafen. Dieses Mal dürfen sie nicht gewinnen, das hier ist meine Stadt. Sollen sie dort verrotten, wo ich sie und ihr Land verlassen habe.

drei

Ich schwitze.
Das Lenkrad rutscht in meinen Händen, als ich auf die Autobahn abbiege. Lubas Aufzeichnungen gehen mir nicht aus dem Kopf, ich traute mich nur, das erste der Tagebücher zu lesen. Sie muss noch lange in Berlin geblieben sein, obwohl sie die Stadt nie besonders mochte. Warum hat sie es erst so spät in Italien versucht?
Ich fahre in Richtung Süden zurück, lasse mich für einige Momente treiben, dann biege ich auf eine Raststätte ab.
Die Beine bewegen. Luft. Der Geruch von Sträuchern. Der Gestank von Urin aus dem Toilettenhäuschen. Schnell weiter. Ich telefoniere. Gehe zum Auto zurück.
Der Verkehrsfunk, die Staus. Autoteile auf der Fahrbahn zwischen Salzburg und München. Erst einmal Richtung Ulm. Nach Budapest werde ich auch ohne Navi kommen, vielleicht auch nach Bukarest. Aber dann? Ohne ihre Adresse?
Was mache ich eigentlich? Das bin doch nicht ich.
Weiterfahren, nichts denken. Aufs Gaspedal. Das schwere Brummen am Albaufstieg. Der Lkw-Fahrer tippt sich an den Kopf, als er mich überholt, dabei stößt mein Gaspedal schon gegen den Wagenboden. Zwanzig Jahre hat mein Fiesta auf dem Buckel und sich in Stuttgart kaum von der Stelle bewegt. Aber es hat ja keinen Flug gegeben, auch für morgen und übermorgen nicht.
„Wie kann das sein, das ist doch Bukarest?“, habe ich gefragt.
Und die Frau an der Flughafen-Hotline: „Äba.“
Ich darf es mir nicht anders überlegen, nicht dieses Mal.
Die Schwäbische Alb zu meiner Rechten, die Radiomoderatorin warnt vor einem schlechten Tag. Nur der Staus wegen, sonst sei alles paletti. Das Wetter, die Jungs.

Die nächste Ausfahrt, zur Tankstelle.
Zahnbürste, Zahnpasta, Deo.
Zurück. Ich habe die Landkarte vergessen. Später.
Draußen stehen zwei Frauen an der Zapfsäule. Überdimensionierte grüne Rucksäcke, lange Haare. Flipflops, kurze Röcke. Pappschilder. BUDA in den Händen der Kleineren. Die Brünette hält PEST. BUDA läuft zum Fahrer des BMW vor meinem Wagen, sein Haarkranz schimmert. PEST taucht auf der anderen Seite auf, die Frau auf dem Beifahrersitz schüttelt den Kopf.
Ganz Budapest erscheint nun vor mir. Die Frauen zeigen auf den freien Beifahrersitz, auf die Rücksitze. Auf den Kofferraum. Sie legen ihre Rucksäcke hinein, noch bevor ich etwas gesagt habe, da öffnet BUDA hinten schon die Tür, PEST sitzt bereits neben mir. Und ich denke, ob ich so ein Zeitlupenleben führe, dass mir all das so schnell erscheint.
„I'm Lilly“, kommt es von hinten.
„Hi, I'm Daisy“, sagt PEST. „Do you understand?“
„Sure“, sage ich. „That's *Gänseblümchen* in German.“
Daisy lacht.
„Und Lilly means *Lilie*. Two flowers in my car.“
„No flower“, kommt es vom Rücksitz. „Short form of Elisabeth.“ Lilly verdreht die Augen.
Ich lächle. „I'm Lukas. That's Luke in English.“
Ich starte. Die Reifen quietschen, die beiden jubeln, als wäre mein Malheur nur eine Show.
„Lucky Luke“, sagt Daisy.
Der Schreck, dass ich den Tankrüssel nicht abgezogen habe. Mein Blick in den Außenspiegel. Daisy bezieht ihn auf sich.

Und schon erzählen sie von sich, als wären wir jahrelang zusammen auf der Straße und erinnerten uns nur an ein

paar Details. Sie wollen Budapest erkunden, Istanbul, auf dem Rückweg Sofia und Wien, sagt Daisy, *auf Auszeit, was sonst.* Sie kämen aus Oxford, beide zweiundzwanzig Jahre alt, sogar im gleichen Monat geboren, wie verrückt sei denn das? Sie habe gerade ein Jahr in Wien studiert, Germanistik, sie spreche hervorragend Deutsch, nicht wahr? Daisy dehnt den Namen der Stadt, als wäre sie dort aufgewachsen, und ich überlege, ob ich nochmals die Welt bereisen würde, nach dem Studium, ob ich danach einen Akzent tragen würde, was ich überhaupt mitbrächte, und wie es sich anfühlte, mit zweiundzwanzig, und ob ich sie nur attraktiv finde, weil sie dieses Gefühl des Aufbruchs in sich trägt. Aus den Augenwinkeln schaut sie mich an, groß und schlank, sie könnte aus einem Modeheft entsprungen sein, ein Model, das man fürs Shooting mit einem Rucksack zur Autobahn schickt.
„Und wohin fährst du?“, fragt Daisy.
„Bukarest – ein Städtetrip.“
„Awesome.“
Sie scheint mit der Antwort zufrieden, ich finde, der wahre Grund geht sie nichts an, da nimmt sie schon ihr Handy und fotografiert mich. Sie tippt etwas ein, kurz darauf ein Piepen. „It's okay“, sagt sie zu Lilly und schaut mich an dabei. „Michael says, he doesn't look like a weirdo. We can trust him.“
Lilly hustet vor Lachen, ein rasselnder Raucherhusten, kalter Rauch in der Luft.
„Michael?“
Daisy lächelt, süffisant, und ich ärgere mich über meine Frage.

Sie richtet ihr Smartphone aus, nach vorne, zur Seite. Scheinbar wahllos fotografiert sie die vorbeiziehende Landschaft: eine Wiese mit Schafen. Gebirgsketten in der

Ferne, deren Namen ich nicht kenne und nach denen sie fragt. Nur wenn ich etwas weiß, googelt sie es, um in einem neckischen Ton zu sagen, das sei *not too bad.* Oder sie fragt, was das jetzt sei, und jenes, und ich weiß nicht, ob sie es ernst meint oder mich aufziehen möchte, aber in diesem Moment beneide ich sie um ihren Übermut. Sie betrachtet die Landschaft, als könnte sie sie digitalisieren und mit nach Hause nehmen. Vielleicht erschafft sie sich zuhause eine virtuelle Welt, die sich um sie herum ausbreitet wie hier, nur schöner, größer, mächtiger. Mit Bezeichnungen der Bergspitzen wie auf diesen Metallplatten auf den Gipfel-Aussichtspunkten, mit Pfeilen, die in alle Himmelsrichtungen weisen. Auch mein Auto würde dann ein digitales Zuhause finden: Daisy fotografiert die Kurbel unter dem Seitenfenster, das herunterhängende Stück Plastik an meinem Handschuhfach.

Ich kurble die Scheibe herunter, die Wischgeräusche der begrenzenden Pfosten und Gitter drängen herein. Mein Wagen vibriert wie ein mit den Flügeln schlagender Käfer, der die Hitze aus seinem Körper pumpt. Und irgendwie fühlt es sich bei mir ähnlich an, wenn ich an die kommende Strecke denke, fremd und noch schwer zu fassen.

„Let's go hiking on our way back", sagt Daisy zu Lilly, und zu mir: „Ist das nicht schön? Vielleicht werde ich bald in Wien arbeiten, bei den Vereinten Nationen. Dann ist es auch nicht weit zu den Alpen. Ich wandere für mein Leben gern."

„Und du bist an der Donau", sage ich.

„Stimmt, ich liebe den Fluss. Was er alles verbindet: Österreich, Ungarn, Serbien. Und diese Farben. Awesome."

„Yeah, *awesome*", äfft Lilly sie nach.

Daisys Hände wirbeln in der Luft, als ob sie nach etwas greifen will. Und doch, so wie ihre Hände kreisen, zeichnen sich Bilder in meinem Kopf. Von flachen Ufern,

Stromschnellen und verwitterten Felsen. Von Daisy auf dem Wasser. Nur Lilly scheint mir nicht ins Bild zu passen.

„Vielleicht fahre ich die Donau mit dem Boot ab, mit dem Kajak“, sagt Daisy. „Nur mit einem Rucksack an Bord. Am Ufer werde ich zelten. Vielleicht klettern gehen. Und von den Hügeln darüber mit dem Gleitschirm fliegen. Das habe ich schon oft gemacht.“

Mir fällt jetzt auf, wie sehnig ihre Arme sind. Die schwieligen Finger.

„Und du? Was hast du schon alles gemacht? Ich meine, was wirklich verrückt war?“

Ich versuche, den Laster vor mir zu überholen, um Zeit zu gewinnen, doch es gelingt mir nicht, mein Wagen heult auf, ohne sich schneller zu bewegen, und ich denke, verrückt war ich meist nur in meiner Fantasie.

„Come on“, sagt Daisy. „Wir sind doch unter uns. Lilly versteht uns nicht.“

„Mich mit einem Amokfahrer angelegt.“

„Bitte?“

„Er wollte mich töten, aber ich habe es überlebt.“

Sie schüttelt den Kopf. „Du spinnst.“ Sie übersetzt es Lilly, die drückt die Finger wie einen Colt an die Stirn, *no way.*

„It’s true. I have scars. He hit me with his car, like the *Terminator.*“

Sie schauen sich an. Vielleicht sind sie zu jung, um den Film zu kennen.

„Can’t see any“, sagt Lilly.

„Under my trousers.“

Lilly prustet, kichert, wieder der Colt, jetzt in den Hals gesteckt. Auch Daisy lacht, und ich lache einfach mit.

Draußen werden die Bäume allmählich kleiner, schrumpfen zu Büschen.

Lilly schläft.

Daisy stellt die nackten Füße auf die Ablage, ihre Zehennägel hat sie grün lackiert. Auch sie schließt jetzt die Augen, aber sie schläft nicht.
„Was hast du denn wirklich vor?"
„Bitte?"
„Ich bin nicht blöd", sagt sie. „Wie heißt sie?"
Mir wird heiß, ich fühle mich ertappt. Ich möchte Lubas Geschichte mit keinem anderen teilen. Eigentlich.
„Sie heißt Luba. Wir haben ... uns aus den Augen verloren."
„Und?"
„Ich will wissen, wie es ihr geht."
„Und dafür fährst du durch halb Europa?"
Sie pfeift durch die Zähne, runzelt die Stirn, kurbelt die Scheibe herunter. Der brüllende Fahrtwind.
„Eigentlich sind es nur drei Länder."
Sie ist mit den Gedanken bei sich.
„Immerhin waren wir mal zusammen", sage ich.
Sie kurbelt das Fenster wieder hinauf.
„Michael würde nicht so weit fahren. Aber er fliegt ja." Sie lacht. Es klingt nicht echt. „Manchmal fühlt es sich so an, als mache er bei seinen Besuchen einen verdammten Städtetrip."
„Dein Freund?"
Sie nickt. Schüttelt den Kopf, schaut aus dem Fenster, doch ihre Pupillen bewegen sich nicht.
Der Himmel hat sich zugezogen. Die Sonne färbt die Wolken in ein blutiges Orange. Die Lichter der Ketten-Tankstellen und Ketten-Hotels schälen sich aus der Dämmerung, beleuchtete Autobahnschilder. Daisy und Lilly schlafen. Auch ich werde müde.
Nach Salzburg fahre ich ab.
Lilly und Daisy wachen auf.
„Where are we?"
„Are you hungry?"

Sie schauen zur Raststätte, zum Ibis-Motel. Die schräge Fassade scheint nach vorne zu kippen.
„Tired“, sage ich.
„Wir können hier übernachten“, sagt Daisy. „Nimmst du uns dann morgen nach Budapest mit?“
Der Kopf des Portiers erhebt sich träge vom Tisch. Unendlich langsam sucht er in seinem Computer: „Geht nicht. Nur noch ein Doppelzimmer frei.“
„Wir können zu Dritt schlafen“, sagt Daisy. „Haben Sie ein extra Bett?“
„Geht nicht“, sagt der Portier. „Gibt's nicht.“
„Ich kann im Auto übernachten“, sage ich zu Daisy.
„Geht nicht“, sagt der Portier.
Daisy und Lilly nehmen ihre Koffer, ich die Zahnbürste und wasche mich am Tankstellen-WC, es riecht nach Toilettensteinen, Urin und Rauch, dann parke ich den Wagen am Hotelende, dort wo es dunkler ist. Ein Surren, eine Kamera bewegt sich irgendwo an der Fassade, selbst der Zoom ist zu hören. Bestimmt schaut der Portier mir jetzt zu, wie ich den Rücksitz umklappe, im Wageninneren abtauche und wieder auf, ihm zuwinke, doch er wird nicht kommen, so faul wie er ist, *geht nicht.*

vier

Als ich auf der Intensivstation aufwachte, wusste ich noch nicht, dass mir als Andenken eine zwanzig Zentimeter lange Narbe blieb. Sie verästelte sich an meinem Becken wie ein abgerutschter Cäsarenkranz.

Ich war gerade Sechzehn geworden. Meine Mutter stand mit verweinten Augen vor meinem Bett und sagte: „Happy Birthday, Schatz, zum Sterben ist es noch zu früh." Wahrscheinlich wollte sie mich ermutigen, auf eine ähnliche Art, wie sie zu Vater „Passt schon" sagte, wenn er von der Arbeit kam und zu müde war, von seinem Tag zu erzählen. Ich sah auf mein Laken und überlegte mir, ob darunter meine Beine waren, weil ich sie nicht spürte, nur den Schmerz in meinem Becken fühlte ich, er beruhigte mich. Dass meine Hände zu riesigen Fleischklumpen geschwollen waren, störte mich nicht. Was ich sehen konnte, schien in meiner Kontrolle.

Ich sei angefahren worden und habe zwei Tage im Koma gelegen, erklärte meine Mutter. Ich habe Glück gehabt, ich solle schlafen, sagte sie und beugte sich zu mir, vielleicht um mich zu küssen, da war ich schon weg – die Schmerzmittel in den Kanülen ließen nichts anderes zu.

Ich döste am Tag, während der Nacht, in den Stunden davor und danach, eigentlich döste ich immer. Ich wurde von der Intensivstation in ein Einzelzimmer verlegt und eine Ewigkeit lang in ein anderes Bett gehievt, wie eine antike Tonfigur, weil ich schrie vor Schmerzen, was den herbeigerufenen Arzt begeisterte, das sei ein ganz wunderbares Zeichen, die Nervenbahnen seien zweifelsfrei noch intakt. Er sagte es dem Chefarzt, der wiederum alle Ausbildungsärzte und ein paar Studenten um mein Bett versammelte, um mich als eine *extrem seltene Kombination von Brüchen* zu begrüßen, die er mit einer Mischung aus Raffinesse und Gewalt erfolgreich verschraubt habe.

Eine Woche später klärte mich auch mein Vater auf und zeigte mir den Zeitungsartikel.

Mittwoch, 7. Mai 1994.

Am Dienstag ist ein Schüler offenbar gezielt von einem Autofahrer angefahren worden. In einer Verengung zwischen Lutherweg und Brenzweg erfasste der 37-Jährige mit einem Mercedes den 16-Jährigen, worauf dieser mehrere Meter durch die Luft geschleudert wurde und in der Höhe einer Garagenausfahrt aufprallte. Der Schüler erlitt schwerste Verletzungen und wurde in die Intensivstation eingeliefert, sein Zustand ist laut Klinik ernst. Der Autofahrer prallte mit seinem Wagen gegen eine Hauswand und konnte von zwei Passanten gestellt werden. Diese sagten, der Fahrer sei verwirrt gewesen und habe wiederholt gerufen: „Ich bin der Terminator!"

Von den Krankenschwestern wurde ich immer wieder darauf angesprochen, wohl auch weil mein Vater suggerierte, dass es die vielleicht erste Amokfahrt in der Backnanger Geschichte war und ich damit Teil eines historischen Ereignisses.

Es schmeichelte mir, obwohl mir der Ablauf wenig komplex erschien: Ein Mann hatte wohl einen Kinofilm gesehen, sich ans Steuer gesetzt und ich war zufällig unterwegs gewesen.

Mehr dachte ich darüber nicht nach, wie ich überhaupt nicht viel dachte, alles verflüchtigte sich in diesen Tagen: der Geruch von Vaters Rasierwasser, die Floskeln meiner Besucher, selbst die Gedanken, die tagsüber träge in meinem Kopf lagerten, konnte ich kaum greifen. Nur das Gefühl eines glatten Betttuchs, das man mir morgens unter meiner nackten Haut wegzog, um es zu wechseln, blieb und der lange Schmerz danach, als läge ich als falscher Fakir auf meinem Nagelbett.

Nach vier Wochen hatte ich mich an mein Bett gewöhnt, zumindest wenn ich ruhig lag. Die Krankenhauswände und das Laken vor mir begannen, sich mit Bildern zu füllen, während andere wieder verschwanden. Nur eines bewegte sich in meinem Kopf nicht vom Fleck: Ein dicker Junge spannte zwei Regenschirme auf, sein Kopf war zu einem Turban bandagiert. Er schwebte irgendwo hoch in der Luft, und während er schwebte, machte er eine Bewegung mit der Hand, als suche er Halt, als wolle er nach mir greifen oder auch nur winken, alles wisse er selbst nicht genau, was tun.
Viele Jahre hatte ich nicht mehr an ihn gedacht, jetzt sah der Junge seine Gelegenheit gekommen.

*

Ich war acht Jahre alt, als er vor unserer Klassentür stand. Er wiederholte die Zweite, überragte uns um einen Kopf, hatte ein flaches Gesicht, abstehende Ohren und einen Bauch. Wenn er beim Schwimmen mit patschenden Armen über das Wasser trieb, nannten wir ihn Boje. An Land aber hieß er Deppo. Ich mochte ihn und seine direkte Art. Wollte er etwas, sagte er nur, dass das jetzt *seins* sei – mein Pausenbrot mit Bierschinken und Scheiblettenkäse zum Beispiel –, und kloppte einen zur Belohnung nicht. Deppo kloppte sehr gerne, wenn kein Lehrer zusah, wobei es eher ein gutmütiges Kloppen war, ein Puffen, Raufen, Verbeulen und Balgen. Auch wenn es wehtat, wussten wir, dass es seine Art der Kontaktaufnahme war, aus der manchmal Zuneigung sprach. Von seinen Eltern hatte niemand etwas gehört, deshalb vermuteten wir, dass er in einem Heim wohnte.
Mich nannten sie in dieser Zeit *Würmchen* oder *Fantasy-Lukas*, weil ich ständig las und erzählte, was ich eigentlich in

den Büchern erlebt hatte. Manchmal hieß ich auch *Gscheidle*, weil ich so seltsam *spräche*, und doch musste ich mehrmals die Woche eine Geschichte erzählen, in denen meist Superhelden, aber auch Prinzessinnen vorkamen, obwohl ich selbst am liebsten von Geheimagenten und Detektiven las, mit ihnen schmiedete ich in Fantasiesprachen Pläne.
Deppo gefiel, was ich erzählte. Wenn er beim Zuhören die Augen schloss, bewegten sich seine Pupillen unter den Lidern wie Pingpong-Bälle hin und her, er schnaufte und schwitzte. Stockte ich, stieß er gegen mein Schienbein, was hieß, ich solle weitererzählen, und alle lachten. Das wiederum genoss Deppo und stieß mich schon bei Pausen, die eigentlich keine Pausen waren, was meine Geschichten wiederum in den Hintergrund rücken ließ. Dafür wuchs die Zahl der Zuhörer, die auf Deppos Tretkünste warteten. Dennoch machte es mich auch ein wenig stolz, merkte ich doch, dass ich in unserer Schulhierarchie stieg und den Status des Sonderlings Geschichte für Geschichte ablegte. Selbst einige von Deppos ehemaligen Mitschülern kamen hinzu. Frank und Kurt, die im Schuljahr zuvor beinahe den Fahrrad fahrenden Mathelehrer Nagel stranguliert hatten, weil sie eine Schnur über den Waldweg gespannt hatten, stellten sich auch dazu.
Frank und Kurt drängten mich, mit ihnen BMX zu fahren. Wir heizten den Schotterweg an der Kiesgrube hinunter und schoben die Räder wieder hinauf. Am Rand warfen Frank und Kurt die Räder ins Gras und deuteten mir, dass ich endlich anfangen solle. Schließlich sei ich zum Erzählen hier.
Ich ahnte schon, dass sie nur Superhelden-Geschichten mochten. Während ich zu erzählen begann, blickten sie in die Kiesgrube hinab und kauten an den Grashalmen. Danach sprachen sie miteinander, als ob es mich nicht gäbe, und fuhren mit ihren Rädern nach Hause.

So verabredeten wir uns Woche für Woche. Jedes Mal forderten sie mehr Action von mir, es mussten nun auch Waffen im Spiel sein. Ich mochte meine Geschichten nicht mehr besonders. Für die Jungs in meiner Klasse aber war ich jetzt cool. Ich war der Einzige, der ältere Freunde zu haben schien.

Eigentlich war es Franks Idee. Ich hatte ihm von Pan Tau im Fernsehen erzählt, dem Mann mit dem liebenswürdigen Lächeln, dem Schirm und der schwarzen Melone. Strich er mit den Fingern über die Krempe, zauberte er Dinge in die Welt. Er schrumpfte zu einem Winzling und war von den Erwachsenen nicht zu sehen. Mit ihm war alles möglich, er konnte sogar fliegen.
Auch wenn Pan Tau im Superhelden-Kosmos von Frank und Kurt ein Weichei sein musste, kniff Frank Kurt, grinste und zeigte in die Kiesgrube hinab. So einer wie Pan Tau könne auch Deppo helfen – doch die Art, wie er es zu Kurt sagte, gefiel mir nicht.
Am nächsten Tag schilderten mir Frank und Kurt ihren Plan: Es sei nicht schwieriger, als einen Hamster an einem selbstgebastelten Fallschirm vom Dach fliegen zu lassen, sagte Frank, auch der Hamster habe es überlebt, das könne Kurt bezeugen. Deppo sollte bei seinem Sprung zur Sicherheit zwei Regenschirme halten. Meine Aufgabe sei, für Deppo die Geschichte mit Pan Tau zu erzählen, so, dass er am Ende zur Erde segelte, oder, darauf legten sie jetzt Wert, besser noch als *Buck Rogers*, der ebenfalls im Fernsehen lief. Die Kiesgrube schien ihnen zu unspektakulär. Am nächsten Nachmittag warteten Frank, Kurt und Deppo am Haus am Kalifenweg. Schon lange stand es leer, Frank und Kurt nannten es das *Geisterhaus*. Ich hatte an diesem Tag keine große Lust, weil ich schlecht geschlafen hatte, auch weil mir der Plan nicht ganz geheuer vorkam, andererseits

glaubte auch ich an die verborgenen Kräfte der Menschen, in meinen Büchern veränderten sie ständig die Welt.
Vorbereitet hatte ich nichts. Doch als ich zu erzählen begann, weiteten sich nicht nur Deppos, sondern auch Kurts Augen. Dann schloss Deppo sie wieder und Kurt beobachtete mit offenem Mund, wie Deppos Pupillen unter den Lidern Pingpong spielten.
Als Deppo seine Augen wieder öffnete, leuchteten sie, er war jetzt Pan Tau und Buck Rogers in einem. Wortlos nahm er die beiden Schirme, stieß mit dem Fuß das verrostete Gitter auf und ging den Kiesweg zum Haus mit den eingeschlagenen Scheiben entlang. Wir hatten gerade den Hügel auf der anderen Straßenseite erklommen, als Deppos Gesicht schon hinter der Scheibe im Dachgeschoss erschien. Er riss das Fenster auf, ließ die Schirme aufploppen, zwängte sich durch den Rahmen und sprang.
In diesem Moment passierte Bauer Witzemann mit seinem Traktor das Haus und Deppo krachte mit seinen Schirmen auf den Anhänger mit den Futterrüben. Witzemann stoppte und stieg aus, das war das Letzte, was ich sah. Kurt war schon weg, Frank und ich liefen ihm hinterher.

„Er ist doch nicht gelähmt", sagte die Krankenschwester, als wir zu dritt Deppo in der Klinik besuchten. Deppo konnte sich an den Flug nicht mehr erinnern. Er erinnerte sich nur noch, dass ich ihm eine Geschichte erzählt hatte, eine Geschichte vom Fliegen. „Das war eine geheime Geschichte", sagte Frank und Deppo versprach, das Geheimnis zu bewahren. Wir lobten, dass Deppo wie Franks Hamster die Schwerkraft besiegt hatte und mit ihm, Pan Tau und Buck Rogers in einer Helden-Reihe stand.
Wenige Tage nach Deppos Flug durften Frank und Kurt nicht mehr mit mir spielen. Kurz darauf tauchten ihre Eltern bei uns auf und ich wurde nach draußen geschickt.

Als sie wieder gegangen waren, redeten meine Eltern noch miteinander, ganz leise, doch es klang eher wie Geschrei: „Zum Glück hat er keine Eltern mehr!“, sagte meine Mutter. Und Vater: „Hoffentlich hat Witzemann nichts gesehen.“

Da begriff ich, was ich bereits aus meinen Büchern kannte: Meine Eltern und die Eltern von Frank und Kurt hatten einen Pakt geschlossen.

Der Pakt betraf auch mich.

Abends kam Vater in mein Zimmer und sagte, würde ich noch einmal in der Schule für jemanden eine Geschichte erfinden, würde er mich verdreschen. Am sichersten sei, ich würde überhaupt nicht mehr so viel erzählen, sonst gebe es vielleicht noch ein zweites Unglück.

Und, als er die Tür schloss: Mit dem Bücher-Lesen sei es jetzt erst einmal vorbei, ich solle einfach nur Fußball spielen.

*

Als Deppo mit seinen Regenschirmen über meinem Krankenbett schwebte, spürte ich wieder den Schmerz. Es war nicht der eines Fakirs auf seinem Nagelbett, er kam von Vaters Worten.

Ich hatte mich nicht mehr getraut, in der Schule Geschichten zu erzählen, selbst dann nicht, als ich von einem Sonderling, den man respektierte, zum schweigsamen Außenseiter geworden war. Zu lesen hatte ich auch dann nicht mehr gewagt, als es Vater mir nach exakt sechs Monaten wieder erlaubte. Längst hatte ich meine Freunde aus den Büchern zu hassen begonnen, als hätte nicht ich sie verraten, sondern sie mich. Unmerklich war ich zu einem anderen, mir fremden Jungen geworden, was für einer, konnte ich selbst nicht mehr sagen, es war mir auch egal.

Vielleicht, dachte ich damals, komme ich viel zu früh in die Pubertät.
Deppo über mir nickte, wickelte sich schwebend den Turban vom Kopf, stieg mit den Schirmen zur Decke und verschwand.
In diesem Moment begriff ich, dass ich in demselben Zimmer lag wie einst er. Und ich verstand, dass ich mich in ein falsches Leben begeben hatte. In eines ohne Geschichten.

Kurz darauf kam Carl in mein Zimmer, als hätte ihn Deppo geschickt, um jetzt selbst Schicksal zu spielen.
Eigentlich wurde Carl hereingefahren. Schief lag er in seinem Bett, sofort fielen mir seine verknöcherten Hände und die Gesten auf, die er nur noch andeuten konnte. Die Krebsstation habe kein Zimmer mehr frei, meinte einer der Pfleger und arretierte Carls Bett, da fragte Carl schon nach einem Trolley. Minuten später erschien dieser quietschend im Zimmer und Carl packte mit beiden Händen das oberste Buch, schlug es überraschend flink auf und begann vorzulesen: „Gemcitabin ist ein Nukleosid aus Cytosin und einer diflurorierten Desoxyribose. Es wird mit Cisplatin in der Chemotherapie verwendet."
„Verzeihung", sagte er, ohne das Buch wegzulegen. „Ich bin Carl, Carl Schuster, neunundvierzig, ich weiß, das sieht man mir nicht an. Und was hast du?"
Carl wollte alles über meinen Unfall wissen. Vor allem aber liebte er es, von seiner Krankheitsgeschichte zu erzählen, er kannte selbst die Laborwerte bis auf die Kommastelle genau. So wie Carl stellte ich mir einen Medizinforscher vor, der sich selbst als Versuchsobjekt sah. Er glaubte, wieder gesund zu werden, wenn er seinen Gegner im Detail begriff. Dem Tod setzte er die Wissenschaft und ein Übermaß an Hoffnung entgegen.

Ich mochte seinen Überlebenswillen. Vor allem aber mochte ich, dass der quietschende Trolley von da an auch mir Bücher brachte.
Noch lange später erinnerte ich mich an den Moment, als ich mir das erste Buch geben ließ. Ich legte es neben mich. Erst am Morgen danach traute ich mich, es zu öffnen.
Nach all den Jahren war *Das Herz ist ein einsamer Jäger* mein erster Roman, von den Schulbüchern abgesehen. Auch bei den weiteren Geschichten ließ ich mich von den Titeln leiten: *Die Straße der Ölsardinen. Die Einsamkeit des Langstreckenläufers. Von Menschen und Mäusen.* Carl und ich genossen unsere Lesetage. Während ich las, schaltete Carl seine verbogene Lampe an und las mir aus seinen Krankheitsgeschichten vor, manchmal auch aus seinem Buch über das All, das ihn ebenfalls faszinierte. Dass wir gleichzeitig lasen, störte weder ihn noch mich. Es fühlte sich normal an.
In diesen Wochen aß ich schon wieder alles, die Menge steigerte sich von Tag zu Tag, die Narbe an meinem Becken dehnte sich. Ich nahm auch neue Wörter zu mir, das Krankenhaus war voll davon.
Wundliegen zum Beispiel. Man wendete mich wie einen winzigen, gestrandeten Wal und rieb mich mit Tran ein. Wenn die Walwender kamen, war wieder die Hälfte eines Tages geschafft. Ich mochte, dass man mein Hemd *Flügelhemd* nannte, es beschrieb meinen Zustand genau. Ich fühlte mich dem Zimmer enthoben. Das Hemd wollte ich nicht mehr ablegen.
Drei Wochen später kam eine neue Schwester auf die Station, löste zum letzten Mal die Kordel und verweigerte mir ein frisches Hemd. Zum ersten Mal wurde ich in einen Rollstuhl gesetzt und für eine Spazierfahrt in den Flur gerollt.
An diesem Tag rollten sie auch Carl hinaus, nach Hause

zum Sterben. Nachdem er mir ein letztes Mal vorgelesen hatte, von Elias Küchlers *De cura palliativa* und dem Boom der *Euthanasia medica* hundert Jahre später, fuhr er mir mit seinen verknöcherten Fingern über meinen Kopf.
„Lies nicht so viel, Lukas“, sagte er. „Das ist nicht gut für die Augen.“
An diesem Tag wusste ich, dass es Zeit wurde, dass auch ich ging.

Zuhause hatte sich mein Zimmer nicht verändert. Ich stellte alle meine Bücher Rücken an Rücken in mein Regal. Es beruhigte mich.
Ich las jetzt noch mehr: Wenn ich las, konnte ich leichter vergessen, dass Carl nicht mehr bei mir war. Ich las Büchner, Kafka, Grass. Steinbeck und Brecht. Hatte ich in meinen Jugendbüchern Freundschaften geschlossen, machte ich jetzt Bekanntschaften. Ich gewöhnte mich an die Distanz zu den Figuren, an ihre fremde Sprache, denn die Welten, aus denen sie stammten, gefielen mir.
Manchmal kam Vater in mein Zimmer, während ich las, nahm eines der Bücher in die Hand, blätterte ein wenig und sagte etwas wie Na, Lukas – und schwieg.
Ich ahnte, dass er mir erzählen wollte, wie leid es ihm tat, sagte aber nichts. Es spielte keine Rolle mehr. Wenn ich an Vater dachte, dachte ich jetzt auch an Carl.
Als ich wieder ohne Krücken gehen konnte, wusste ich, dass mich das Gefühl nicht getrogen hatte, dass etwas in mir anders war, was ich noch nicht fassen konnte. An diesem Tag nahm ich Stift und Block und versuchte, Worte dafür zu finden. Ich schrieb auf, dass mein linkes Bein zweieinhalb Zentimeter länger war als mein rechtes, dass ich mich fragte, ob mein rechtes noch zweieinhalb Zentimeter wachsen könne. Dass es sich anfühlte, als habe ich ein Tag- und ein Nachtbein. Ich schrieb, dass ich glaubte,

der Boden unter mir sei schief. Ich schrieb, dass ich mich gerne sicherer fühlte.

Als ich Luba von meinem Unfall und dem Krankenhaus-Aufenthalt erzählte, saßen wir am Schlachtensee, an jener Stelle, wo sie zum ersten Mal meine Narbe berührt hatte, so sanft, wie man ein Liebesversprechen gibt. Noch hatte sie mich nicht nach Italien gefragt.
„Jetzt kennst du die Geschichte meiner Cäsarennarbe“, sagte ich. „Ich habe einen Cäsarenkranz ohne Wert. Ich kann ihn mir nicht einmal auf den Kopf setzen.“
Luba schaute auf den See hinaus, wo sich zwei Paare mit ihren Booten ein Wettrennen lieferten. Das Gelächter und die Geräusche der Ruder drangen zu uns. „Das muss sich wie ein zweites Leben angefühlt haben“, sagte sie. „Was hast du danach gemacht?“
Nichts habe ich mehr gemacht, dachte ich. Ich war doch gerade erst sechzehn, als es passierte, was stellst du dir denn vor, wollte ich sagen, ich hatte doch nur noch mich selbst. Stattdessen aber sagte ich, dass ich wieder zur Schule gegangen sei, zwei Monate habe es gedauert, bis ich den Stoff aufgeholt hatte.
Luba fragte nicht weiter.
Auch wenn sie schwieg, wusste ich, dass sie mehr erwartet hatte. Dass ich mich nach dem Unfall für etwas Großes entschieden hätte.
Dass ich wusste, was das Wichtigste ist in meinem Leben.
Später dachte ich oft an unser Gespräch und ob mein Unfall vielleicht doch mehr verändert hatte, als ich glaubte. Mir fiel nichts Bedeutendes ein, nur manche Wörter klebten noch immer an mir, als hätten sie Widerhaken.
Würmchen. Flügelhemden. Walwender.
Nachtbein.

fünf

„Lukas."
Ein Kopf schiebt sich von außen vor die Scheibe, die Umrisse sind im Gegenlicht schwarz.
„Lukas."
Das Gesicht zeichnet sich ab, die geröteten Augen.
„Steh endlich auf. Wir sind schon lange wach", sagt Daisy.

„You should close the door when you sleep. You might be stolen", sagt Lilly, als wir fahren. Ihr grinsendes Gesicht im Rückspiegel. „You look like shit, didn't you sleep tonight?"
Dabei hat sie Schorf auf der Stirn, gestern ist es mir nicht aufgefallen. Ich möchte sie fragen, ob sie auf den Kopf gefallen ist, doch ich bin zu müde für eine Kabbelei. Und meine Narbe zieht, wie kann das sein?
Eine Phantom-Narbe. Vielleicht führe ich ja auch ein Phantom-Leben.
Schweigend fahren wir in Richtung Wien. Zu hören ist nur das Rauschen des Windes, der durch die Ritzen des kaputten Rückfensters dringt. Die Alpen am Horizont wachsen und schrumpfen wieder. Ab und zu zeichnet sich ein Gipfel unter dem Nebel ab wie eine zu spitz geratene Wolke. Ich stelle das Radio an. Ein Austropopper jodelt im Refrain über eine Frau, ich drehe die Musik auf, kurble die Fensterscheibe ein Stück herunter. Ich zähle die Brücken, unter denen wir hindurchfahren. Ich zähle senfgelbe, dann grüne Autos.
Lilly schläft ein.
Daisy schaut lange auf ihr Handy. Bild für Bild erscheint. Immer derselbe Mann ist zu sehen, groß und hübsch, das schmale Lächeln. Meist steht er neben Daisy und macht dieselben Gesten, das Victory-Zeichen, manchmal legt er zum Spaß die flache Hand auf ihren Kopf.

Bild für Bild von ihm verschwindet.
Dann hat Daisy alle gelöscht.
Am nächsten Rasthof verschwinden Daisy und Lilly in einem Café, während ich tanke. Mercedes-Limousinen und Porsche stehen neben mir, erinnern mich an Stuttgart. Nach zwanzig Minuten tauchen Daisy und Lilly wieder auf. Ein Mann begleitet sie, braungebrannt, Mitte vierzig. Er trägt ein weißes Polohemd und rote Sneaker. Er deutet auf sein Coupé, das neben dem Eingang steht. Lilly und Daisy kommen zurück, sie diskutieren. Die energischen Hände Lillys. Die entschuldigenden Hände von Daisy.
„Better car, better driver", sagt Lilly und zieht ihren Rucksack aus dem Kofferraum, lässt den plattgedrückten Karton mit Pest liegen. Daisy zögert, dann nimmt auch sie ihren Rucksack.
Zum Abschied gibt sie mir einen Kuss auf die Wange.
„Good luck, Luke."

*

Der Anhalter ist aufgewacht und schiebt die schwieligen Hände gegen die flache Abendsonne vor sein Gesicht. Reibt sich mit einem lauten Gähnen das stoppelige Kinn. Drei, vier Stunden hat er geschlafen, als wäre er tot. Er streckt sich, seine Beine stoßen gegen das herabhängende Plastikteil am Handschuhfach. Er beugt sich nach vorn, über seinen Hals räkelt sich ein Baby, daneben das Gesicht einer engelsgleichen Frau. Sein Kopf erscheint wieder.
Das Plastikteil steckt endlich in seiner Verankerung. Er öffnet das Fach und verfolgt mit einem Nicken, wie es sich quietschend in die Horizontale verschiebt. Er schließt es wieder. Dann bemerkt er meinen Blick.
„Fabia, Tochter", sagt er und versucht, mit der rechten

Hand an die richtige Stelle des Tattoos zu greifen. „Und Alina, Frau."
Jetzt fällt mir auch wieder sein Name ein: Liviu.
Er hatte an meine Scheibe geklopft wie Daisy an diesem Morgen.
Ich hatte in diesem Moment noch an sie gedacht: Ob sie noch Bilder um die Welt schicken würde, nachdem sie jene von Michael gelöscht hatte, wie mir ihre Unbekümmertheit gefallen hatte, da fragte Liviu mich schon, wie weit ich nach Osten fahren würde, zwei seiner Zähne glänzten golden. Er sah so müde aus. Beim Einsteigen vergewisserte er sich, woher ich käme, und ließ sich mein Ziel buchstabieren. Das erschien ihm plausibel genug. Er hatte nur halb die Rücklehne nach hinten gekurbelt, da schlief er schon.
Er arbeite auf dem Bau in der Nähe von Wien, sagt Liviu jetzt, schön sei die Stadt, doch zu teuer. Es lohne sich nicht, eine Wohnung zu nehmen, alle zwei Wochen fahre er für drei Tage nach Rumänien zu Alina und Fabia zurück.
„Du auch Frau?"
Ich schüttle den Kopf.
„Schade", sagt er. „Das ist wichtig." Er gähnt laut.
„Job?"
„Marketing-Agentur."
Sein Pfeifen. „Gut. Viele hübsche Frauen."
„Nein", sage ich. „Alte Männer. Wir werben für Senioren."
„Bist du Chef?"
Wieder verneine ich, und er: „Dann kannst du nix machen."
„Und jetzt Urlaub?", fragt er. „Nein? Dann Dienstreise?"
„Ich habe mir selbst frei genommen."
Wieder pfeift er durch die Zähne. „Mein Chef nicht erlauben."
Er macht eine knappe Bewegung mit der Hand am Hals.
Ich überhole einen Lastwagen, das Dröhnen schluckt sei-

ne Fragen, Dieselgeruch dringt ein. Ich schalte die Lüftung aus. Nur der jaulende Motor ist noch zu hören. Hinter mir hupt es aus einem fetten, anthrazitfarbenen Wagen, die schmalen Scheinwerfer blenden auf.

„Stuttgart ist schöne Stadt, aber teuer“, sagt Liviu, vielleicht weil er merkt, dass mir das andere Thema unangenehm ist. „War ich schon auf Montage. Auch Autobahnen besser als bei uns. Aber voll.“ Er stöhnt. Er zeigt auf die Spuren vor uns. „Hier nicht immer gut, geht aber schneller. So ist das. Gut und auch schlecht.“

Ich warte, dass er weiterspricht, doch er hat sich auf die rechte Seite zur Landschaft hingedreht. Für ihn ist alles gesagt.

Liviu schläft noch immer, als wir uns der Grenze zu Ungarn nähern, die keine richtige Grenze mehr ist. Ich meine, die alten Grenzanlagen zu erkennen, die dunkelgrünen Kästen. Jägerstände.

Ich muss an die Fernsehbilder aus dem Sommer 1989 denken, wie die ungarischen Grenzer den Zaun zu Österreich abbauen. Ich sehe Menschen vor mir, die mit sächsischem und thüringischem Dialekt sprechen, sie haben ungläubige, glückliche Gesichter. Die Autos, in denen sie sitzen, schieben sich mit winzigen Rußwolken heran. Ich stelle mir Luba vor, wie sie in diesem Moment Hunderte Kilometer weiter östlich in einer Stadt an der Donau ist, wo andere Bilder im Fernsehen laufen. Im Winter jenes Jahres sah sie die Bilder der Ceaușescus: schwarz-weiß und tot. Auch ich sah fern, inmitten der winzigen Lichter, die unser Weihnachtsbaum auf den Fernseher warf, wirkten die toten Körper seltsam feierlich und gespenstisch.

„Die toten Ceaușescus haben nicht anders ausgesehen wie die lebenden“, hatte Luba einmal gesagt. Deshalb habe sich in Rumänien auch nichts verändert.

Liviu ist aufgewacht. Er schaut auf die Kennzeichen, hinaus in die flach gewordene Landschaft, die in der Abenddämmerung verschwindet. Er öffnet beim Gähnen so weit den Mund, als wäre die Luft ein Stück Pizza.
„Ungarn, gute Wurst, scharf. Besser als Deutschland. Aber Politik scheiße", sagt er und haut mit der flachen Hand zwei Mücken platt. „Alles gut und schlecht. So ist Leben." Er legt seine Hand auf meine Schulter. „Früher habe ich an Grenze Parfüm gekauft, bei Vietnamesen, für Frau. Chanel, 18. Vielleicht 19, weiß nicht mehr. Teuer. Aber für mich gut, weil Geschenk", sagt er und hält den Finger unter das Auge. „Verstehst du?" Er lacht, seine Lunge ächzt. „Verzeihung", sagt er, öffnet das Fenster und spuckt aus. „Von früher. Marlboro – *ganz echt.*" Er malt Gänsefüßchen in die Luft. Die Kieselsteine in seiner Lunge kullern. „Und du? Hast du wenigstens Freundin? Was mag sie?"
Ich weiß nicht, welches Parfüm Luba kaufte, denke ich, es war mir nicht wichtig. Sie roch nach etwas Sandelholz, es war ein dunkler, stiller Geruch, ich glaube, es war ihr eigener. Ich würde sie sofort daran erkennen.
„Sie mag keine dummen Fragen", sage ich, Liviu lacht.
„Kenne ich. Sagt Frau auch."
Liviu zieht einen Kaugummi aus der Tasche, steckt ihn in den Mund und drückt das Papier in den Ansatz der Scheibe hinein. Der Luftzug versiegt. „Bei euch aus, stimmt's?" Er fängt an zu kauen, schiebt den Gummi von der einen zur anderen Seite des Mundes. „Vermisst du sie?"
Ich vermisse den Moment der Stille, wenn wir miteinander geschlafen hatten. Dass ich fremde Namen auf unseren Spaziergängen lernte: Leuștean. Untișor. Dass Luba mir sagte, was ich nicht hören wollte. Dass ich zu ängstlich sei – selbst meine Träume seien zu klein. An manchen Abenden schaute sie mich lange an, als forsche sie mich aus. Einmal sagte sie: „Du guckst wie ein Fuchs."

„Kann man etwas vermissen, was man vielleicht nicht wirklich kannte?", frage ich.
Liviu nimmt den Kaugummi aus dem Mund und formt ihn zu einer Kugel. Zerquetscht ihn. Gibt ihm seine Form zurück. „Das solltest du überlegen."
Die Abendsonne färbt den Schäfchenhimmel blutig ein, bis er in der Dunkelheit verschwindet, wir schweigen. Die Scheinwerferlichter streifen über ausgebeulte Lasterplanen und Hinweisschilder, wir passieren Budapest, die Ausfahrt nach Szeged taucht auf, die Lichter Szegeds verschwinden.
Ich bin müde. Ich fahre an einer Raststätte heraus.
Liviu steigt mit mir aus, streckt sich. Sprintet zu einer nahen Bank und stützt sich mit den Armen auf ihr ab, macht Liegestützen. „Das tut gut", ruft er. „Du bist müde, ich fahre. Kenne mich aus."
Wortlos gebe ich ihm den Schlüssel. Ich möchte mich einrollen in eine Decke, nichts mehr denken.
„Keine Angst", sagt Liviu, als er den Wagen startet. „Ich kenne Giurgiu. Große Brücke über Donau, zu Ruse. Mein Dorf ist auf Weg", sagt er, und noch etwas, was das Brummen des Wagens schluckt. Ich höre den Saugton der vorbeiziehenden Planken. Den tröpfelnden Regen. Das Gleiten der Wischblätter.
Als ich aufschrecke, weiß ich nicht mehr, wo wir sind. Wie lange ich geschlafen habe.
„Du Depp!", flucht Liviu. „Fahren musst du lernen."
Die Scheinwerferlichter des Lasters hinter uns werden kleiner, vor uns zeigt das Schild die Ausfahrt nach Timișoara an. Wir sind also bald da.
Hier begann die rumänische Revolution, hatte Luba das nicht erzählt? Ich bin zu müde, um an eine Revolution zu denken. Ich möchte nur schlafen. Doch Luba schleicht sich wieder in meine Gedanken, sie will noch nicht gehen.

Ihre Stimme verwebt sich mit dem Autobrummen, sie ruft, weil ich sie nicht verstehe. Ich sehe den Tisch vor mir, den unterschriebenen Vertrag, sie sagt, jetzt leise: „Du wolltest doch wissen, wer meine Kinder-Zeichnungen verbrannt hat.“

sechs

Als ich sie an Wanko den Verräter erinnerte, war ihr Kopf so nah, dass ich mein Gesicht in ihren Augen sehen konnte. Die Kopie meines Arbeitsvertrags rutschte vom Küchentisch und damit meine Entscheidung, nicht mit Luba nach Italien zu gehen.

„Wanko war doch wie mein bester Freund, verstehst du das?“

„Ich verstehe“, sagte ich, doch ihre Augen meinten bereits nicht mehr mich.

Sie lächelte jetzt, was mich irritierte, bis sie anfing zu erzählen und ich verstand, dass sie in Gedanken im Donaudelta war.

Es war wieder 1987 und sie gerade zehn Jahre alt geworden. Es war ihr letzter Ferientag auf dem Campingplatz. Luba sang ihr Lied und schrie mit den Möwen um die Wette. Sie fühlte sich, als ob auch sie fliegen könne.

Zum Abschied schickte sie mit den aufziehenden Wolken ihre Wünsche über das Land. Bis nach Italien sollten die Wolken ziehen. Zuvor aber sollten sie den Regen nach Giurgiu bringen, so heftig, dass die Donau über die Ufer trat.

Als Luba tags darauf aus dem Donaudelta zurückkehrte, war es trocken und heiß. Im Dunst zeichnete sich die Brücke der Freundschaft ab, die über das Ufer nach Ruse führte. Doch Luba spürte noch dieses Gefühl in sich: Flügel an ihrem Körper.

So traf sie am nächsten Tag Wanko.

Auch er war gerade zehn Jahre alt geworden. Auch sein Vater stammte ursprünglich aus Bulgarien – aus Ruse, von der anderen Seite. Zum ersten Mal hatten sie sich an jenem

Abend kennengelernt, als Luba Ceaușescu parodiert und ihr Vater sie geschlagen hatte.
Von Anfang an hatte sie das Gefühl, dass Wanko immer zu ihr stehen würde. Sie hatte Wanko ihr Versteck gezeigt. Dort hatten sie später mit blutigen Fingern ewige Freundschaft geschworen. Oft lief Wanko ihr ausgerechnet dann über den Weg, wenn sie mit dem Vater die größten Probleme hatte. Er spürte, was sie fühlte.
An diesem letzten Ferientag ließ sie mit Wanko an der Donau die flachsten Steine über das Wasser springen. Sie sagten dabei: „Drei Sprünge für ein saftiges Brot. Fünf für ein Steak. Zehn für 100 Essensmarken. Hundert Sprünge für ein Eis in Italien."
Statt des Eises entdeckten sie unter den Kieseln die Flagge. Fünfzig winzige Sterne auf einem Hosenstoff. Hatte sie ein Besucher aus den USA über die Brücke getragen, und was war dann mit ihm geschehen?
Während Wanko den Stoff noch zwischen den Händen rieb, hatte Luba längst begriffen: Die Flagge war ein Zeichen.
Am Abend nahm sie die Nähsachen ihrer Mutter und verschloss ihr Zimmer von innen. Sie spitzte den Faden durch das Nadelöhr und stach in den ersten der Sterne, stach in die rumänische Flagge, die sie zur Feier am zweiten Tag nach Schuljahresbeginn tragen sollte.
Dieses Mal hatte sich sogar das Staatsfernsehen angekündigt. In der Schule munkelte man, ob Ceaușescu selbst komme: Es war ein offenes Geheimnis, dass Rektor Popescu Kontakte in die höchsten Ebenen pflegte, er galt als harter Hund. Lubas Vater war stolz darauf, dass er sich gut mit Popescu verstand. Manchmal kam er mit einem Kilo Rindfleisch oder jugoslawischen Schnaps nach Hause, den es sonst nirgendwo gab. Wenn er zu viel getrunken hatte, sagte er, dass sie sich vom Gehalt der Mutter ja nicht so

viel leisten könnten, und die Mutter schickte Luba nach draußen, um ihn zurechtzuweisen.
Luba kaute mit den Zähnen den Faden ab, die amerikanische Flagge hatte sich in die rumänische gewebt. Ihre Fingerspitzen waren wund. Die ganze Nacht lag sie wach. Sie würde Wankos Schutz brauchen. Sie zweifelte nicht an ihm – bisher war er immer für sie dagewesen.

Am frühen Morgen lief sie mit Wanko zur Schule. Sie wickelten die Schlaufen der Bürsten um ihre Hände und tauchten sie in den Metallkübel, um den Eingangsbereich zu wienern. Sie alle mussten putzen. Fernsehrein. Lubas Finger schmerzten. Der stechende Geruch des Scheuermittels erinnerte sie an das Rattengift zu Hause im Hof. Wanko schaute in ihr Gesicht, auf die wunden Finger.
„Was ist los mit dir?"
Schrubbend und flüsternd vertraute Luba Wanko ihr Geheimnis an.
Sie würde den Wimpel zuerst in die Höhe halten, flattern lassen und Wanko geben. Sie würden *Viva l'Italia!* rufen, das hatte sie in einem der alten Fernsehfilme gesehen.
Mit offenem Mund hörte Wanko ihr zu, während seine Hände in kreisförmigen Bewegungen immer wieder über denselben Fleck fuhren. Die halblangen Haare klebten an seiner Stirn. Luba mochte sie. Die anderen Jungs trugen die Haare kurz.
Sie strich ihm die Strähnen zur Seite: „Wanko?"
„Aber das ist doch eine amerikanische Flagge."
„Du bist doch dabei?"
Wanko hatte sich auf die beiden Scheuerbürsten gestemmt und atmete schwer. „Gut", sagte er. „Aber du fängst an."
Luba umarmte ihn, da rutschte sie mit der Bürste auf dem glatten Boden ab und brachte Wanko zum Fallen. Mit den Beinen stieß er an den Sockel hinter sich, den Sockel mit

der Büste; nur wenige Schulen hatten am Eingang eine Büste Ceaușescus stehen, auch das hatte Popescu erreicht. Nichts wäre passiert, hätte nicht jemand kurz zuvor das Glas der Vitrine abgeschraubt und weggetragen, um es von innen zu putzen. So aber stürzte Ceaușescu zu Boden und teilte sich in der Mitte. Mit den Scheuerbürsten an den Händen liefen Luba und Wanko nach draußen und hielten erst viele Straßen weiter an. Keuchend warfen sie die Bürsten weg. Niemand hatte sie gesehen.

Am Tag darauf wurde Luba aus dem Unterricht zu Popescu gerufen. Sie wusste sofort, dass sie jemand verraten hatte. Am Abend zuvor hatte sie durch das Fenster Popescus Wagen vor ihrem Haus stehen sehen, die Stimmen aus dem Wohnzimmer gehört, wie er auf den Vater einredete. Das Klirren der Gläser.

Jetzt hatte sie Angst. Bevor sie an Popescus Tür klopfte, stellte sie sich vor, wie Wanko schon beim Rektor gesessen war, still und bleich, sie konnte ihn zittern spüren. Sie stellte sich vor, wie er zuvor die langen Haare abrasiert hatte, um Popescu zu gefallen.

Sie hörte Popescu telefonieren, mit der Stimme eines Bären.

„Komm herein, Luba“, sagte der Bär.

Aktenordner, Stempel und eine Tasse Tee standen auf dem Schreibtisch, Luba bemerkte die Beutel an einem der Tischfüße, offenbar waren es Geschenke.

„Deine Einstellung stimmt nicht, Luba“, sagte Popescu. Laut schlürfte er Tee, ohne sie aus den Augen zu lassen. Stellte die Tasse ab. Zeigte auf das Bild an der Wand hinter sich. Der Mann hatte schwarze Haare. Die Haare im Fernsehen waren bereits grau. Es war der Mann von der Büste. Zum ersten Mal fiel Luba auf, wie Popescus Gesicht Ceaușescus ähnelte.

„Willst du denn deine Eltern unglücklich machen?", sagte *Ceaupescu,* der Bär. „Und antworte mir gefälligst, wenn ich mit dir rede."
Luba hielt seinem Blick stand.
„Ich weiß es. Dein Freund hat mir alles erzählt."
Wie er das Wort *Freund* aussprach. Sein haariges Grinsen näherte sich. „Ich glaube, du weißt genau, dass das stimmt." Das Maul roch nach Pfefferminztee und Schnaps.
„Niemals", sagte Luba.
Die Bärenpranken kratzten über den Tisch. Brüllen.

Klassenlehrer Munteanu erhob sich, die Schüler sprangen auf und drückten ihre Rücken durch. Popescu hatte sein Bärenfell abgelegt und zog sich die Krawatte zurecht. Nichts sagte er zur Begrüßung. Auch nicht, dass man sich wieder setzen könne. „Luba will euch etwas sagen. Warum sie die Büste unseres Landesvaters und Führers Ceaușescu zerstört hat."
Alle Blicke richteten sich auf Luba. In diesem Moment fiel ihr auf, wie einheitlich sie alle angezogen waren, nie hatte sie es zuvor gestört. Die Mädchen trugen blaue Röcke und weiße Blusen, die Jungen blaue Hosen und weiße Hemden. Sie alle hatten die roten Pioniertücher um den Hals gebunden. Es war, als hätte man nur drei Farben verteilt. Wanko schaute vor sich auf den Tisch, vom Kopf war nur der kahle Schädel zu sehen. Die Gesichter der anderen waren angespannt, mit großen, ängstlichen Augen.
„Luba hat das Andenken des Führers und Genossen Ceaușescu mutwillig zerstört", sagte Popescu. „Sie hat sich nicht an das Kollektiv angepasst, ihr fehlt jegliches sozialistisches Bewusstsein. Was sollte ihre Strafe sein?"
Ciprian trat nach vorne, der Klassenvorsteher. Er hatte einen Zettel in der Hand. Luba verstand sofort, dass Popescu schon zuvor im Klassenzimmer gewesen war.

„Luba hat unser sozialistisches Kollektiv enttäuscht und ist eine Schande für unsere Schule. Sie hat das Andenken unseres Landesvaters und Führers Ceaușescu für immer beschädigt. Sie soll zehn Stockschläge erhalten und im gesamten Jahr den Putzdienst übernehmen“, las Ciprian und setzte sich wieder.

Luba schaute nach draußen, sie konnte die Blicke nicht mehr ertragen. Auch der Himmel war weiß und blau.

Sie merkte, dass Popescu sie ansah, als er die letzte Frage stellte: „Wer ist der Meinung, dass Luba nicht mehr auf diese Schule gehen soll?“

Es dauerte, bis der Erste die Hand hob. Lubas Herz pochte. Ihr waren Popescu, die Mitschüler egal – nur Wanko zählte. Da hob auch er die Hand.

Es war jetzt totenstill. Sie hörte nur ihr eigenes Herz schlagen.

„Sag doch etwas, Luba“, sagte Ciprian.

„Viva l'Italia“, flüsterte sie.

Zuhause wartete im Wohnzimmer der Vater. Popescu saß neben ihm. Schnaps stand auf dem Tisch. Der Sahnekuchen der Mutter. Die Stimmung war unwirklich, Vater und Popescu siezten sich jetzt. „Da ist sie ja“, sagte Popescu. „Dann überlasse ich das Mädchen Ihnen, Genosse Matei.“

Er nahm zwei Flaschen und eine Schachtel mit Kuchen, ging zur Tür und drehte sich nochmals um. „Sie haben sich bisher um die Partei verdient gemacht, doch das geht zu weit. Mehr kann ich nicht mehr für Sie tun. Jetzt liegt es ganz an Ihnen.“

Als Popescu gegangen war, legte sich Luba von sich aus über die Knie des Vaters. Mit flacher Hand fing er an, sie zu schlagen.

„Wie konntest du mir das antun?“, rief er.

Ihr Po brannte, sie schrie, um die Wut des Vaters zu beruhigen.
„Du entschuldigst dich morgen bei Popescu, bei der ganzen Klasse!“
Doch sie spürte die Schläge schon nicht mehr. Sie war ein Stein geworden.
„Warum tust du uns das an“, sagte die Mutter und weinte. „Bitte. Mach es wenigstens für mich.“
Wie sollte ein Stein sprechen?

Am nächsten Tag durfte Luba nicht mehr zur Schule.
Als die Eltern zur Arbeit gingen, verschlossen sie die Tür. Sie lief durch das Haus, je mehr sie rannte, stieg ihre Wut, doch ihre Wut konnte nicht heraus und wandelte sich in blanken Hass. Sie hasste den Vater, sie hasste Popescu, doch der Hass auf Wanko schluckte sie alle. Er hatte sie trotz des Schwurs verraten. Der Hass auf ihn fühlte sich an wie Ersticken.
Sie musste sich rächen, sie musste ihn aus seiner Wohnung herausprügeln.
Am Abend, nachdem die Schule zu Ende war und sie voller Schmerzen auf ihrem Bett lag, wusste Luba nicht mehr, wie sie ihm aufgelauert hatte, ohne dass es jemand gemerkt hatte. Sie hatte sich im Schatten der Eingangstür versteckt, sein Gesicht war kreidebleich gewesen.
„Das war ich nicht!“, hatte er geschrien. „Das war ein scheiß Plan! Ich hatte Angst!“
Je mehr er beteuerte, dass er sie nicht verraten hatte, umso stärker schlug sie zu. Sie schlug ihn mit den Fäusten, trat mit den Füßen zu, folgte ihm über den Flur in das Zimmer, trat gegen das schiefe Regal, Bücher fielen herab. Wanko schützte mit den Armen sein Gesicht, sonst wehrte er sich nicht.

Als Luba sich zum Abendessen an den Tisch setzte, fing ihre Mutter zu weinen an. Erst jetzt bemerkte Luba ihre geschwollenen Daumen, die blau unterlaufenen Ellenbogen. Den blutigen Schorf auf ihren Unterarmen.
Der Vater schwieg.
Als sie im Bett lag, hörte sie, wie er die Treppe hinaufging, um vielleicht doch noch etwas zu sagen. Gespenstisch langsam öffnete sich die Zimmertür. Dann schloss sie sich wieder, und ihr Vater stieg die Treppe hinab.

*

Kurz darauf musste Luba die Schule wechseln.
In den folgenden Wochen wichen die Eltern nicht mehr von ihrer Seite. Bevor sie ans andere Ende der Stadt ging, musste Luba ihre Schulhefte vorlegen.
„Behalte sie bitte immer bei dir", sagte ihre Mutter. „Gib sie auch deinen Klassenkameradinnen nicht."
Dabei mied man sie ohnehin. Popescu hatte dafür gesorgt. Luba hatte das Gefühl, Popescu lebe jetzt auch im Haus. Er saß bei ihnen im Keller und wartete, um nachts nach oben zu steigen.
Sie wollte nicht mehr mit ihren Eltern reden. Was sie sagten, klang wie in der Schule. Zuvor hatte es noch zwei Sprachen gegeben – die Sätze dort draußen und die Worte im Haus. Jetzt füllte die Sprache von draußen auch das Innere aus.
Der Vater ging nur noch selten weg. Und wenn, kehrte er ohne Fleisch oder Schnaps zurück. Popescu mied ihn, ebenso der Bürgermeister.
Es war still geworden beim Abendbrot, der Vater hatte wenig zu erzählen. Oft saß er nach dem Essen wortlos am Küchentisch. Die Mutter schloss dann die Tür. „Wir müssen ihn etwas in Ruhe lassen", sagte sie.

Die Mutter machte das Abendessen, das Frühstück, versorgte die Hühner im Hof. Kümmerte sich um die Post. Sie war es auch, die an die Tür ging, als nach vielen Wochen sich ein betagtes Parteimitglied nach dem Ehemann erkundigte, warum er nicht mehr zu ihren Treffen komme? Er hatte von den Hintergründen nichts erfahren. An diesem Tag schloss auch die Mutter die Tür hinter sich.

Luba fühlte sich wieder vollkommen allein. Zum Glück hatte sie ihre Kladde. Sie schrieb, wie weh es ihr tat, dass sie und ihr Freund gemeinsam nicht stark genug gewesen waren und Popescu gewonnen hatte. Sie schrieb, wie sich ihr Freund zum Feind entwickelt hatte und sie sich vor ihm fürchtete. Sie schrieb, dass es sich zuhause anfühlte, als bleibe ihr nach jedem Tag weniger Luft. Abends schob sie die Kladde in den Spalt zwischen ihrem Schrank und der Wand. Niemand durfte von ihren Aufzeichnungen wissen.

Als sie sich nicht mehr zu schreiben traute, aus Angst, ihr Vater oder Wanko könnten die Kladde finden, zeichnete sie Hunde, Katzen und Höhlen. Schilf, Schiffe und Steine. Rattengift. Die Geschichten zu ihnen versteckte sie in ihrem Kopf.

Das Zeichnen beruhigte sie. Die erste Kladde half ihr über den Winter. Die zweite durch das Frühjahr. Als sie gerade die Sommerkladde anfangen wollte, nach ihrem letzten Schultag, bemerkte sie, dass die anderen Aufzeichnungen fehlten.

Sie ahnte es sofort. Sie stellte sich vor, wie Wanko ausgenutzt hatte, dass sie einen viel längeren Schulweg hatte als er. Wie er sich die Treppen hinaufgeschlichen, den Schrank durchwühlt hatte und unter das Bett gekrochen war. Wie er dann mit den Händen den Spalt zwischen Wand und Schrank entdeckt hatte. Durch das offene Fenster roch Luba Rauch. Sie rannte die Treppen hinab, im Hof

konnte sie das Feuer sehen, Wanko war schon geflohen. Sie zog die Kladden an den Deckeln heraus, doch die Blätter waren verkohlt. Nur zwei Seiten mit Zeichnungen hatten die Flammen verschont.
In ihrem Zimmer presste sie sie unter den Atlas mit der Europakarte. Ihre Hände hatte der Ruß geschwärzt. Sie fuhr mit den Fingerkuppen über die Grenzen bis nach Italien und weinte.
Sie wollte selbst Asche sein.

Lubas Finger fuhren in diesem Moment über den Tisch, als würde sie noch immer die Aschespur ziehen. Sie stoppten. „An diesem Tag wusste ich, dass ich Rumänien für immer verlassen werde. An diesem Tag habe ich mir geschworen, nach Italien zu gehen."
Die Schärfe in ihrem Blick war verschwunden, die Insel in ihrem linken Auge lag im Dunst. Aus ihrem Körper war die Anspannung gewichen.
„Ich bin so müde", sagte sie, stützte sich mit beiden Händen ab und stand auf.
Am selben Abend packte Luba eine Tasche und ging zu Radka, als wäre ich schon nicht mehr ein Teil ihres Lebens. Ich war im Schock. Wie ein toter Käfer lag ich nachts mit dem Rücken auf dem Bett, unfähig etwas zu denken oder mich zu bewegen.

Als Luba nach zwei Nächten in die Wohnung zurückkehrte, erkannte ich sie kaum wieder. Alle Energie schien aus ihrem Körper gewichen. Wir beide wussten nicht, was wir sagen sollten.
Die nächsten Tage konzentrierte Luba sich nur noch auf sich selbst, sie haushaltete mit ihren Kräften. Sie verbarg die Mahnungen, die sie aus dem Briefkasten zog, nicht mehr vor mir. Sie aß alleine. Sie stellte nicht einmal Fragen.

Ich hätte auch nichts zu antworten gewusst, ich war wie taub.
Taub von ihrem Italien-Wunsch. Dass ich ihr nicht geholfen hatte.
Dass ich wie Wanko war.
Und ich war so müde. Ich konnte nicht mehr schlafen. Erschöpft ging ich zur Arbeit und kehrte abends bleiern zurück. Stundenlang war ich über Slogans gesessen und hatte nur einen Bruchteil geschafft. Nachts setzte ich mich wieder an den Schreibtisch, um sie fertigzustellen. Ich hatte Angst, ich würde meine Stelle verlieren.
Ich beschloss, vorübergehend auszuziehen – so wie wir nebeneinander lebten und uns ignorierten, verfiel, was von unserer Beziehung noch übriggeblieben war. Ich mietete mir für vier Wochen ein Zimmer in einer Pension.
Ich wusste nicht, wie ich es Luba sagen sollte, wir sprachen ja nicht mehr miteinander.
Ich schrieb Luba einen Zettel, dass ich nach der Arbeit die wichtigsten Sachen aus der Wohnung holen und umziehen würde. Den Rest wollte ich ihr persönlich erklären.
Als ich am Abend die Wohnungstür öffnete, hatte sie den Zettel noch in der Hand.
„Du nimmst etwas mit, was mir gehört", sagte sie.
„Was?"
„Die Zeit, die du mir gestohlen hast."
Da sagte ich ihr, dass ich bald auch den Rest holen würde.

Seit einer Woche wohnte ich in der Pension, als ich wieder zur Wohnung ging. Ich hatte ihren Vorwurf nicht vergessen, tief hatte er mich verletzt. Er hatte alles entwertet, was wir gemeinsam erlebt hatten.
Ich hatte Luba Bescheid gegeben, ich wollte es schnell hinter mich bringen.

Als ich die Tür öffnete, spürte ich sofort, dass etwas nicht stimmte.
Ihre Jacken lagen auf dem Boden, der offene Koffer im Regal, in der Küche pfiff der Teekessel, die Herdplatte glühte.
„Luba! Was ist los!“
Sie antwortete nicht. Ich lief ins Bad, ihr Shampoo lag in der Wanne, ihre Nagelfeile, Schere, ein Schuh. In einer Vorahnung rannte ich zum Balkon, als ich sie neben dem Schlafzimmerbett kauern sah, leichenblass. Ihre Hände krallten sich in ihre Ohren. Sie trug nur ein weißes Top, sie hatte sich die Unterarme zerkratzt.
Ich nahm ihren Kopf in meine Hände, suchte in ihren tollkirschengroßen Pupillen nach einer Reaktion. „Was ist passiert? Was machst du nur?“
Ich schüttelte sie, gab ihr Ohrfeigen, fürchtete, sie könnte Tabletten genommen haben. Ihr Blick drang jetzt durch mich hindurch, ich wusste nicht, ob sie mich wahrnahm, ich war erleichtert, dass sie überhaupt reagierte. Ich zog sie an mich, dann aufs Bett, sie sträubte sich, ich konnte sie kaum bewegen.
Ich ging ins Bad, um ein nasses Handtuch zu holen. Da hörte ich, wie in der Küche der Geschirrkasten quietschte. Ich lief wie in einem Reflex zu ihr, sah das Brotmesser in der Hand. Ich griff nach ihr und stoppte das Messer an ihrem Bauch. Sie hielt es mit aller Kraft, ich hielt dagegen, unsere Hände waren starr – starr wie ihre Augen. Fischaugen.
Unendlich lange umklammerte ich Lubas Hand und das Messer, das zwischen unseren Körpern zitterte. Ich spürte, wie langsam die Kraft aus ihrer Hüfte und Beinen wich, sie wich aus ihrer Schulter. Die ganze Energie war jetzt in ihrer Hand und dem Messer gebündelt.
Sie flüsterte: „Mach schon. Ich kann nicht mehr.“
„Pst“, sagte ich nur. „Alles wird gut. Du musst nur loslassen.“

„Nichts ist gut“, sagte sie und stieß mich weg mit letzter Kraft, das Messer glitt entlang unserer Bäuche, als wir stürzten. Ich spürte nichts. Ich sah nur das Messer mit der Klingenspitze unterhalb meiner Schulter stecken, noch immer hielten wir es beide in unseren Händen. Luba murmelte etwas, sie hatte den Kopf zur Seite verdreht.
Ich versuchte, ihre Hände vom Griff zu lösen. Obwohl ich blutete, spürte ich in diesem Moment keinen Schmerz. Ich hatte nur Angst, ich könnte ihre Finger brechen.

sieben

Vor einem halben Jahr besuchte ich Vater zu seinem 70. Geburtstag, ein Jahr war ich schon nicht mehr bei meinen Eltern gewesen.
Sie erwarteten mich schon vor der Eingangstür. Vaters Haar schillerte in der Sonne weiß. Er winkte mir, obwohl ich schon vor ihm stand. Die Wohnung roch nach Zwiebeln und Speck, sie hatten Quiche Lorraine gekocht. Durch das Esszimmerfenster konnte ich den Wäscheständer im Garten sehen. Der Wind hob Vaters Hemden und Strümpfe an.
Wir aßen. Wir hörten auf die Geräusche der Gabeln und Messer auf unseren Tellern. Ich erinnerte mich an die Geräusche, die wir früher beim Essen gemacht hatten, es waren die gleichen, gedämpft und stumpf.
Über dem Sideboard hingen noch immer die Bilder von meiner Einschulung: Ich trage eine zu große Tüte, die Haare gescheitelt, das Hemd mit weißem Kragen, bis oben zugeknöpft. Starr schaue ich aus meinen weiten grünen Augen. Hinter mir steht die große Linde mit dem Baumhaus, jetzt ist sie gefällt.
„Was für ein ruhiges und kluges Kind", hatte die Klassenlehrerin später zu Papa gesagt, „und es erzählt allen Geheimagenten-Geschichten von sich. Nur einen Freund hat es noch nicht."
Papa gab mir mit der flachen Hand einen Klaps auf den Hinterkopf und lächelte. „Wird schon", sagte er, und die Lehrerin lächelte auch. Ich aber war froh, dass sie nicht verstanden hatten, dass der Geheimagent mein wirklicher Freund war, der mich aus den Büchern heraus in meiner Fantasie begleitete.

„Das war gut", sagte Vater nach dem Essen, nahm den Teller in beide Hände und leckte mit der Zunge den Rest ab. Mutter ging nach draußen, um selbstgemachten Kirschlikör zu holen.
Wir tranken, lobten den Likör und stellten fast gleichzeitig die Gläser wieder ab.
Meine Eltern sagten, dass sie jetzt beide gerne reisen, und ich musste daran denken, dass Mutter 30 Jahre in der Sparkasse gearbeitet hatte und mit Vater gemeinsam in die Rente gegangen war, seitdem kein Wort mehr von der Arbeit von damals. Vielleicht, dachte ich, erträgt Mutter Vaters Schweigsamkeit auf Reisen besser, wenn der Fahrtwind und die Landschaft erzählen.
Als Kind hatte ich mich nach etwas Zeit und Aufmerksamkeit von Papa gesehnt, doch ständig war er beschäftigt. An den Wochenenden arbeitete er auf den Baustellen. Er half den Bauern bei der Ernte. Eine Zeitlang reparierte er Autos, die mich nicht interessierten. Er renovierte das Haus, verputzte die Wände. Bepflanzte den Garten. Baute einen riesigen Schuppen. Immer mehr Aufträge nahm er an und kam selbst an Sommertagen erst dann zurück, wenn es schon dunkel geworden war.
Zumindest nahm er mich sonntags ins Freibad mit. Ich genoss die Zeit mit ihm, auch wenn wir kaum sprachen.
Am liebsten war mir der Moment, nachdem wir geschwommen hatten. Wir stiegen aus dem Becken und legten uns auf die Betonplatten. Ich schloss die Augen, während die Chlorpfütze unter mir verdampfte und die Geräusche mit Papas Schnarchen sich zu einem tiefen Summen verwoben. Die Sonne erhitzte meinen Rücken. Ameisen krochen über meine Beine und setzten ihren Weg fort. Meine Finger drückten sich in die schwarze, weiche Masse zwischen den Platten, während ich mich unendlich schwer fühlte. Ich mochte dieses Gewicht in mir, am liebsten wäre ich versunken.

Ein ähnliches Gefühl kannte ich nur von meinem Baumhaus. Papa hatte es für sich gebaut, als er selbst Kind war. In der Ferienzeit kletterte ich jeden Morgen mit einem Bücherfreund hinauf und las. Ich stieg nur hinab, um zu pinkeln oder zu essen. Ich blieb, als der Wind kälter wurde und meine Beine sich klamm anfühlten. Ich streckte die Zunge aus, wenn es zu regnen begann und der Wind die Tropfen zu mir trieb. Das Buch schützte ich unter meinem T-Shirt. Ich liebte den Geruch des Regens und des Harzes an den Händen.

Mutter schenkte Espresso ein. Vater reichte den Zucker. Mutter fragte, *wie es mir in der Agentur gehe?*

Ob ich wieder eine Freundin habe, fragte Vater.

Und Mutter: *Was ich denn für mich koche?*

Mir fiel es auf, es waren viele alte Fragen.

Wir spazierten im Garten, um die Birnen anzuschauen, den Baum mit den Zwetschgen. Vater zeigte zu der Stelle hinauf, wo das Baumhaus gestanden war und meinte, *Hier sind wir beide gerne gesessen,* und dieser Satz berührte mich.

Wieder im Haus fragte er, ob ich etwas aus meinem Zimmer mitnehmen wolle? Die alten Bücher?

Auf dem Rückweg fuhr ich an der Kiesgrube vorbei. Mir kam in den Sinn, was Frank gesagt hatte, als wir zusammen mit den Fahrrädern hier entlang gefahren waren. *Warum ich nie eine Meinung habe?*

Ich sah mich abermals am Tisch sitzen. Nicht nur an diesem Nachmittag, sondern als Kind, all die Tage davor: Mama, Papa und ich. Vielleicht, dachte ich, hatten wir uns alle auf unsere Weise entzogen.

In diesem Moment sah ich auch Luba vor mir. Ich dachte, dass ich Glück gehabt hatte, dass sich mein Vater aus meinem Leben zurückgezogen hatte, anstatt es zu bestimmen.

Ich dachte daran, wie sie an mir verzweifelt sein musste. Mit beiden Händen hatte sie durch mich hindurchgefasst, als sie mich wie keinen anderen brauchte.

acht

Ich glaube, Lubas Hand auf meiner Schulter zu spüren, als mich eine tiefe Stimme weckt. Die Hand gehört zu einem viel zu kräftigen Arm.

„Hast du verstanden, Lukas?“, sagt Liviu. „Ich musste Umweg fahren. Mutter hat angerufen, du hast geschlafen. Sie ist sehr krank, muss Krankenhaus. Wollte dich nicht wecken. Du musst Straße ins Tal nehmen, dann immer richtig weiter. Ich nicht zurück. Telefoniere, wenn du brauchst Hilfe!“

Ein Mann ruft etwas, ein Hupen. Liviu drückt mir einen Zettel in die Hand, küsst mich zum Abschied auf beide Wangen.

Ich höre einen Wagen starten und schrecke hoch, kurz meine ich, mein Auto fährt und nicht das andere.

Die Scheiben sind beschlagen, ich steige aus, doch das Auto ist schon weg. Vor mir die schmale Straße mit flachen, langgezogenen Häusern, über denen ein Kabeldickicht wuchert, Überlandleitungen. Die Hänge wachsen mit Kiefern und Fichten empor, auf der anderen Straßenseite fallen sie ab. Ich bin in einem verdammten Gebirge.

Meine Uhr zeigt kurz vor sieben. Es muss Sonntag sein. Wie lange ist Liviu gefahren? Ich sehe das Schild von Timișoara vor mir, gegen Mitternacht muss ich aufgeschreckt und wieder eingeschlafen sein. Wo mag es Berge in Rumänien geben? Die Karpaten fallen mir ein, ihre Bogenform, was nutzt sie mir.

Ich gehe einige Schritte, der Teer ist brüchig, wie die Adern unter einer alten Haut. Die Häuser tragen Orange- und Ockertöne und Stromkästen an den Seiten, die Öffnungen der Abflussrohre enden direkt neben den hölzernen Türen. Ein alter Daimler ist geparkt, ein Pferdefuhrwerk.

Niemand zu sehen. Ob hier überhaupt jemand Deutsch oder zumindest Englisch spricht? An der Kreuzung steht eine Kirche mit drei Türmen, die goldene Kreuze tragen. Ich warte, dass die Glocke die volle Stunde intoniert, der Schlag bleibt aus.

Ich gehe zum Wagen zurück und starte den Motor, um meine Hände am Gebläse zu wärmen, der Zettel ... In großen Ziffern steht die Telefonnummer geschrieben, doch die Zahlen sind verwischt. Nullen oder Achter, Einsen oder Zweier, vielleicht auch eine Drei.

Ich drehe das Radio an. Verzerrt dudelt eine Frauenstimme. Dann Werbung. Ich suche weiter, noch ein Sender auf Rumänisch, der Empfang bricht ab. Auch mein Handy zeigt keine Verbindung an. Wind kommt auf, treibt Kiefernnadeln über die Straße, Zigarettenstummel.

Ich muss hinunter, wo es flach ist, wo es Städte gibt und Wegweiser. Wo es flach ist, fließt die Donau. An ihr liegt Giurgiu, irgendwo.

Ich starte den Wagen. Büsche und Bäume ziehen vorbei, ein grau-grüner Teppich, von Zweigen durchwebt. Auch hier ist niemand unterwegs, nur Stromleitungen begleiten mich. Die Straße führt hinab und wieder hinauf, ohne eine größere zu kreuzen, dann erscheint das nächste Dorf, mit Häusern wie Schuppen. Ein Hinweisschild weist bergab. Wieder schlängelt sich die Straße in engen Kurven, kurz darauf windet sie sich hinauf.

Ich nehme einen Abzweig, der Weg endet an einem Wald. Eine steinerne Kapelle duckt sich in ihn hinein, ein Holzbrunnen steht davor.

Ich bin durstig. Erst jetzt fallen mir die Gräber zwischen den Bäumen auf, die schiefen, mit Efeu überwachsenen Steinkreuze. Der Hahn am Brunnen ist rostig, das Wasser ergießt sich röhrend in den bauchigen Trog. Ich warte, bis es sich aufgehellt hat, dann lasse ich es in meine Hände laufen, um daraus zu trinken. Ich streife mein Hemd ab, wasche mich. Die Wolken über mir brechen auf, langsam erwärmt sich meine Haut. Es wird ein heißer Tag werden. Ich setze mich auf die Bank neben dem Trog. Bemerke die Alte, wie sie auf ihren Stock gestützt am Waldrand steht, an einem der Gräber. Sie trägt ein Kopftuch und einen weiten schwarzen Rock und klobige Halbschuhe. Ihre Augenbrauen sind zusammengewachsen. Ich nicke ihr zu, die Brauen formen sich zu einem Bogen. Sie bekreuzigt sich, die schmalen Augen folgen jeder meiner Bewegungen. Ich ziehe das Hemd über und warte, bis sie zu mir kommt. Wortlos setzt sie sich.

„Hallo", sage ich, „Giurgiu?"

Sie schaut nur.

„Tschutschu? Dschudschu"?

Sie schüttelt den Kopf.

Ich zeige in alle Richtungen und wiederhole das Wort. „Where Dschudschu?"

Sie spricht das Wort wie eine Erinnerung, weich. „Dumitru", sagt sie. „Dumitru."

Ich wiederhole es, sie nickt. Sie hält ihre flache Hand über ihren Kopf, als würde sie etwas messen. „Dumitru." Sie zwickt mich mit den Fingern in meinen Oberarm. Die Vögel in den Bäumen pfeifen.

Ich versuche es mit „Bukarest", und um sicherzugehen: „Bucarest. Bukarescht. Bukareschti."

Sie lacht. Zwei Lücken zeichnen sich in ihrem Mund ab. Sie zeigt mit dem Stock auf den Boden. „București, București", sagt sie, ihr Kehlkopf springt hoch und herunter, sie hustet, spuckt aus. Speichel fliegt auf Bukarest und schäumt es ein.

Ich schaue mich um. Tote. Kein Haus zu sehen. Auf einem Baum wird sie nicht wohnen. Denkbar wäre es, ihr Rücken imitiert die Form einer Borke. Mindestens Ende siebzig

wird sie sein, sie muss Kinder haben, vielleicht einen „Dumitru". Enkel. Je jünger, desto besser. Und wenn sie jünger sind, sprechen sie hoffentlich Englisch.
„Children", sage ich, sie rückt ein Stück von mir ab. Stöhnt, als ob ich ihr lästig werde.
Ich fahre den Weg zurück und biege auf die Straße ab. Erneut führt sie herunter und abermals hoch, Häuser schmiegen sich an das Gestein, doch nicht ein Schild, auf dem stünde, wo es nach Bukarest ginge. Ortsnamen wie verschlüsselte Wörter. Das ist absurd. Jedes Kaff hat doch einen Pfahl stehen, der in alle Himmelsrichtungen weist.
Ich muss an die Rumänen denken, die ich in Berlin kennen gelernt habe. An die Tschechen und Polen. Sie kamen meist aus angesagten Städten, aus Krakau, Cluj oder Prag, und wollten in eine noch coolere Stadt. Wenn ich über das Land oder aus der Zeit gefallene Dörfer fragte, winkten sie nur ab. Das sei doch nur ein Klischee. Man würde merken, dass ich aus dem Westen komme.
Von wegen.
Ich habe Hunger. Ich überlege mir, was ich im Kofferraum habe: nichts. Kein Café, kein Laden. Nur Häuser. Ich fahre weiter, bis die nächste Ortschaft folgt, die Straße dreht sich wie ein Korkenzieher tiefer ins Gebirge hinein. Ich halte, wo ich das Zentrum vermute. Drei Ziegen stehen in einem Garten. Müssten hier an einem Sonntag nicht wenigstens ein paar Alte auf Bänken sitzen? Doch da sind keine Bänke. Mein Kopf ist zum Bersten gespannt. Ich kurble die Scheibe herunter, Mücken fliegen herein.
Ich schreie. „Scheiße, scheiße, scheiße."
Mein Handy piepst, auch der Akku ist ohne Kraft. Doch rechts von dem Warnzeichen bäumt sich ein winziger Strich auf, ein Signal. Ich steige aus, laufe die Straße ab, bis es sich stabilisiert, ich könnte einen Freund anrufen und um Hilfe bitten. Und sofort wird mir bewusst, dass es

mir nichts nutzt. Wie sollte er mir den Weg beschreiben, wenn ich nicht weiß, wo ich bin? Das Handy piepst wieder, es zeigt drei Nachrichten an, zwei davon sind von gestern, die Nummer kenne ich nicht.
Das Handy brummt. Dieselbe Nummer.
„Hören Sie eigentlich nie Ihren Anrufbeantworter ab?"
Reichert.
„Wissen Sie, wie oft ich es bereits versucht habe? Was haben Sie sich eigentlich dabei gedacht? Einfach abzuhauen."
Wie konnte ich sie vergessen? Die Flecken an ihrem Hals, ihr gefrorenes Lächeln, als ich die Tür hinter mir schließe. Wie weit weg das ist.
„Ich erwarte Sie morgen im Büro, dann werde ich diese kleine Irritation wieder vergessen."
„Das geht nicht."
Ihr Atem. Wie sie ihn beruhigt. „Möchten Sie sich erklären?"
Die Ziegen meckern, die Glöckchen am Hals klingeln. Ein Mann steht bei ihnen, bärtig, krumm und alt, auf einem Stock gestützt. Schaut aus seinen tief liegenden Augen zu mir. Ob er Englisch spricht?
„Hello?", rufe ich. „Do you speak English?"
Er hebt den Stock.
„Kommen Sie mir jetzt dumm?"
„Verzeihung, ich hatte nicht mit Ihnen gesprochen. Ich meinte den Ziegen-Mann."
„Das reicht jetzt. Ich kann auch anders, glauben Sie mir. Morgen sind sie bei mir, sonst ..."
Die Worte setzen aus, dann ist es still. Kein Laut von ihr. Selbst die Ziegen schweigen. Es piepst, der Akku ist leer. Der Bildschirm wird schwarz. Mein Gesicht spiegelt sich darin. Ich sehe Nasenhaare und Licht hinter den Ohren, sie rauschen, das Rauschen schwillt an. Ich knie mich auf den Boden, stütze mich mit den Armen ab. Ich habe ja

nicht einmal ein Ladegerät, denke ich. Ich atme ein, aus. Ein, aus, doch schon zieht sich mein Magen zusammen, der bittere Geschmack in meinem Mund. Ich erbreche. Langsam setze ich mich wieder auf, mein Atem beruhigt sich. Nur das Rauschen bleibt, ein langer, heller Ton. Meine Ohren beginnen zu klingeln, das Klingeln schwillt an. Die raue Zunge an meinem Hals. Zwei schmale Ziegenaugen.
„Heyhey."
Der Alte ruft etwas, was ich nicht verstehe, schief stehe ich auf.
„Heyhey", sagt der Alte und zieht die Ziege zurück. Fährt sich mit der Hand über den Bauch, schüttelt sich vor Lachen. Zeigt auf meinen Wagen. „Germania."
Ich nicke. „Bukarest?"
Er schüttelt den Kopf.
„București here", sagt er und malt mit der Hand Schleifen in die Luft, wie eine Fliege, die langsam auf den Boden gleitet. Dann deutet er auf den Abzweig rechts von uns.

Die Serpentinen schlängeln sich hinunter und wieder hinauf, zum Glück führen sie jetzt meistens herunter. Die Gegend wird felsiger und etwas trockener, der Wald lichtet sich. Endlich kann ich ein Flimmern sehen, ein schmales bläuliches Band. Die Donau. Wo es flimmert, ist es flach, das muss sie sein. An der nächsten Kreuzung führt nur ein Kiesweg bergab, mit Gras überwuchert und steil.
Ich biege ab, schalte in den zweiten Gang, die Räder drehen durch, die Achsen quietschen. Ich bremse, schalte in den ersten, Steine spritzen, das tackernde Geräusch an den Türen. Hinten bricht der Wagen aus, ich lenke dagegen, der Wagen rutscht, ein Stein schlägt an die Windschutzscheibe.

neun

Tagebuch Luba

Rom, 19. April
Es ist fast Mitternacht. Ich kann nicht schlafen, obwohl ich den ganzen Abend in der Küche stand. Außer mir war ein Mann zum Spülen eingeteilt, aber er arbeitete nicht. Er beobachtete mich und ging immer wieder in den Hof, um eine Zigarette zu rauchen.

Ich hatte gestern die Anzeige an der Eingangstür gelesen. „Bedienung gesucht." Die Scheibe des Restaurants war dreckig, aber die Theke dahinter ausladend und aus dunklem Marmor. Die Frau musterte mich. Sie trug ein kurzes rotes Kleid und eine winzige weiße Schürze. Sie hatte die Haare in einem goldenen Ton blondiert.
„Wie gut Sie unsere Sprache sprechen", sagte sie. „Aber Ihr Akzent klingt komisch. Woher kommen Sie?"
Ihr Lächeln verschwand.
„Es sind viele von Ihnen da", sagte sie.
„Von Ihnen?"
„Ja, Sie wissen schon." Sie zeigte zum Bahnhof, zu den Roma.
„Das sind nicht meine", sagte ich.
Ihr war das egal. „Sie können morgen Abend in der Küche zur Probe arbeiten. Aber als Bedienung nicht."
Ich fühlte mich auf einmal so müde. Und doch habe ich zugesagt.

Als der Spüler endlich vom Rauchen kam, stellte er sich neben mich. Er gab mir Anweisungen, wie ich die Teller eintauchen solle.

„Ich kann Teller ins Wasser eintauchen, das kann jeder Depp", sagte ich.
„Komm mir nicht so – oder ich sag' es der Chefin", sagte der Spüler. „Zicke."
Das hörte Marco – der Koch. Er wies den Spüler zurecht. „Dann weißt du auch, was ich der Chefin sage." Da war der Spüler stumm.

Später stellte sich Marco mir vor. Er kommt aus einem Dorf in Sizilien und hat dort keine Arbeit gefunden. Wer laufen könne, gehe weg, sagte er.
Mir gefiel, wie er mich dabei ansah. Sein Blick hat nichts Ungewisses. Seine Augen sind dunkel und warm.
Als ich fertig war, rief er mit diesem Blick nach der Chefin. Er lobte, wie schnell und sauber ich arbeite – man merke, dass ich schon früher in Restaurants angestellt war.
Ihr gefiel offensichtlich nicht, wie sehr er mich lobte. Sie öffnete einen der Schränke und hielt wortlos eines der Gläser gegen das Lampenlicht. Und doch überzeugte Marco sie, mich zu beschäftigen. Er überredete sie sogar, mir die Probestunden zu bezahlen.
Wie aus Spaß zwickte sie Marco in den Arm, aber es war eine Geste, die meinte, dass ich mich von ihm fernhalten solle. „Lo faccio solo per te, tesoro", sagte sie zu Marco und legte mir das Geld auf die Spüle.

Morgen haben sie das Restaurant geschlossen. Danach beginnt meine Arbeit. Von der Chefin werde ich mich fernhalten, so gut es geht.

Rom, 20. April
Ich war den ganzen Tag unterwegs. Ich hatte nur mein Skizzenheft dabei, es fühlte sich gut an. Ich wollte zeichnen, bevor

ich wieder arbeiten muss. Ich spazierte durch die halbe Stadt, doch ich fand kaum Ruhe, so aufgeregt war ich. Ich suchte nach einem Brunnen und setzte mich auf eine Bank. Neben mir spien zwei Forellen Wasser aus ihren Mündern, das Plätschern beruhigte mich.

Ich musste an Berlin denken. Ich mochte die Ausflüge mit Lukas an die Seen. Abends, wenn wir uns vom stundenlangen Laufen erschöpft hatten, setzten wir uns ans Ufer. Ich lauschte dem Wellenschlag und spürte dem Wind nach. Tauchte in meine Gedanken ab. Es beruhigte mich wie mein Stift in der Hand, wenn ich zu zeichnen begann. An den Seen erschienen mir die Dinger kleiner: die Boote am anderen Ufer. Blätter und Käfer. Steine. Der Tag ordnete sich für mich.

Davor aber kamen wir kaum zur Ruhe. Wie Lukas mich immerzu anschaute und mir zuhörte, als würde ich gleich neue physikalische Regeln verkünden. Wie aufgedreht er manchmal war, wenn er mir einen seiner Lieblingsplätze zeigen wollte. Und was er quasselte, wenn er spürte, dass mir etwas zu schaffen machte, und er den ganzen Tag den Clown für mich spielte. Er mit seinen Geschichten.

Ich mochte sie. Er hatte eine Leichtigkeit beim Erzählen wie ein Kind. Vielleicht wie das Kind, das ich einmal war. Wenn er erzählte, glaubte ich, wir sind eins, auf völlig unterschiedliche Weise.

Vielleicht habe ich ihn deshalb anfangs zu wenig von seinen Geschichten getrennt, ich dachte, das, was er erzählte, könnte auch für mich gelten.

Ich merkte, wie ein Junge an meinem Rock zog und lachend wegrannte. Mir wurde wieder bewusst, wo ich war. Ich war wütend auf mich, dass ich an Lukas gedacht, dass ich mich ausgerechnet an unsere guten Tage erinnert hatte.

Ich ging stundenlang durch die Stadt, um zu vergessen. Es gelang mir nicht.

Jetzt fühle ich mich besser. Es aufzuschreiben hilft, ihn zurückzulassen.

21. April
Ich muss an Marco denken. Ob es ihm ernst ist?

Nach dem Mittagstisch hatte ich das Geschirr gespült, und das Restaurant schloss für einige Stunden. Marco fragte mich, ob ich mit ihm spazieren gehe.
Er führte mich zum Kolosseum. Es erinnerte mich an Ceaușescus wahnwitzigen Palast in Bukarest. An das Volk, das unter den Kosten litt. Wie gerne hätte ich Marco darüber erzählt, aber ich ahnte, dass er nichts davon kannte. „Das Kolosseum macht die Menschen klein", sagte ich nur.
„Ich weiß, was du meinst", sagte Marco. „Das Kolosseum wurde nicht für Leute wie uns gebaut."
Ich fühlte mich verstanden wie lange nicht. Ich küsste ihn auf die Wange und entschuldigte mich, doch er lachte.
Auf dem Rückweg gingen wir Arm in Arm.

Nach der Abendschicht bot mir Marco an, mich zu meiner Pension zu begleiten. Ich hakte mich bei ihm unter, er hatte viel Parfüm aufgetragen, eine herbe Note. Marco redete ständig. Er erzählte, wie allein er sich gefühlt hatte, als er von Sizilien nach Rom gekommen war. Er machte mir Komplimente, wie gut ich Italienisch spreche und wie schön er meine Augen finde. All das klang ziemlich plump und berechenbar, doch es tat mir gut. Weil es mir gefehlt hatte. Weil es sich so einfach anfühlte.
Als er mich fragte, ob ich bei ihm übernachten wolle, sagte ich ja. Ich müsse nur noch einige Sachen in der Pension holen.
Ich ging allein hinein. Marco sollte nicht merken, dass ich das Geld für die Übernachtung sparen wollte.

„Das geht nicht, Sie müssen das Zimmer für heute Nacht dennoch bezahlen", sagte der Mann an der Rezeption. „Außerdem ist ja noch Ihr Koffer darin."
Ich sagte Marco, dass ich etwas müde sei. Ob ich am nächsten Tag bei ihm übernachten könne?
Kurz schaute er wie ein bockiges Kind: „Mal sehen, vielleicht habe ich morgen keine Lust."
„Du wirst schon Lust bekommen", sagte ich.

22. April
Heute habe ich mir das Geld für das Pensionszimmer gespart. Der Mann stellte meinen Koffer unter, weil ich ihm versprach, dass ich wiederkäme und dann länger bliebe.
Marcos Wohnung ist nur ein Zimmer mit einer winzigen Küchenzeile. Wir zogen das rote Sofa zum Bett aus. Wir lachten, weil die alten Federn quietschten. Der Sex mit ihm fühlte sich gut an.
Danach lagen wir lange in unseren Armen. Marco fragte mich, woran ich denke.
„Die Chefin mobbt mich", sagte ich. „Hat sie ein Recht, nur weil ihr das Restaurant gehört? Ist das nur ihr Land?"
Er zündete sich eine Zigarette an.
„Hast du nicht gehört, was sie heute gesagt hat? ‚Was glaubst du eigentlich, wer du bist?' Ich habe doch nur um einen Vorschuss gebeten."
„Das war doch nicht so gemeint."
„Hast du nicht ihr Gesicht gesehen?"
„Sie schaut immer etwas streng", sagte er. „Sie will die Chefin geben, das ist ihr Job."
Dann döste er ein.

Ich schreibe. Es hilft mir, wachsam zu bleiben. Ich weiß, was es heißt, wenn etwas nicht gemeint ist, Marco muss mich nicht belehren. Nie war etwas gemeint und geschah dann doch.

Marco wacht auf, er reibt sich Schlaf aus den Augen.
„Was schreibst du?“
„Über die Chefin.“
Er reagiert nicht.
„Man müsste die Leute auf die Länder verteilen, die sie verdienen“, sage ich. „Sie würden sich wundern, glaub' mir.“
„Du siehst müde aus. Wann hast du zuletzt richtig geschlafen?“
„Ich weiß nicht. Bevor ich hierhergekommen bin.“
„Hör jetzt auf, du musst dich endlich ausruhen. Ich werde der Chefin morgen sagen, dass du später kommst. Der Spüler ist ja da.“
Er versucht, mir das Tagebuch aus der Hand zu nehmen, damit ich schlafe, doch ich drehe mich von ihm weg.

23. April
Als ich heute Morgen aufwachte, war Marco schon aus der Wohnung.
Ich brauchte frische Luft. Ich wollte mir zum Frühstück einen Espresso holen und nahm Marcos Schlüssel vom Tisch.
Auf dem Weg zum Café hörte ich ein Schlagen und Splittern. Ein Junge spielte vor mir mit einem Stock. Er schlug auf die Bank und zielte auf vorbeifahrende Autos. Unwillkürlich wechselte ich die Seite. Der Junge schaute überrascht, dann zeigte er mit dem Stock auf mich.

Auch an meiner neuen Schule hatte es an Stöcken nie einen Mangel gegeben, sie schienen aus dem Pult zu wachsen. Ich musste oft nach vorne kommen und mit durchgestreckten Armen die Hände flach auf den Tisch legen. In den vorderen

Reihen hielten sie gespannt den Atem an. In den hinteren feixten sie.
In diesen Momenten dachte ich an mein Versteck am Donauufer. Und ich dachte, was macht es für einen Sinn, wenn sie mir die Finger kaputt hauen, sie wollen doch Arbeiter.
Es gab einen in der Klasse, der nie den Stock spürte, weil er der Sohn eines Funktionärs war. Und es gab einen, der es darauf anlegte. Er rülpste bei der Hymne, als habe er zum Frühstück zwei Teller voll Luft geschluckt. Ich glaube, er brauchte den Stock, um sich noch selbst zu spüren. Als der Stock bei ihm brach, klang es wie splitternde Knochen.
Wer nicht ans Pult ging, hatte den Stock im Kopf.

Anfangs hatten Lukas und ich über unsere Kindheit gesprochen. Ich hatte ihm von meinen Streifzügen an der Donau und von geheimen Verstecken erzählt, nicht aber von Stöcken. Ich wollte uns Zeit geben.
Eines Abends, als wir uns schon ins Bett gelegt und lange erzählt hatten, sagte er aus Spaß: „Irgendwie sind wir beide mit unserer Vergangenheit beschäftigt. Vielleicht sollten wir mehr erleben."
Dieser Satz machte mich wütend. „Du kapierst nichts", sagte ich. „Wenn dir die Vergangenheit nicht mit jedem verdammten Schritt an der Fußsohle klebt, dann hattest du keine."
Sein Gesicht...

Mit Radka konnte ich meine Erinnerungen teilen.
Oft sprachen wir darüber, dass in Deutschland, zumindest im Westen, noch alles da war, womit die Älteren einmal gespielt hatten. Und war es nicht da, kauften sie es im Internet. Das galt auch für Filme, Bücher, die Musik. Sie hätten so weitermachen können, als wäre nichts gewesen. Es hat uns verrückt gemacht. Was wir erfahren hatten, gab es nicht mehr, es galt jetzt eine neue Zeit. Man hat die Stöcke verschwinden lassen.

Es ist gut, zu wissen, dass Radka weiß, wie ich aufgewachsen bin. Vor allem ist es gut, dass sie weiß, was ich vergessen muss, weil es ihr ähnlich geht.

*

Marco und die Chefin stritten, als ich zur Arbeit kam. Die Chefin schaute mich aus ihren eifersüchtigen Augen an. „Du bist entlassen. Hier fehlt niemand ohne Grund."
„Es war nicht ihre Schuld", sagte Marco. „Es war mein Fehler."
„Du kannst ja auch gehen, wenn es dir nicht passt", sagte sie zu ihm.
Ich hatte nicht damit gerechnet, dass Marco in die Küche ging. Ich wartete, dass er zurückkam, während die Chefin die Kasse öffnete und sechzig Euro auf den Tresen legte, meinen Verdienst von gestern. Sie lachte hämisch, weil ich nach Marco schaute. Ich ließ seinen Schlüssel vor ihr auf den Boden fallen, nahm das Geld und ging. Ich hörte sie schreien, wie sie mich eine Hure nannte.

In der Pension sagte der Rezeptionist, ich sei ja nicht lange weggewesen. Er holte den Koffer und gab mir dasselbe Zimmer.

Kein Anruf von Marco.

zehn

Meine Narbe zieht.
Ich will mich am Lenkrad abstützen, doch meine Hände und Arme sind taub.
Hinaus.
Noch benommen suche ich meinen Körpern nach Verletzungen ab.
Nichts.
Nur das Auto überziehen Beulen und Schrammen. Die Scheinwerfer sind zersprungen, die Schutzbleche liegen im Kies. Auch das noch.
Egal. Weg damit.
Kratzend versinken sie in den Sträuchern. Die Büsche hinter mir sind kahl, der Wagen hat die Blätter rasiert. Mit dem Schuh schlage ich gegen das Fahrzeugheck. Es quietscht und knarrt gegen meine Wut. Der Auspuff wackelt – noch hält er.
Ich biege auf die Teerstraße ein, fahre Schlangenlinien, um den Wagen zu testen. Das Schlagen einer Trommel und eines Beckens, Krach, um jeden Abschleppdienst anzulocken, zum Glück fällt nichts ab, denn hier ist weit und breit keine Hilfe zu sehen. Nur zwei Umspannleitungen. Wie in Norddeutschland, ohne die Alleen; ohne Kühe oder saftige Wiesen. Nur der Teer ist frisch, die Mittelstreifen glänzen.
Die Straßen genügen sich in ihren langen Geraden. Ich fahre und werde schnell dabei müde, weil die Sonne drückt. Es ist ein trockenes, fahles Licht. Alles wird jetzt flach, selbst der Himmel, als fahre man zwischen zwei Deckeln, immer weiter in diese seltsame Ebene hinein. Wieder und wieder halte ich am Straßenrand an, nicke kurz ein. Beim Aufwachen zirpen die Grillen. Es erinnert mich an

eine Westernlandschaft ohne die Staffage. Etwas Weizen und Mais wachsen an den Straßenrändern, so als stünden sie nur da, um zu beweisen, dass es hier Landwirtschaft gibt. Vielleicht auch der Subventionen wegen. Die Böden sind viel zu hart und sandig, die Sträucher vertrocknet. Ab und zu zeigen sich ein paar Häuser. Zwischen ihnen keine Mitte, keine Ampel. Nur Schilder mit Ortsnamen, die mir nichts sagen.

Die Sonne sinkt tiefer. Sie verschwindet hinter einer Wolke und färbt sie in ein rötliches Blau, ein altmodisches Sofakissen. Die Häuser verschwimmen in der Ferne. Ich halte an einem Kiosk, um nach Hilfe zu fragen. „Magazin Alimentar." Ein Cola-Automat an der Ecke. Fußbälle in einem Drahtkasten, das Gitter mit einem rostigen Schloss versperrt. Ein Panini-Heft in dem gerahmten Glaskasten darüber: die rumänischen Fußball-Helden der WM von 1994. Gheorghe Hagi ist darunter, dass ich den Namen noch weiß. Innen kein Licht. Die Ladentür ist verschlossen.

Die Straße führt weiterhin kilometerlang geradeaus, das Sofakissen dort oben hat sich geschwärzt. Der Wind treibt jetzt den Sand über die Fahrbahn, eine dünne, zitternde Schicht. Es sieht unwirklich aus. Ich biege auf einen Feldweg ab, er könnte zu einem Bauernhof führen. Ein Pferdewagen zwängt sich dicht vorbei, der Fahrer beachtet mein Handzeichen nicht, schon ist er weg.

Wieder kilometerweit nichts, nicht einmal eine Hundehütte. Die Landschaft wird noch karger: Das Scheinwerferlicht leuchtet verbrannte Sträucher aus, dürre Pflanzen. Sand auf dem Weg, immer mehr Sand. Er erhebt sich an den Seiten zu schmalen, fließenden Dünen. Wieder weiche ich auf einen Seitenweg aus, Zäune schützen ihn an den Rändern. Sie grenzen die dünnen Sträucher ein, um den Sand zu halten. Schon hebt der Wind die oberste Schicht, verdunkelt mein Licht. Ich halte, weil ich pinkeln

muss. Ich laufe, das T-Shirt über den Mund gezogen, bis ich eine Düne finde, hoch genug, um meinen Unterkörper zu verdecken, ich komme mir albern dabei vor. Vor mir Brennnesseln in ihrem Sandbett, ihr zischender Protest.
Zurück sind die Reifen meines Wagens vom Sand umspült, als wäre ich in der Wüste. Mein Fiesta bewegt sich nur mit Mühe, immer wieder drehen die Reifen durch. Ich drehe das Lenkrad hin und her, der Wagen ruckelt, dann steht er. Die Tanknadel liegt auf Null. Das Warnlämpchen daneben bleibt blass. Es ist defekt.
„Fuck, fuck, fuck."
Ich schlage auf das Lenkrad, die Konsole. Als Antwort ein dumpfes Ploppen.
Ich steige aus und gehe die Dünen entlang, der flimmernde Sand verbirgt die Sicht, auch auf mein Auto. Niemand da. Eine zerrissene Lidl-Plastiktüte hängt in einem Strauch.
„Hallo? Ist da jemand?"
Ich rufe lauter, doch ich höre nur mich, der Sand dämpft den Ton.
Ich fluche. Ich verfluche die Marke meines Autos, verfluche mich.
Endlich etwas Fassbares, ein Wegkreuz. Unter dem Schindeldach sitzen zwei Engel. Zwischen ihnen zeigt sich Jesus, rosa und schmal, ein androgynes Wesen. Er fühlt sich spröde an, das Holz körnig und rissig. Die Engel grinsen. In der Säule sind Namen eingraviert, Verliebte? Die Herzen fehlen. Vielleicht bin nicht nur ich gestrandet. Eine halbe Wüste und nichts zu trinken. Ich kann die Augen kaum aufhalten. Ich lausche in die Dunkelheit. Sie ist blind und taub. Kein Hund. Nicht einmal eine Grille. Nur mein Atem. Und irgendwo eine Fliege. Ich setze mich. Die Kälte kriecht über meine Haut, unter mein speckiges T-Shirt.
Ich ziehe mein Handy aus der Tasche. Der Bildschirm flackert auf, der Akku hat sich ein stückweit erholt. Ich tippe

die 110, die 112, vielleicht funktioniert das ja auch hier. Kein Empfang baut sich auf. Nicht einmal eine Benachrichtigung trudelt ein, *willkommen in unserem Land, wenn sie weiter telefonieren, ziehen wir Ihnen Ihr Geld aus der Tasche.* Ich klicke auf den Bilderordner, ich suche nach Lubas Video, während mein Handy wegen des Akkus warnt.
Es ist das einzige, das ich nicht gelöscht habe.
Luba schaut mich an, irritiert, weil ich in diesem Moment nur sie ansehe und nicht höre, was sie sagt, dann blickt sie nach unten, vielleicht hält sie etwas in der Hand.
Es ist unser dritter Ausflug an einen See, wir sind zum Nikolassee zurück, ans Nordufer. Es ist ein sonniger Tag, kein Regen, der uns vertreiben könnte. Ich wollte sie in diesem Moment filmen, weil ich mich mit ihr so leicht fühlte, weil ich mich an unseren ersten Ausflug erinnert hatte, als wir die Steine springen ließen, ich wollte ein Stück von diesem Tag für immer einfangen.
Die Kamera erfasst eine karge Landschaft, fast wie hier, betrachtete man nur diesen Ausschnitt. Ich zoome zu Luba heran, die schmale Falte bildet sich über ihrer Nase, wie immer, wenn wir unser Wünschespiel begannen. „Was wäre, wenn“, wiederholt Luba und beendet den Satz nicht, und ich weiß in diesem Moment nicht, was sie zuvor gefragt hatte.
Sie nimmt mir das Handy aus der Hand, mein Gesicht kommt in den Fokus, ich lache, weiter habe ich bisher nie gesehen. Wie ich lache, ist es ein fast dümmliches Gesicht, ich reagiere auch auf ihre erneute Frage nicht, vielleicht habe ich sie nicht gehört. Ich greife nach dem Handy, sie sagt, „Lass das“, ich halte es noch immer für ein Spiel. Lubas Gesicht mit der Falte kommt ins Bild, die sich von der Wünsche- in eine Zornesfalte verwandelt, jetzt könnte sie die Luba von später sein, wenn wir uns stritten.
Das Handy piept wieder, mein Gesicht, Lubas Gesicht verschwinden, der Bildschirm ist schwarz.

Schau dich an, das bist du, ein Grinsen, verstehst nicht einmal einen Wunsch. Vielleicht wollte sie mir das sagen.
Ich gehe den Weg zum Wagen zurück. Wo ich hinschaue, hört die Landschaft auf. Die Nacht hat sie gefressen. Wie wenig habe ich in diesen Momenten von ihr gewusst. Ahnte sie schon, dass ich vieles nicht verstand? Mein Hals kratzt, mir ist schwindlig, ich brauche zu trinken. Ein leises, hohes Flirren in meinem Kopf. Kein Flirren. Mücken. Die Lichter über mir nehmen Konturen an. Könnte ich sie doch von irgendwo dort oben beobachten, eingeloggt in einen Satellitendienst. Mich herab zoomen bis zu ihrem dunklen Haar und dem Wirbel über ihrem linken Ohr, der selbst ihr Haar widerspenstig erscheinen ließ. Ich möchte ihre Haut spüren, über die rauen Leberflecken an ihren Schulterblättern streichen, Blätter, die sich wie zwei winzige Haiflossen verschoben, wenn sie mit dem Arm aufgestützt in ihren Büchern blätterte. Ich möchte ihr Herz schlagen spüren. Ich vermisse ihren Geruch.
Ich nehme die Decke aus dem Kofferraum. Ich ziehe meine Jacke an. Lege mich hin. Wieder kommt Wind auf. Plastiktütenreste treiben vorbei, ein Käfer mit seinem schwarzen Panzer gräbt sich in den Sand.
Worte schwirren in meinem Kopf.
Tausendfüßler. Walwender. Wüstenschiffe.
Ich rolle mich in die Decke ein. Der Wind legt sich, selbst der Sand ist jetzt still.
Über mir der Himmel. Ich kann den Großen Bären erkennen. Den Großen Wagen. Kassiopeia mit ihren Zacken. Der Mond scheint zum Berühren nahe, voll und rund. Ich greife in den schwarzen Himmel und nehme ihn zwischen meine Finger. Ich schiebe ihn hin und her, bis er in die Mitte meines Blickes passt.
Ich muss an Carl denken, an den Trolley mit den Büchern, die er ins Krankenzimmer kommen ließ, an seinen

Lieblingsband über Astronomie. Kurz bevor er das Krankenhaus für immer verließ, erzählte er oft über Kometen. Sie ähneln schmutzigen Schneebällen, sagte Carl. Klumpen aus Geröll, Gas, Eis und Staub, die sich einst am Rande unseres Sonnensystems geformt hatten und nun als Zeitzeugen ihre Bahn um die Sonne ziehen. Und doch achte man meist nur auf den leuchtenden Schweif, der eigentlich aus zwei Schweifen bestehe. Er werde heller und länger, wenn die frostige Kugel sich der Sonne nähere, die Hülle zu Gas und Staub verflüchtige und dabei winzige Stücke des Kerns mit sich reiße.

„Die Menschen schauen ausgerechnet auf die Dreckspur", sagte Carl, „sie sehen nichts vom Kern des Kometen, obwohl er in diesem Moment schwindet und irgendwann aufhört zu existieren." Und ich hatte gespürt, wie sehr es ihn beschäftigte, wie man sich an ihn, der bereits die Haut eines trockenen Blattes hatte, erinnern würde. Was man von ihm wahrgenommen hatte. Ob etwas von ihm blieb.

Wie einen Kometen habe ich auch Luba lange betrachtet. Ich hätte es wissen müssen.

Ich schäle mich aus der Decke und gehe zum Wagen, öffne den Kofferraum. Im Dunkeln taste ich nach den Tagebüchern, spüre die gewellten Einbände. Ich brauche Licht. Ich stecke den Zündschlüssel ins Schloss, die Batterie funktioniert noch, die Scheinwerfer gehen an.

Ich breite die Decke in einem der Lichtkegel aus und nehme das letzte Tagebuch. Mücken schwärmen darüber, tänzelnde Rauchsäulen.

elf

Tagebuch Luba

Rom, 25. April

Ich habe es geschafft, mich an dem Rezeptionisten vorbei ins Zimmer zu schleichen. Er hat mir eine Notiz auf das Bett gelegt. Wenn ich nicht heute zahle, müsse ich sofort das Zimmer räumen.

Man hat mich heute bestohlen. Ich hatte das Geld und mein Handy in einem kleinen Beutel. Im ersten Moment dachte ich, auch mein Pass wäre weg.
Ich ging auf das nächste Revier. Widerwillig hörte mir der Polizist zu und zog doch noch ein Formular aus einer der Schubladen hervor.
„Es waren doch nur sechzig Euro“, wiederholte er. „Sie sehen das Geld ohnehin nie wieder.“
„Und das Handy?“
Doch er schüttelte nur den Kopf.
Ich sagte, er sei ein Idiot, und verließ die Wache.
Ich ging den ganzen Weg, ich wagte nicht, schwarz zu fahren. Zwei Stunden dauerte es, bis ich Marcos Wohnung erreichte. Er war nicht da. Ich bat einen Mann, sein Handy zu benutzen. Marco kaufte gerade ein. „Du ziehst das Pech aber an“, sagte er. Dass er mir im Restaurant nicht geholfen hatte, als mich die Chefin entließ, dass er sich seitdem nicht mehr gemeldet hatte, dazu sagte er nichts.
„Was erwartest du von mir?“
Seine Frage ließ mir das Blut gerinnen.
Dennoch fragte ich ihn, ob ich bei ihm übernachten könne.
„Heute ist es etwas ungünstig“, antwortete er.

Ich nutze zum Schreiben meine kleine Taschenlampe, ich habe Angst, der Portier könne sehen, wie Licht durch das Schlüsselloch fällt. Dass er merkt, dass ich schon im Zimmer bin und er sein Geld fordert.
Ich muss an Lukas denken. Was würde er tun?
Immer hat er es geschafft, sich durchzuwursteln, sich herauszuhalten aus den Dingen. Auf seine Art ist er gut durchs Leben gekommen, manchmal habe ich ihn dafür bewundert.
Doch meistens hat es mich wütend gemacht. In diesen Momenten warf ich ihm alles an den Kopf, was mir missfiel: Ämter, Banker, Nazis, aufdringliche Fragen. Diese Wunschlosigkeit, dieser Reichtum. Ich konnte ihn nicht mehr von dem Land, in dem er aufgewachsen war, trennen, obwohl ich es wollte. Ich sah doch, wie sehr er sich bemühte.
Einmal sagte ich im Zorn, auch er würde mich anschauen wie ein fremdes Tier.

Rom, 26. April
Ich sitze auf einer Bank in einem kleinen Park. Es wird dunkel, ich bin müde. Ich habe Durst. Ausgerechnet hier haben sie keinen Brunnen, sonst ist die Stadt voll davon.

Früh habe ich heute das Zimmer verlassen und nur das Wichtigste in einen Beutel gepackt. Stundenlang habe ich nach einer Pension gesucht, doch überall bestand man darauf, dass ich sofort die Rechnung beglich. In mehreren Cafés fragte ich nach einem Job. Doch wen ich auch bat – sie alle schauten mich und meinen unförmigen Beutel misstrauisch an.

Ich wünschte, Lukas wäre bei mir, nur für einen Moment.
Ich erinnere mich, wie wir einmal auf einer Bank saßen, mitten im Tiergarten, wir kannten uns erst einige Wochen. Die Bäume schrien vor Vögeln, es machte mir Angst.

„Ich fühle mich vogelfrei", sagte ich.
Lukas lachte. „Du meinst frei wie ein Vogel."
„Nein."
Ich glaube, er ahnte, was ich meinte. Er sagte, dass ich in Deutschland keine Angst haben müsse und nahm mich in den Arm.

Ich schreibe, um wach zu bleiben. Was wäre, wenn ich jetzt einschliefe und sie finden mich, mit einem Stift in der Hand? Sie könnten nicht einmal etwas von mir lesen.
Ich schreibe meinen Namen in mein Tagebuch.
Ein Pärchen küsst sich. Sie schauen zu mir, zu dem Clochard im Gras. Er breitet den Schlafsack aus, er ist jünger als ich. Ständig schaut er zu mir herüber. Ich mag seinen Blick nicht.
Ein Hund kläfft. Mit seinen ausrasierten Beinen sieht er aus wie ein Gockel.
Ich fühle mich dreckig, meine Beine schmerzen.
Ich wüsste gerne, ob Marco gerade versucht, mich anzurufen. Ob der Dieb ans Telefon geht.
So müde.

28. April
„Was machen Sie hier?", fragte der Arzt. „Urlaub?"
„Ich weiß es nicht mehr", sagte ich.
Er schaute mich lange an. Dann legt er mir Schläuche in beide Arme. Über meinem Bett leuchtete die Decke in einem irrwitzigen Weiß.
Etwas später kam er wieder. „Sie waren dehydriert", sagte er. „Ein Glück, dass die Frau den Notarzt gerufen hat. Der Körper unterkühlt, wenn man so lange in der Kälte liegt."
Die Frau stand hinter ihm. Sie hatte ein gütiges Gesicht und trug einen dünnen schwarzen Mantel. Ich kannte sie nicht. Sie verabschiedete sich und ging.

„Sie müssen mehr trinken. Und mehr essen", sagte der Arzt. „Wo wohnen Sie?"
Ich tat, als ob ich schliefe.
Dann schlief ich ein.

29. April
Der Arzt fragte mich zu viel. Ob ich einen Mann habe? Wo meine Eltern wohnten? Was ich in mein Buch schreibe?
Er zog meinen Personalausweis aus einer Plastiktüte, die ihm die Polizei gegeben hatte, und betrachtete ihn lange.
„Sie wohnen also in Berlin."
Ich schüttelte den Kopf. „Nicht mehr", sagte ich. Ich nannte ihm Radkas Adresse in Frankfurt.
Die Telefonnummer gab ich ihm nicht.

*

Ich habe Schmerzen.
Der Schmerz hat meinen Körper noch nicht verlassen.
Ich musste an die letzte Nacht mit Lukas denken. Als ich damals aufwachte, hatte ich nichts mehr. Die weißen Räume ...
Ich war in den falschen Himmel gefallen. Das Licht wollte mir Haut und Augen verbrennen. Ich war wie ein Stück Fotopapier. Ich schwor mir, dieses Gefühl nie wieder zuzulassen.
Der Arzt dachte, der Schmerz komme von den Kanülen, und drehte an dem Rädchen.

*

Der Katzenkalender, den Lukas mir schenkte ... Er glaubte, er würde mich beruhigen ...
Ich denke hier viel an ihn, es lenkt mich ab. So wie ich mich an manchen Abenden weggedacht habe, als wir noch zusammen in Berlin lebten.

Mir fallen seine Angewohnheiten wieder ein.
Dass er sich die Socken, T-Shirts und Unterhosen oft falsch herum anzog. Wie er lächelte, wenn er nichts mehr zu sagen hatte oder sagen wollte. Und wie er sich größer zu machen versuchte, wenn er dachte, einer könne mir oder ihm blöd kommen. Ich weiß nicht, ob ihm das je auffiel. In solchen Momenten dachte ich, ich müsse ihn beschützen, nicht er mich.
Und doch war er fast immer für mich da, er hat es versucht, auf seine Weise. Manchmal versuchte er, für mich zu kämpfen, obwohl er gar nicht wusste, warum oder wie. Er hat nur gespürt, dass etwas nicht stimmte, ohne genau zu wissen was. Wie hätte er auch.
Den Katzenkalender habe ich über dem Küchentisch aufgehängt. Ich habe ihn an manchen Tagen durchgeblättert und nach einem Zeichen von ihm gesucht, einem Kreis, der markiert hätte, an diesem Tag fahren wir ab. Ich habe sogar noch gesucht, als Lukas schon gesagt hatte, er arbeite weiter in der Agentur.
Vielleicht hätten wir es ja in ein anderes Land geschafft.
Ich möchte, dass mein Leben kein Missverständnis war.

30. April
Gestern Abend kam der Arzt mit diesem Lächeln ins Zimmer. Er lächelte unter seinen grauen Haaren, er hat feine Falten im Gesicht.
„In ein, zwei Tagen können wir Sie entlassen, körperlich sind Sie schon fast wieder gesund. Geben Sie mir die Telefonnummer Ihrer Freundin.“
Er sagte es sehr freundlich, aber bestimmt.
Er begann zu tippen. Und ich dachte: Es ist die einzige Handynummer, die ich noch jemanden nennen kann.
Der Arzt verstand Radka nicht. Er hielt mir sein Handy hin. „Sprechen Sie mit ihr.“

Ich möchte in kein Krankenhaus mehr, kein Arzt, keine Anstalt, sagte ich.
Sie war sauer, als sie begriff, wo ich war. Sie rief in das Telefon, als wäre sie die Kranke und nicht ich: „Was machst du denn nur? Warum bist du einfach so gegangen?"
Sie überweist dem Arzt Geld für mich, für den Zug. Ich solle wieder zu ihr kommen.

1. Mai
Der Arzt hat mir heute Morgen eine Gucci-Tasche hingestellt, sie sei von seiner Tochter. Sie brauche sie nicht mehr.
Mein eigener Koffer ist verschwunden. Ich hatte dem Arzt die Nummer meiner Pension gegeben. Der Mann an der Rezeption behauptete, bei ihm habe keine Frau Matei übernachtet. Ich bin mir sicher, er hat den Koffer vertickt.
Der Arzt hat für mich ein Taxi zum Bahnhof bestellt und das Geld für das Ticket vorgestreckt. 13.03 Uhr fährt der Zug. Jetzt gibt es für mich hier keine Zukunft mehr.
Ich werde nach Rumänien gehen, ich muss endlich abschließen damit. Ich muss das Vergangene aus mir herausschneiden.
Zuvor brauche ich Ruhe, zumindest einige Tage. Radka wird verstehen, dass ich nicht länger bleiben kann. Ich werde mein Tagebuch bei ihr lassen, es hat mir auch dieses Mal kein Glück gebracht. Als ich die vergangenen Tage notierte, fühlte ich mich, als schriebe ich nicht mehr über mich, sondern über eine Fremde.

Ich habe Angst.

zwölf

Das Beben der Erde weckt mich. Am Horizont wirbelt Sand auf, formt sich zu einer Wolke und färbt sich schwarz. Eingewickelt liege ich in meiner Decke, von der kalten Nacht starr. Ein Lastwagen schält sich aus der Wolke, Dieselgeruch. Sieht mich denn keiner? Das Quietschen, Sand rieselt über mein Gesicht, ich schreie, atme Ruß und Körner ein, huste, spucke.

Da sehe ich ihre Beine, ich will sie halten, bekomme die Schuhe zu fassen. Der Schuh in meinem Gesicht.

Wieder rufe ich.

Sie äfft mich nach: „Luba, Luba."

Ich reibe den Sand aus meinen Augen. Ein Mädchen steht über mir, geflickte Jeans, rot gefärbte, kurze Haare. Der Kahlköpfige daneben, ein Berg von Fleisch.

Ich will mich aufrichten, meine Beine gehorchen mir nicht. Auch mein Arm ist taub. Ich schüttle mich, das Blut pulsiert bis in die Fingerspitzen.

Der Kahlköpfige bebt vor Lachen. Ein lautes, tiefes, gutmütiges Donnern, das rote Hemd rutscht über seinen Bauch.

„Luba, Luba", äfft das Mädchen und hält mir mit ausgestrecktem Arm die Plastikflasche hin, springt zurück und versteckt sich hinter dem Mann.

Der Massige sagt etwas, was ich nicht gleich verstehe. Das Mädchen macht ein kurzes Zeichen am Hals.

Der Massige sagt: „Wir haben dich liegen sehen, wir dachten schon, du bist tot." Er zeigt zu dem Mädchen. „Sie heißt nicht Luba. Das ist Dina, meine Schwester." Er grinst. „Und ich bin Bogdan."

Ich richte mich auf, trinke. Vor mir der Pritschenwagen, auf Normalmaß geschrumpft. Der Mann zieht das Hemd wieder über den Bauch, er überragt mich um einen halben

Kopf. Er mag Anfang vierzig sein. Mir fällt sein Ziegenbärtchen auf, die blauen Ohrringe, die schwere Kette mit dem Kreuz.

„Was hast denn du nur gestern gesoffen?“ Er zeigt auf das Nummernschild. „So kenne ich die Schwaben gar nicht.“

Wieder das Donnern.

Er kann die Frage auf meinem Gesicht lesen. „Stuttgart, Uni Hohenheim, Landwirtschaft“, sagt er und zieht Luft durch die Nase. „Lange her.“

Das meinte ich nicht.

„Du weißt wirklich nicht, wo du bist?“, sagt er und macht ein zischendes Geräusch durch die Zähne. „Du bist mitten in der Sahara. Die *Sahara Olteniei*. Da hast du dir ja den perfekten Platz ausgesucht, schlechter Boden hier, alles erodiert.“ Er guckt mich an wie ein verunglücktes Auto. „Oltenien, Kleine Walachei, Rumänien. Europa, die Erde, das All?“

Mein müdes Lächeln.

„Komm mit. Du brauchst etwas zu trinken.“

Das dünne Mädchen sitzt auf der Pritsche und zeigt mir eine lange Nase, während das Abschleppseil vor mir erschlafft und sich wieder spannt. Das Mädchen hat einen fröhlichen, schiefen Mund, es mag vierzehn sein. Mein Wagen schüttelt sich, der Fonds verschwindet im Dieselqualm, hoffentlich hält die Stoßstange. Der Pritschenwagen zieht mich an den Dünen vorbei, über Feldwege, ich fühle mich wie auf einem Schiff, das auf See außer Kontrolle geraten ist, wacklig und müde. Kurz überlege ich mir, ob Bogdan meinen Zustand ausnutzen will, ob er etwas anderes mit mir vorhat, da zeichnet sich in der Weite ein Bauernhof ab. Bogdans Wagen zieht mich zwischen zwei Rapsfeldern vorbei über einen steinigen Weg, vorbei an der brüchigen Seitenmauer, die das Haus vom Weg abschottet, in den Hof auf der Rückseite. Es wirkt für mich,

als hätte man das Haus hier hineingeworfen, mitten ins Nichts.
Bogdan steigt aus, löst das Seil und geht mein Auto ab. Im Rückspiegel sein besorgter Blick. Er stemmt den Wagen mit mir drin hinten hoch und lässt ihn wieder fallen, das Mädchen drückt sich die Hände auf die Ohren. Bogdans Gesicht taucht über der Kühlerhaube auf, seine Stiefel treten gegen die Stoßstange, sie sackt ab. Schließlich öffnet er die Tür.
„Dein Wagen braucht mehr als Benzin. Aber heute wirst du niemanden finden", sagt er und führt mich zu seinem eigenen Auto. Bierbänke stapeln sich auf dem Pritschenboden. „Heute ist dein Glückstag. Ich bin gut drauf und meine jüngere Schwester feiert ihre Verlobung. Und du bist mein Gast. Okay, Stuttgarter?"
„Lukas", sage ich.
„Okay, Lukas aus Stuttgart."
Bogdan hebt eine Bierbank aus der Pritsche und trägt sie über den vertrockneten Rasen zu einem Wegweiser, der schief in der Erde steht. Die krummen Holzplatten zeigen in alle Richtungen. Nach New York, Bukarest, London, Stuttgart, Kairo. Hier stehen also die Wegweiser in dieser Gegend, denke ich, während Bogdan etwas zu Dina sagt. Das Mädchen grinst, rennt ins Haus und kommt mit Salami, Brot, Wodka und Wasser zurück. Ich stürze das Wasser hinunter. Die Würze der Salami, das Brot tun mir gut. Die Gräser erhalten sattere Farben, das Kreuz an Bogdans Hals seine Kanten. Mir fällt auf, dass die Entfernungen auf dem Wegweiser in Metern gehalten sind.
Bogdan folgt meinem Blick. „Das sind die Namen der Felder. Früher konnte man hier ja nicht weg."
Er schenkt mir Wodka in ein Glas.
„Trink."
Ich stürze es hinab, weil ich an Wasser denke und nicht an

Schnaps, der Wodka zieht sich durch meinen Magen, die Beine, in meinen Kopf, raubt mir die Luft. Bogdan schenkt mir nach.

„Stuttgart ist ein komischer Acker. Oben wächst es, unten ist Beton." Er wedelt mit den Händen in der Luft. „Ich mochte es oben, aber im Talkessel fühlt man sich wie in einem Loch." Seine Hände senken sich. „Hier ist es flach. Flach ist gut, verstehst du?"

Hier ist alles nur flach, denke ich und nicke und stürze wieder den Wodka herunter. Sofort breitet sich die Hitze aus, mein Brustkorb brennt. Meine Glieder werden schwer, während mir Bogdan die Flasche reicht. Den Wodka spüre ich nur noch in meinem Kopf. Soll er ihn gründlich desinfizieren, ihn reinigen von den letzten Jahren.

„Weißt du was, Stuttgarter?", sagt Bogdan und zeigt auf eines seiner Felder, doch außer dem Rapsfeld daneben kann ich nichts sehen. „Auf Stuttgart soll einmal Hanf wachsen."

Ich weiß nicht, was ich murmle, ich kann meinen Mund, die Beine nicht mehr spüren. Bogdan kippt aus meiner Sicht.

Das Klappern von Geschirr weckt mich. Mein Blick fällt auf zwei Hasenköpfe an der Wand, den alten Dreschflegel darunter. Ich liege auf einem Sofa, das auf einem dicken Teppich in einem Wohnzimmer steht. Eine Wolldecke ist über mich gebreitet. Ich versuche, die Geräusche zu orten. Hinter einer Glastür laufen Leute hin und her. Mein Kopf fühlt sich schwer an, durch meinen Magen strömt eine sanfte Wärme. Die Kuckucksuhr neben den Hasenköpfen zeigt siebzehn Uhr. Sie ist stehengeblieben, denke ich, doch das Pendel schwingt weiter. Die Schläge beruhigen mich, und während ich ihnen folge, scheint es mir unwichtig, dass ich so lange geschlafen habe, dass ich auf einem Sofa liege, in einem fremden Haus.

Ich trete in das Licht des Flurs, auf den steinernen Boden, in den Lärm, zur geöffneten Tür. Der Hof hat sich verwandelt. Zwei Dutzend ältere Männer und Frauen sitzen an Bierbänken, in drei langen Reihen. Mein Auto haben sie weiter nach hinten gezogen, es steht jetzt am Rande des Rasens, des Ackers, von Steinen und Staub, hier geht alles ineinander über. Einige der Frauen tragen schmale Tücher. Ich sehe Kinder, drei, vier Dreißigjährige, aber keinen Bogdan. An einer Seite hängen zwei Kesseltöpfe über einem Feuer, das hinter den Bänken lodert. Eine Frau kommt zu mir, sie trägt Jeans und ein schwarzes Top über einem großen Busen, ihre Dauerwellen wippen mit.
„Adela", sagt sie und grinst. „Du Lukas. Guten Tag."
„Guten Tag", sage ich und bin froh, dass auch sie Deutsch spricht, vielleicht ist das ein ja eine deutsche Enklave, eine Großfamilie, die es hierher verschlagen hat.
„Bogdan. Sister", sagt sie.
„Congratulations."
Sie lacht. „Other sister", und zeigt zum Ende eines Tisches. „Flavia!" Eine Frau mit rundlichem Gesicht dreht den Kopf, neben ihr ein Bärtiger mit einer Basecap. Sie winken. Der Lärm verebbt für einen kurzen Augenblick, bis auch ich winke.
„Come", sagt Adela. „No German. Bad English."
Sie fasst meine Hand und führt mich zu den Feuerstellen. Sie zeigt auf die Schüsseln und Töpfe und nennt Namen, die ich kaum verstehe, Krautwickel sind darunter. Eine Frau knetet einen Käse, salzt ihn, in dem Topf köchelt Maisbrei. Sie fischt ihn heraus, stopft Käse hinein und formt ihn zu einem Ballen, andere brutzeln in der Pfanne daneben. Adela nimmt einen heraus und legt ihn auf das Tuch auf dem Tisch, pustet darauf, reicht ihn mir. Er ist heiß, ich puste, sie lacht. Er schmeckt knusprig, der Käse darin ist gesalzen.

„Good?" Adela zieht mich weiter zu einem Topf mit Paste, die streng nach Knoblauch riecht. Daneben liegen Krapfen, eingelegte Paprika, Kartoffeln. Adela zeigt mit den Fingern darauf, und weil ihr das englische Wort nicht einfällt, nennt sie das rumänische, das ich nicht verstehe. Jedes der Worte leckt sie mit ihrer Zunge ab. „Porc", sagt sie, „porc". Und weil ich nicht verstehe, fährt sie wieder mit der Zunge über ihre Lippen, nimmt dabei meine Hand und lässt sie über ihren Bauch kreisen. Ist sie schwanger? Sie greift mit beiden Händen meinen Kopf und dreht ihn zur Seite. Zwei Männer tragen ein Ferkel auf einem Spieß und setzen es auf Gabeln über einem Feuer ab, auch Bogdan steht dabei. „Pig!", sage ich, und Adela: „Yes, little Piggy!"
Bogdan winkt mir zu, er schneidet mit dem Messer ein Stück des Ohres ab und gibt es Dina, die neben ihm steht. Dina streut Salz darauf und steckt es in den Mund. Bogdan schneidet ein zweites Stückchen ab und schickt das Mädchen zu mir. Dina grinst, sie sagt etwas zu Adela und grinst noch breiter. Adela haut Dina mit der Hand auf den Hinterkopf, nimmt das Stück Ohr und drückt es mir in die Hand. „Eat!"
Das Ohrenstück glibbert zwischen meinen Fingern.
„Eat!", sagt Adela. „Best piece."
Es fühlt sich weich und am Rand knorpelig an, ich versuche, es zu schlucken, würge es wieder heraus, stecke es hinein, kaue. Dina lacht, sie tippt sich mit dem Finger an die Stirn. Wieder ein Klaps von Adela. Sie haut auch mir auf den Hinterkopf. Dann streicht sie darüber. „Nice hair", sagt sie und zieht mich weiter, bis ans Ende des Tisches.

Kurz darauf winkt mich Bogdan zu sich herüber. Neben ihm stehen zwei umgestülpte Fässer, die unten aufgeschnitten sind. Ein alter Teekessel steht im lodernden Feuer. Ein Mann mit drei Goldzähnen gießt Maische hinein.

Ein Stück Gartenschlauch führt vom Teekessel zu einem weiteren Fass, in das der Alkohol tropft. Der Mann nimmt ein Stück Stoff, entfernt den Schlauch, stellt eine Tasse darunter. Er pustet, trinkt, spuckt aus, füllt wieder ab. Reicht Bogdan die Tasse. Er trinkt und spuckt aus, auch ihm schmeckt der Schnaps nicht gut genug. Bogdan füllt ein Glas ab, gibt Pfeffer und Zucker hinein und reicht es mir. Es schmeckt bitter und zu heiß. Ich spucke aus.

„Wie findest du meine Schwester?“, fragt er und lacht.

Ich schaue, wie Adela in ihr Top greift, ihre prüfenden Augen darüber.

„Und?“

„Was und?“

„Hast du keine Schwester?“

„Einzelkind.“

Bogdan zieht Luft durch die Zähne. „So etwas gibt es hier nicht“, sagt er und zeigt zu den Tischen. „Flavia, Adela und Dina – die kennst du ja schon. Cipriana, Evelina. Und Adrian. Fünf Schwestern, ein Bruder. Früher gab es viele Kinder, es gab ja keine Kondome zu kaufen. Verhütung war verboten – wusstest du das nicht?“

Mit Luba hatte ich nie darüber gesprochen.

„Das Volk sollte sich mehren.“ Bogdan fängt an zu singen, ein brummiger, schiefer Ton, er deklamiert einige Sätze, von denen ich nur „Ceaușescu“ verstehe, schon kommen Pfiffe von den Tischen, ein Mann schimpft.

„Ist ja gut“, sagt Bogdan. Er wiederholt es für mich, jetzt leise: „Volk, Partei, Ceaușescu! Frieden, Wohlstand, Fülle!“ Sein Gesicht wird ernst. „Spaß war das nicht. Abzutreiben war verboten. Und wer es gemacht hat, ist oft dabei verreckt wie ein Hund. Egal. Es ist vorbei“, sagt er, als müsse er mich aufmuntern. „Heute kann jeder seinen Spaß haben.“

Ich gehe zu den Tischen, der Mann mit den Goldzähnen nimmt eine Flasche und schenkt mir ein. „Stuttgart“, sagt er und erhebt sein Glas. „Oltenien“, will ich sagen, aber merke, dass es komisch klingt. „Stuttgart“, sage ich stattdessen. „Yes, Stuttgart.“ Und auch von den zwei anderen Tischen höre ich es immer wieder, Bogdan wandert herum, zeigt auf mich, ja, das ist der, der sich verfahren hat, das ist Lukas, der Stuttgarter. Er scheint sich zu freuen, einen Ehrengast abgeschleppt zu haben und einen Spaßhansel, über den man sich lustig machen kann, dazu. Mir ist es egal, denn meine Arme und Beine werden wieder schwer, als hätte mein Körper auf etwas Ruhe gewartet. Die Gäste prosten mir zu, der Mann mit den Goldzähnen füllt das nächste Glas ein. „Stuttgart“, sage ich und denke, so berühmt hat die Stadt hier noch niemand gemacht.

Ich proste und ich nicke, und auch sie prosten und nicken, und Adela fährt sich mit der Zunge über die Lippen, prostet und nickt, ihre erwartungsfrohen, kajalumrandeten Augen. Alles wird lauter und dreckiger in meinem Kopf, während mir Adela mit ihren Fingern neue Wörter beibringen will. Sie nimmt Frischkäse (Urdă) und schiebt ihn mir in den Mund. Sie füttert mich mit Maisbrei (Mămăligă) und ich lasse es geschehen. „Good“, sagt sie und: „Eat. You slim. Like artist, no worker.“

„Good“, sagt der Mann mit dem Goldzahn, schenkt mir ein, nickt und prostet. Auch er lässt die Zunge über die Lippen gleiten, es erscheint mir genetisch. „Stuttgart“, sagt er und füllt noch einmal nach. „Stuttgart no petrol. This good petrol.“

Musik spielt auf, Bogdan hat zwei alte Boxen aus dem Haus getragen, die Kabel führen bis ins Wohnzimmer. Eine Art Ethnopop erklingt mit vielen Trompeten und einer Frau, die singt, als wolle sie Steine erweichen. Dina hat die Augen theatralisch aufgerissen, ihr Mund geht wie bei einem Frosch auf und zu, sie tut, als ob sie singt. Sie bemerkt meinen Blick, sie stellt sich direkt hinter Bogdan und zappelt

mit Armen und Beinen. Bogdan hat jetzt sechs Arme, zwei dick und gemütlich, und vier, die gerade ausflippen, und ich stelle mir kurz Dina als meine kleine Schwester vor, der Gedanke gefällt mir. Bogdan greift rücklings nach Dina und zieht sie durch seine Beine nach vorne, hebt sie hoch, läuft einige Schritte mit ihr, stellt sie aufs Dach meines Wagens. Der Goldzahn johlt, Dina zappelt und singt. „Good car", ruft sie, während Adela ihre Hand auf mein Knie legt. „Good?", fragt sie, doch es klingt nicht wie eine Frage.
Sie schenkt mir nach, zieht mich hoch und schon falle ich ihr in die Arme, weil ich mich nicht mehr halten kann, doch sie ist genauso betrunken wie ich. Unter Johlen taumeln wir zur Tanzfläche, die aus ein paar Betonplatten besteht, ich stolpere.
Und abermals bin ich in Adelas Armen. Sie tanzt mit mir und dreht mich wieder zu sich, nach rechts und links, zu zwei Jungen, die ihre Trompeten auspacken, zu dem Mann mit den Goldzähnen. Er knöpft sich das Hemd auf, sein Tischnachbar führt die Schere in der Hand. Haarbüschel fallen herab und kleben auf der Brust, dem haarigen Bauch, dem Rücken. Seine Ehefrau läuft zu ihm und schimpft. Vergeblich versucht er, das T-Shirt wieder überzuziehen, bleibt mit dem Kopf hängen, während mich Adela weiterdreht, wo die beiden Jungen schon in ihre Trompeten blasen.
Die Musik treibt den Alkohol immer tiefer in meinen Kopf, die schrägen Töne in meine Beine, ich fühle Adelas Körper an den Armen, am Bauch, am Rücken, am Kopf, bis sie mich ganz an sich drückt und wir über die Platten stolpern, von der Bühne aus den Tisch entlang ins Gras torkeln. Die Leute johlen, Bogdan hat die Arme ausgebreitet, drei Flaschen in den Händen. Über uns erscheinen zwei Jungs, die auf dem Dach meines Autos sitzen, auch Dina ist noch da. Ihre Köpfe beugen sich geierhaft zu uns herab,

einer steckt einen Finger schnell in den Mund und wieder heraus, schirmt die Geste mit der Hand vor den anderen ab. Adela umklammert meinen Nacken und zieht sich schräg auf mich, die Süße ihres Geruchs ist dem von Schweiß gewichen. Ich schiebe sie von mir weg, sie zieht sich wieder hoch, weil sie es wohl als Spiel sieht, sie wirft die Haare zurück, stößt dabei gegen meinen Kiefer. Sie schiebt sich nach oben und ihre Brüste in mein Gesicht. Ich schiebe die Brüste weg, wieder hält sie es für ein Spiel. Sie fährt mit ihren Fingern in mein Ohr, in meinen japsenden Mund, zieht für einen kurzen Moment an meiner Zunge, küsst mich.

„Stop it", rufe ich und stoße sie von mir herunter. Ein dumpfer Klang, das Geräusch reißenden Stoffes. Adela schreit, richtet sich mühsam auf, fällt wieder. Ihr Rock ist eingerissen, das Knie aufgeschürft. Ihre Handballen bluten. Ich rapple mich auf, will ihr aufhelfen, doch ich torkle, falle auf sie.

„Idiot", ruft sie. „Fucking idiot."

Bogdan ist da, er drückt mich mit dem Fuß beiseite, hilft Adela auf. Die Musik hat aufgehört zu spielen. Die Blicke sind auf uns gerichtet: von den Bänken, der winzigen Tanzfläche. Von meinem Autodach.

Bogdan zieht auch mich hoch und stößt mich mit der flachen Hand auf die Brust. „Was hast du mit meiner Schwester gemacht?"

„Nichts", sage ich, „gar nichts."

Er schaut zu Adela, doch sie blickt nur mich an, fragend.

„Sorry", sage ich.

„Sorry?", fragt sie.

„Sorry, no sex."

„Idiot", sagt sie.

„Vollpfosten", sagt Bogdan.

„Was soll das?", frage ich.

„Was soll was?“, fragt Bogdan, und ich: „Willst du mich etwa mit deiner Schwester verkuppeln?“
„Sie hat ohnehin keinen Bock auf dich“, sagt Bogdan, und ich: „Dann ist es ja alles gut, denn ich fahre zu einer anderen.“
„So groß kann die Liebe ja nicht sein“, sagt Bogdan. „Dir hat es doch gefallen, das hab’ ich doch gesehen.“
„Das ist doch Müll“, sage ich. „Du redest jetzt wie ein Depp.“
Wieder trifft er meine Brust, ich taumle, falle nicht.
Adela geht zu ihm, sie will wissen, was ich gesagt habe.
Bogdan beachtet sie nicht, er schüttelt nur den Kopf.
„Fick dich. Fick deine Freundin.“
Ich hole aus, das Stechen in meiner Faust. Bogdan steht da, mit aufgerissenen, verwunderten Augen, er wankt nicht.
„What did you say?“, fragt Adela, doch sie wartet nicht auf meine Antwort, kurz sehe ich ihre Faust, spüre den Schmerz in meinem Rücken, als ich aufschlage, mir wird schwarz vor Augen. Schon ist Bogdan auf mir, das Gewicht eines Kleinwagens. Ich schnappe nach Luft, hämmere in den Abendhimmel, bis ich sein Gesicht treffe. Bogdan schlägt mir links und rechts mit der flachen Hand auf die Wangen. „Ganz ruhig“, sagt er. Da wirft sich Adela schon auf Bogdan, will ihn wegdrücken. Wieder bekomme ich keine Luft, kurz glaube ich, unter einem Geschwisterpaar zu ersticken. Doch Adela steht schon wieder. „Two idiots“, sagt sie und streift sich den Dreck von ihrem Kleid. „One idiot is not enough.“ Wasser in meinem Gesicht, ich verschlucke mich. Über mir ein Gartenschlauch, eine Hand, das Mädchen. Das Wasser stoppt. Ein Zischen schneidet durch die Luft, knallende Boxen. „Dina“, ruft jemand, und das Mädchen verschwindet aus meiner Sicht.
Bogdan rappelt sich auf, er ruft zu den Tischen hinüber. Musik spielt auf, blechern und leise, die Stimme von Mariah Carey, One Sweet Day, jemand hat ein Radio geholt.

Bogdan zieht mich hoch. Seine Hände klopfen auf meine Brust und den Rücken, er streift das Wasser ab, den Dreck. Er greift nach einer Wodkaflasche auf einem der Tische, reicht sie mir. „Trink, Stuttgarter. Alles okay?"
Ich nicke.
Bogdan prostet zu den Tischen hinüber. „Mach schon", sagt er, und auch ich proste.
„Stuttgart" rufen zwei Männer, dann prosten auch andere, einige klatschen.
„Komm mit", sagt Bogdan, greift nach einer weiteren Flasche und zieht mich zu meinem Auto, wir steigen ein.
„Entschuldige", sage ich.
„Schon gut", sagt er. „Du liebst sie also."
„Ja", sage ich, verwundert, was ich da sage. „Ja", wiederhole ich, weil es für mich so ungewohnt klingt. „Ich liebe Luba noch."
„Also Luba", sagt Bogdan, prostet und lacht. „Dann auf Luba."
„Auf Luba", proste ich und Bogdan sagt: „Das gibt's doch nicht."
„Doch", sage ich.
Bogdan zeigt zum Himmel. Er kurbelt das Fenster herunter, Wind fährt herein. Vor uns greift er in die Pappteller, Servietten und Frisuren. Die Teller fliegen wie Schwalben auf. Dann beginnt es zu regnen. Bogdan steigt aus und reißt sich das Hemd vom Leib, erhebt die Arme, tänzelt wie ein Zirkusbär. Ich folge ihm und knöpfe mein verschmutztes Hemd auf, wische Blut und Dreck aus meinem Gesicht. Die Frauen tragen die Stühle nach innen, die Männer kümmern sich um Wodka und Bier. Auch Adela hat je einen Stuhl an der Hand, sie schüttelt den Kopf. Dann ist sie verschwunden.
Es blitzt. Wir setzen uns wieder in den Wagen. Der Mann mit den Goldzähnen kauert auf dem Rücksitz, entschuldigend

zeigt er auf seine Zähne, als müsse er sie vor einem Blitzeinschlag schützen. Neben ihm Dina, die kurzen, roten Haare kleben auf ihrer Stirn. Wir sitzen und zählen den Abstand zwischen Blitz und Donner. Der Goldzahn kurbelt das Fenster herunter und wirft die letzte Flasche Wodka heraus, schnell kurbelt er es wieder hoch. Dina macht ein Geräusch, als würden wir jetzt fahren. Wir lachen. „Petrol, no petrol", ruft der Goldzahn. Dann ein gewaltiger Knall. Der Blitz hat eingeschlagen, nicht weit von uns. Stille. Nur der Regen trommelt wütend auf das Dach.
Ich fühle den Alkohol in meinem Kopf, das nasse Hemd auf der Haut, schmecke das Blut im Mund. Ich versuche, mich zu erinnern, wie der Name der Wüste war, von der Bogdan sprach, welcher Tag heute ist. Kurz glaube ich, mit einem Donnerschlag durch den Boden zu krachen, so schwer fühle ich mich. Ich genieße das Gewicht meines Körpers. Dann versinke ich.

dreizehn

Grelles Licht weckt mich, hart fällt es durch die Scheibe. Meine Augen brennen, der trockene Hals. Klebriges an meinen Wimpern: Die Kruste riecht nach Dreck und Schnaps. Der Mann mit dem Goldzahn neben mir schaut mich mit glasigen, leeren Augen an – hatte er gestern nicht auf dem Rücksitz gesessen?
Von Bogdan und Dina keine Spur.
Beim Aussteigen stolpere ich über meine eigene Hose, der Rasen ist feucht und kalt. Warum habe ich keine Schuhe an? Meine Arme schmerzen, die Oberschenkel, meine Hände – so viele Körperteile habe ich zuletzt nach meinem Unfall gespürt. Im Außenspiegel suche ich nach Spuren der vergangenen Nacht: tiefe Falten und ein Veilchen um die Augen. Zwischen meinen Zähnen hat sich ein Stückchen Schweineohr verkeilt. Übelkeit überkommt mich, Wodkabrei ergießt sich neben dem Wagen. Wieder ist Schweinsohr dabei.
Ich steige auf die Motorhaube, auf das Autodach. Schwanke. Das Blech hier oben ist rostig, meine Fußballen drücken es tief ein, doch es hält. Unter mir breitet sich Matsch aus, Grasbüschel, Becher stecken darin, Flaschen. Breiige Reste säumen die Ränder, mit Knochen garniert. Einen Stöckelschuh kann ich erkennen, eine umgestülpte Mütze, einen Gürtel. Servietten wie gestauchte Papierflieger. Das metallene Leuchten einer Brosche oder eines Gebisses. Jenseits des Matsches erstreckt sich der langgezogene Feldweg, der in eine Straße mündet, die im rechten Winkel an den Dünen vorbei in den gestauchten Himmel führt. Von hier oben wirkt alles wie mit dem Lineal gezeichnet, einfach und klar. Bereit, um erobert zu werden. Ich breite die Arme aus, mein Hemd reißt. Kühle Luft an meinen Achseln, während

ich mich gegen die Brise stemme, der Geruch von Kotze und Regen. Ich wippe auf den Fußballen, ich kann mich jetzt gegen den Wind lehnen, ich schließe die Augen. Mir gefällt das Gefühl, es ist wie mit einem Board durch den Himmel fliegen, nur tiefer.
„O Mann, sieht das erbärmlich aus. Hast du schon wieder gesoffen?"
Bogdan watet mit nackten Füßen durch den Matsch, knöpft sich dabei ein frisches Hemd über seinem massigen Körper zu. Der Wind treibt den Geruch von schwerem Aftershave zu mir.
„Hast du keinen Hunger dort oben? Die anderen essen schon."
„Nein", sage ich, meine Stimme so zerkratzt wie die seine, „außerdem habe ich keine Zeit. Ich muss fahren."
Bogdan schüttelt sich, er hustet, spuckt aus. Dann kotzt auch er.
„Oh, der war gut", sagt er, nachdem er sich wieder aus dem gesprenkelten Matsch erhebt. „Dann gib schon mal Gas, ich komme nach."

Kurz darauf sitzen wir dennoch im Wagen. Bogdan hat zwei Kanister mit Benzin eingefüllt, meine Schuhe und einen Lappen gebracht, mit dem ich auf dem Beifahrersitz den Dreck auf meinem Hemd gleichmäßig zu verteilen versuche.
„Ich bringe dich nach Slatina", sagt er. „Das liegt zwar nicht an der Donau, aber an der Olt, und die führt zur Donau hin. Dann musst du nur noch flussabwärts schwimmen, bis du die Brücke zwischen Giurgiu und Ruse siehst." Sein kehliges Lachen. „Aber das kannst du jetzt ohnehin vergessen, du hast jetzt mich", sagt er, während der Wagen hoch- und herunterholpert und wie ein Schlagzeug klingt. „Das Navi bin jetzt ich, zumindest bis du wieder eine

richtige Stadt betrittst, mit Wegweisern, die auch du verstehst. Außerdem solltest du dir etwas zum Anziehen kaufen. Du siehst aus wie ein überfahrenes Schwein."
„Ich zahle dir das Benzin und ein Busticket zurück. In Slatina wird es ja wohl einen Bankautomaten geben."
„Ist ja gut, Stuttgarter, du kannst dich ein anderes Mal revanchieren, wir sind jetzt Freunde. Ein blaues Auge verbindet."
Bogdan trommelt mit den Fingern zu den Wagengeräuschen und zum Rhythmus einer Brassband aus dem Radio. Er biegt nach rechts ab, wieder schiebt sich der Horizont in unseren Blick, als sei der ganze Landstrich eine flache, vertrocknete Insel.
„Weißt du eigentlich, dass du in die falsche Richtung fährst?", sagt Bogdan.
„Du fährst doch."
„Nein, die anderen gehen weg, und du kommst hierher. Du bist ein komischer Typ."
„Das hast du auch gemacht."
„Klar, aber erst später. Ich bin zuerst in die richtige Richtung, in den Westen – und dann zurück. Für uns ist das normal. Wie bei deiner Luba."
Ich schüttle den Kopf. „Nicht freiwillig."
„Bestimmt ist sie nach Berlin", sagt er und wartet nicht auf meine Bestätigung, „da kommen alle zuerst an, um sich hip zu fühlen." Er stockt. „Kannte auch eine, ich war ja auch zuerst in der Stadt. Ziemlich sexy, toller Humor. Natürlich hat sie den anderen nie gesagt, dass sie aus der Walachei stammte wie ich. In Berlin erfinden alle ihre Vergangenheit neu. Und dann erfinden sie weiter. Merkt ja keiner. Vielleicht schreiben deshalb so viele ein Buch."
Er bremst. Wendet in der Staubwolke den Wagen und fährt zur letzten Gabelung zurück. Wendet wieder, nimmt den Abzweig nach rechts.

„Die Stadt ist schon verrückt. Den Leuten ist es im Grunde egal, wo du herkommst. Aber am besten du kommst her, wo sie bereits im Urlaub waren. Oder wohin sie eh' mal reisen wollen. Sie möchten hören, was sie schon wissen. Ich habe einmal einen alten Germanistikprof kennengelernt, dem ich über die Straße geholfen habe, und mich vorgestellt. Er hat mich kaum verstanden. *Wodan? Dass es den Namen noch gibt.* Für ihn war ich wie ein beschissener germanischer Gott."
Er fährt jetzt langsamer, fast so, als habe er Angst, er könne das, was er mir erzählen will, nicht in eine einzige Strecke packen. Vielleicht ist es für ihn ein Volltreffer, denke ich: ein Berliner und Stuttgarter in seiner Gegend, die doppelte Erinnerungsdosis.
„Da hab' ich gedacht", sagt Bogdan und zieht den Wagen nach rechts, um überholt zu werden, „warum sollte ich es nicht auch einmal versuchen? Mir ein bisschen ein anderes Image zulegen? War aber nicht leicht, vor allem nicht bei den Jobs. Vielleicht, weil ich etwas größer bin", sagt er und zeigt auf seinen Bauch. „Als Rumäne bist du im Ranking weit hinten. Die wollten lieber etwas Kroatisches. Polnisch ginge auch noch. Von den Franzosen und Italienern ganz zu schweigen."
Wie ein Headbanger schüttelt er jetzt den Kopf.
„In so einer Szenekneipe wollte ich einen Job als Cocktail-Mixer hinter der Theke, tagelang habe ich dafür geübt. Die haben mich aber dann nur hinter die Spüle gelassen. So war das meistens mit den Frauen auch."
Er seufzt, zieht meinen Wagen wieder in die Spur.
„Eigentlich rede ich gar nicht so viel, aber du hörst gut zu. Vielleicht solltest du Therapeut werden. Oder besser Berater, da verdienst du besser."
„Wann hast du denn in Berlin gewohnt?"
Er winkt ab. „Lange her. Aber ich war dort immer der

Bogdan aus der Walachei. Und dann bin ich nach Stuttgart, zur Uni Hohenheim."

„Und deine Freundin?"

„Hat auch ein Buch geschrieben. Leider nichts mit Landwirtschaft."

Er stoppt den Wagen, wieder dreht er um. Dieses Mal fährt er einige Kilometer durch die Einöde zurück, um nach *links* abzubiegen.

„Es ist leicht, sich hier zu verfahren", sagt Bogdan, als würde er meine Gedanken erraten. „Sie müssten mal ein paar Hochhäuser bauen, dann könnte man sich besser orientieren. Ein Navi hast du ja nicht."

Er dreht die Musik weiter auf, fingert an den Knöpfen, staunt, wie wenig Elektrik mein Auto besitzt: keine Klimaanlage, keinen Scheibenheber, keine Zentralverriegelung. Jedes Mal pfeift er dabei durch die Zähne. Ich solle die Stoßdämpfer richten lassen, dann die Bremsscheiben. Die fehlende Stoßstange könne ich mir von einem Schrotthandel holen, aber auch das koste Geld. „Am besten, du gibst ihn gleich dem Schrotthändler in Zahlung, da bekommst du vielleicht noch ein paar Kröten – wenn du viel Glück hast."

„Das Auto ist mir gerade egal", sage ich, weil ich in diesem Moment an Luba denke, wie ich ihre Wohnung in Giurgiu finden soll. Was sie wohl sagen wird, wenn ich vor ihr stehe. Bogdan brummt, er hat wieder dieses verständnisvolle Nicken. „Das ist die richtige Einstellung", sagt er. „Ein Auto geht schnell kaputt, aber die Liebe ...", er zögert, sucht nach einem Wort, „aber... die Liebe auch. Aber bei manchen hält sie ein bisschen länger."

Ich schaue ihn an, ob da noch was kommt, etwas was mich aufmuntern soll, aber er dreht schon wieder an den Knöpfen. „Verrückt, dass das überhaupt noch funktioniert."

Flache Häuser ziehen vorüber, Gärten dazwischen gequetscht, ab und zu eine Schaukel. Vom Autodach aus sah die Welt etwas weiter aus.
„Und was willst du eigentlich hier?“
„Luba finden.“
„Das weiß ich. Ich meine: Und sonst?“
„Ich verstehe nicht.“
„Ich meine, Spaß haben, es ist doch günstig hier. Du bist doch kein Opi.“
„Das lasse ich auf mich zukommen.“
„Gib es zu, du suchst noch.“
„Weil ich nicht feiere?“
Er geht nicht darauf ein.
„Ich feiere in meinem Garten, ich habe meinen Acker gefunden. Und wenn es mit dem Haschischfeld gut klappt, dann kann mir keiner mehr was – dann rauche ich eben eine“, sagt er und schlägt mir zur Bestätigung auf den Schenkel. „So einfach ist das.“
Die Sonne spiegelt sich im nassen Stahl der Masten, in meinem Gesicht. Soll Bogdan feiern, im Moment genügt mir etwas Wärme und Licht.
„Was für ein Typ Frau ist sie eigentlich?“, fragt er.
„Sie ist kein Typ. Sie ist anders.“
„Anders gut oder anders schlecht?“
„Anders anders.“
Bogdan schüttelt den Kopf. „Das muss man doch wissen.“
Ich blinzle gegen das Licht, über den Feldern hat sich Dunst gebildet, ein Schwarm Saatkrähen steigt auf und wird kleiner, winzige fliegende Punkte.
„Ein Ikarus.“
„Ikarus?“ Der Wagen treibt zur Seite.
„Ja, als Kind wollte sie immer fliegen, der Sonne zu, einfach weg.“
Bogdan setzt sich seine Sonnenbrille auf, als mache er sich

über mich lustig, vielleicht fühlt er sich selbst verspottet. Auch mir kommt der Vergleich jetzt seltsam vor. In der Geschichte ist es anders, da wird Ikarus übermütig, steigt immer höher, bis das Wachs seiner Flügel verbrennt, aber Luba? Unten war der falsche Platz für sie.

„Und du?“, fragt Bogdan und grinst. „Fliegst du auch zur Sonne?“

„Nein, bisher nicht.“

Er lacht. „Du bist auch eher der Sonnencreme-Typ.“

Dann schweigt er wieder. Die Stirn legt sich dabei in tiefe Falten.

„Warum warst du überhaupt mit ihr zusammen?“

„Ich habe mich mit ihr glücklich gefühlt. Lebendig.“

„Naja, besser als tot.“

„Das ist kein Witz. Anfangs war es schön, dann wurde es kompliziert.“ Ich zögere mit meiner Frage: „Was darf eine Freundin von einem erwarten?“

Er scheint nicht überrascht. „Alles. Du musst immer mit allem rechnen. Vor allem mit Erwartungen. – Jetzt guck’ nicht so“, fährt er fort, „du siehst aus wie das Leiden Christi. Man muss nicht immer alles verstehen, auch in einer Beziehung nicht.“

„Einer von uns sollte sich dem anderen anpassen.“

Wieder pfeift er durch die Zähne.

„Wenn einer sich zu sehr anpasst, geht das schief.“

„Besser beide?“

Wir lachen.

„Du bist ein Clown. Alle müssen frei sein. Wer heute nicht frei ist, ist ein Depp.“

Die Starkstrommasten ziehen vorüber, eine Allee aus Masten. Dann wird die Straße breiter, die Häuser wachsen. Bogdan hält an einem Supermarkt mit einer lachenden Geldbörse als Logo, um Zigaretten zu holen. Steckt sich eine Kippe an, mustert lange mein Auto, dann mich.

„So geht das nicht. Du musst dir etwas zum Anziehen kaufen, du siehst aus wie ein Schlammcatcher. So bekommst du sie nie zurück. Du solltest dir erst einmal ein Zimmer nehmen, dich waschen und ausschlafen. Du kannst morgen früh weiterfahren."
Ich gebe ihm Recht, und schon steuert er auf die Altstadt zu, wir fahren in eine andere Zeit, mit gebogenen Laternen an den Straßen, Bürgerhäusern mit schmiedeeisernen Balkonen und bröckelndem Putz. Eine stille, verfallene Pracht. Er hält vor einem Hotel, das wie ein altes Haus mit einem Schild aussieht.
„Du musst erst deinen Wagen reparieren lassen, sonst bleibst du unterwegs stehen. Das dauert vielleicht zwei, drei Tage."
„Dafür habe ich keine Zeit", sage ich, und Bogdan nickt. Aus seinem Geldbeutel zieht er ein Bündel Scheine, zählt sie ab, zwanzig Hunderter. Ich habe keine Ahnung, wie viel zweitausend Lei in Euro sind, aber ich weiß, dass er meinen Wagen will. Vielleicht möchte er ihn ja reparieren, um ihn als Andenken aus Stuttgart zu behalten. Vielleicht fährt er damit auf eines seiner Felder und schaut zu, wie der Hanf wächst. Mit dem Geld lässt sich bestimmt das Hotel und ein Zugticket bezahlen. Ich gebe ihm den Fahrzeugschein, Bogdan zeigt auf das Ende der Straße. „Das ist der Bahnhof. Die Fahrt nach Giurgiu dauert nur ein paar Stunden, glaube ich zumindest. Ich fahre nie mit dem Zug." Er steigt aus, wartet, dass auch ich das Auto verlasse, das jetzt sein Auto ist. Er umarmt mich, dass ich kaum Luft bekomme, und stößt mich weg. „Mensch, ist doch alles gut, keine Sorge", sagt er und zieht mich wieder ran, „ist ja gut, wird schon gutgehen."

Der Flur an der Rezeption riecht nach Mottenpulver und Rauch. Die Frau dahinter erhebt sich, zeigt aufgeregt auf meine Schuhe und dann zum Eingang. Ich streife sie am Abtreter ab, ziehe sie aus. „Cameră?“ – doch sie schüttelt den blondierten Lockenkopf, bis ich ihr tausend Lei auf den Tresen lege. Sie greift zu einem der Schlüssel und führt mich die schmale Stiege nach oben. Das Zimmer ist das hinterste. Sofort fällt mir die winzige Pfütze auf dem Linoleumboden auf, der Stehascher mit den Kippen darin. Auf dem Bett liegen zwei Eukalyptusbonbons zur Begrüßung.

Im Bad ist die Klobrille abgeschraubt und an die Wand gelehnt. Die Dusche röhrt, als ich sie aufdrehe, aber es fließt Wasser, auch wenn es sich ins Bräunliche färbt. Ich wasche für den Einkauf das Hemd aus, doch ich sehe aus, als hätte ein Kind mit Wasserfarben auf mir gespielt.

Am Ende der Straße eine Boutique, zwei Limousinen parken davor, *Brother Louie* plärrt aus dem Inneren. Die Frau im Geschäft sagt etwas, was ich nicht verstehe, versperrt den schmalen Gang, der zu den Kleiderständern führt. Ich zeige zu den Hemden und Hosen. Sie holt je zwei. Bevor ich sie bekomme, muss ich mein Hemd ausziehen und in einen leeren Karton fallen lassen.

In der Umkleide rutscht eine Notiz aus meiner Hosentasche. Eine Anmerkung zu einer Kampagne, auf die Ecke eines Tischkalenders notiert. Ich werfe den Zettel weg. Wenn ich alt bin, denke ich, möchte ich keines der Produkte benutzen, für die wir werben. Ich möchte kein Smartphone mit großen Tasten. Ich möchte schlecht sehen, mich vertippen und verlaufen dürfen.

Jetzt aber bin ich müde, will ins Hotel zurück, einfach nur schlafen. In einem winzigen Laden sehe ich Drogerieartikel, ich finde einen Bac-Stift. Babypulver, um mein blaues Auge abzudecken. Ein Ladegerät für mein Handy.

Im Hotel schließe ich es an. Ich aktiviere das W-Lan, ich will wissen, ob sich da draußen etwas ereignet hat, ein

Anschlag, ein Autorennen, eine Königshochzeit, irgendetwas, das mich wieder mit der Welt verbindet. Ob mir jemand geschrieben hat. Ich tippe das Passwort ein. Nur wenige Mails ploppen in meinem Postfach auf, die letzte trägt das Datum von vor drei Tagen. Als Absender steht ihr Name.

vierzehn

Lukas,
Radka hat mir geschrieben, dass du da warst. Ich habe die Mail gestern gelesen, sie hatte ja meine neue Telefonnummer nicht. Ich wollte nicht, dass sie mich anruft, mich abhält.
Radka hat auch geschrieben, dass sie dir meine Tagebücher gegeben hat. Ich darf nicht wütend sein auf sie. Ich habe sie ja selbst zurückgelassen, um zu vergessen.
Bestimmt hast du sie gelesen. Du warst schon immer neugierig, wenn es um mein Leben ging. Manchmal warst du neugieriger auf mich, als auf dich selbst.
Dann weißt du jetzt auch, dass es Italien nicht mehr für mich gibt.

Gestern bin ich in Giurgiu angekommen. Von weitem habe ich das Haus meiner Eltern gesehen. Ich wollte nicht, dass sie mich bemerken.
Meine Mutter stand im Hof. Sie sah alt aus, dabei ist sie erst fünfundsechzig.
Es gibt noch den kleinen Garten mit den Margeriten, den Schuppen. Ich habe auch Vater gesehen. Er hat jetzt dünne Beine. Seine schwieligen Hände konnte ich nur erahnen.
Ich musste daran denken, dass du mich nie deinen Eltern vorgestellt hast, ich hätte es ohnehin nicht gewollt. Ich wollte ja auch nicht, dass du meine Eltern kennenlernst.
Ich bleibe zwei Nächte in der Pension. Mehr Geld habe ich nicht, du kennst mich ja.
Die Luft hier riecht besser als früher. Die Wäsche auf den Leinen bleibt sauber. Sie haben den Weg ausgebessert.
Die Leute geben mehr Acht auf ihr Äußeres.
Ich möchte nicht dazugehören, ich möchte nicht hier gelebt haben.

Als ich dich angerufen habe, hast du mich behandelt wie eine Fremde. Du hast nichts gesagt. Du hast dich kaum verändert, habe ich gedacht.
Dann hast du mich angerufen, ich hatte gerade gepackt. Ich hatte keine Zeit mehr, aber ich war froh, dass du dich wieder erinnert hast an mich. Das hat mir den Abschied von Deutschland etwas erleichtert.
Wie aufgeregt du warst, hat Radka gesagt. Dass du mich suchst.
Luba

PS. Erinnerst du dich, wie wir am Nikolassee standen und unsere Steine über das Wasser hüpften? Ich wollte mit dir alles hinter mir lassen. Es war ein dummer Wunsch, und doch wünschte ich mir jetzt, du wärst bei mir, übermorgen, wenn ich zu ihnen gehe, nur für einen Moment.

Ich lese die Mail wieder und wieder, sie hat mich noch nicht aufgegeben, sie will, dass ich ihr beistehe.
Das Datum der Mail… vor drei Tagen…
Ich laufe durch das Zimmer, schlage mit den Fäusten gegen die Wand, trete dagegen. Ich hebe das Handy vom Boden auf, lese die Mail nochmals, da sehe ich ihre zweite Nachricht, sie ist von gestern.

Lukas,
Du bist nicht gekommen. Ich kann es dir nicht verübeln. Vielleicht hast du nachgedacht und bist zurückgereist. Wie könnte ich dir böse sein, bei diesem Land. Vielleicht beginnst du mich zu verstehen, vielleicht hat es dich erschreckt.
Und doch hätte ich es mir gewünscht.
Ich kapiere das alles nicht.
Die Worte sind krank hier. Sie tragen noch immer zwei Zungen.
Ich gehe jetzt zu meinen Eltern. Ich werde meine Angst überwinden. Ich nehme mir mein Leben zurück.

Ich packe mein Netbook in die Tasche, die Einkäufe. Die Rezeptionistin schaut mich an wie einen Dieb. Ich gehe die Straße hinab, zum Bahnhof, ich sehe einen Zug warten, ein Schaffner steht schon bereit. „Giurgiu?", rufe ich. Er schüttelt den Kopf: „First București".
Der Wagenboden vibriert unter meinen Füßen, es ist ein alter, langsamer Zug, warum fährt er nicht schneller.
Ich muss umsteigen, dann lange warten. Was hatte Bogdan gesagt: nur ein paar Stunden? Da hatte er wohl die Autofahrt gemeint. Hier geht es erst einmal in eine andere Richtung.
Und wieder muss ich den Zug wechseln, es ist längst dunkel geworden, als ich in Bukarest in der Bahnhofshalle stehe. Endlich stellen sie einen Zug nach Giurgiu bereit, VEB Waggonausrüstungen Vetschau steht auf dem Waggon geschrieben. Ruckelnd kriecht er in Richtung Süden durch die Nacht, während ich halb im Schlaf an Lubas Eltern denke.
Nur kurz hatte sie erwähnt, dass ihr Vater schon länger in Rente sei, dass er nach 1990 einige Jobs annahm, nie etwas Festes. Über ihre Mutter hatte Luba kaum mehr erzählt. Etwa, dass sie einundfünfzig war, als Luba Rumänien verließ, dass sie das Geld nach Hause brachte. Und dass sie nach Ceaușescus Tod im Hof einen kleinen Gemüsegarten anlegte.

Als der Zug einfährt, habe ich kaum Schlaf gefunden.
Immerhin ist mir der Name der Straße wieder eingefallen, die Postkarte, die ihr die Eltern einmal geschickt hatten.
Am Bahnhof trägt ein Werbeschild einen Stadtplan auf seiner Rückseite: Das Elternhaus liegt am Rand der Stadt.
Ich biege in ein Wohnviertel ab und gelange zu einem Kanal; Lastenschiffe, Berge von Kohle, schwarze, schmale Mauern. In der Ferne die Donau, die Brücke der Freundschaft.

Die Häuser sind jetzt flacher und die Straßen enger, ich prüfe den Stadtplan, den ich mit meinem Handy fotografiert habe – dorthin. Auf dem Weg getrockneter Matsch, der Fluss ist hier nahe, die sumpfigen Wiesen.
Endlich ihre Straße. Meine Schritte verlangsamen sich, mein Hemd klebt auf der Haut.
Das Haus, der Schuppen. Margeriten im Hof, winzige Lichter.
„Warum rufst du deine Eltern nie an?", hatte ich sie einmal gefragt. „Du hasst das Land, du magst deinen Vater nicht, aber es sind doch deine Eltern?"
Und sie: „Warum fährst denn du nur zweimal im Jahr nach Hause zurück?"

fünfzehn

Die Tür öffnet sich nur einen Spalt.
Das schmale Gesicht eines Mannes erscheint. Zwei wache Augen, Tränensäcke darunter. Er könnte Ende siebzig sein. Seine Blicke wandern über mein Gesicht. Hinter ihm steht seine Frau, auch sie hat diese wachen Augen. Ihr Haar ist zu einem Dutt geknotet, schwarz und voll, wie Lubas Haar. Ich bekomme kein Wort heraus.
Der Mann tritt zur Seite, sein Blick sucht den Weg hinter mir ab. Mir fallen die dünnen Beine und schmalen Finger auf. Die Frau trägt eine Schürze mit einem Muster aus Margeriten. Ihre Hände graben sich in den Stoff, sie schaut ihren Mann an, offenbar erkennt sie mich nicht. Hat Luba mich nie erwähnt?
Mir fällt nur das rumänische Wort für Hallo ein.
„Salut", sage ich. Und auf Deutsch. „Ist Luba hier?"
„Mein Name ist Adrian Matei", sagt der Mann. „Und das ist meine Frau Daria. Und mit wem habe ich die Ehre?"
Sein fast akzentfreies Deutsch, die überdeutlich gesprochenen Worte. Er genießt meinen überraschten Blick.
„Lukas Brandt."
„Wie kann ich Ihnen helfen?"
Ich suche das Dunkel des Flurs nach Luba ab. Ob sie mich gehört hat. Ob sie abwartet. Ich möchte, dass sie zur Tür kommt, ich sage:
„Ich möchte Luba etwas geben."
„Sie ist nicht da", erwidert der Mann.
„Wie meinen Sie das?" Meine Stimme überschlägt sich.
„Sie ist ausgegangen."
Seine unruhigen Augen. Er lügt, sie muss in der Wohnung sein.
„Das macht nichts. Ich kann warten", sage ich und gehe

ein Stück vor. „Ich komme später, als sie mit mir gerechnet hat.“

Die Frau sagt etwas zu dem Mann. Ihre Stimme klingt bittend.

„Kommen Sie“, sagt er und geht in den Flur, links führen Treppen nach oben. Am Flurende biegt er ab.

Das einzige Fenster der Küche zeigt zum Hof. An der Stirnseite ragt ein Eichenschrank bis zur niedrigen Decke. In den Vitrinen stehen Zinnteller, mit Blumen und Feldern bemalte Krüge, ein Modell des Berliner Fernsehturms. Ein weiß-blauer Hängeschrank über der Spüle, von Ikea. Ich setze mich auf den Hocker, dem Mann gegenüber. Die Frau geht zur Spüle und schenkt ein Glas Wasser ein. Kurz zögert sie, weil der Mann mit der Hand eine kurze, ablehnende Bewegung macht, dann stellt sie es mir doch hin.

Sie setzt sich zu uns, ich lächle, weil ich nicht weiß, was ich sagen soll. Ich blicke in Lubas warme Augen, ihre Mutter erscheint mir vertraut. Ihre Gesichtszüge sind weich, sie wirken herzlich, als sie lächelt. Ein schmales Lächeln mit zwei schwarzen Stellen in ihrem Mund. Sofort schließt er sich wieder, ihre Scham. Mir fällt ein, wie Luba erzählte, dass hier vielen Frauen während der Schwangerschaft Zähne ausgefallen seien, Kalziummangel.

„Was wollen Sie von ihr?“, fragt der Mann. Nur seine schmale Statur erinnert mich an Luba, sonst nichts.

„Ich wollte ihr etwas vorbeibringen. Sie hat es in Deutschland vergessen.“

Er legt den Kopf zur Seite, als ob er mir sagen will, dass er das nicht glaubt.

„Ich muss es ihr persönlich geben“, sage ich, bevor er antworten kann, dass ich es dalassen könne. „Außerdem wollten wir noch etwas besprechen.“

„Adrian.“

Die Mutter will, dass er übersetzt. Der Mann geht zum Kühlschrank, er holt ein Bier, ein Glas. Schenkt sich ein, setzt sich. Wiederholt, was ich gesagt habe – das hoffe ich. Die Mutter mustert ihren Mann, als zweifle sie an seinen Worten.
„Verzeihen Sie", sagt er. „Aber ich weiß nicht, ob ich Ihnen vertrauen kann."
Wieder macht er beim Sprechen Pausen. Etwas in seiner Stimme stört mich, könnte ich es doch fassen.
„Ich war ihr Freund. Sie hat bestimmt von mir erzählt."
Das Telefon klingelt. Das Telefon klingelt ein zweites Mal, was wenn es Luba ist? Es klingelt ein drittes, ein viertes Mal. „Wollen Sie nicht rangehen?"
Ein Geräusch, knirschender Kies. Draußen steigt ein Mann mit einem Paket aus einem Lieferwagen, gekleidet in gelb-roten Farben, der DHL-Transporter. Für einen Moment meine ich, in Stuttgart zu sein.
Die Türglocke summt, und ich weiß, wenn Lubas Vater jetzt zur Tür geht, muss ich mit.
„Die deutschen Firmen sind mittlerweile überall. Wieso sprechen Sie eigentlich so hervorragend Deutsch? Sie haben nicht einmal einen Akzent."
Sein Lächeln. Nicht freundlich, eher zustimmend. Er sagt etwas zu seiner Frau, während es ein zweites Mal summt und sie in den Flur geht.
„Ich durfte für zwei Jahre nach Ost-Berlin. Und in Berlin spricht man das beste Deutsch."
„Das durfte bestimmt nicht jeder."
„Das stimmt. Es war ein Einsatz für die zwei besten Volkspolizisten aus Giurgiu. Damals zählte man noch etwas, wenn man sich für den Staat einsetzte. Zu diesem Zeitpunkt hatten wir noch kein Kind."
Ich zeige auf den Fernsehturm in der Vitrine. „Haben Sie in Berlin auch studiert?"

Die Anerkennung aus seinem Blick verschwindet.
„Ich habe nicht studiert. So etwas kann man nicht studieren, es braucht Erfahrung und Psychologie."
Ich nicke, weil ich ihn nicht verärgern möchte. Während die Mutter das Paket auf die Anrichte stellt, sagt der Mann etwas, was ich nicht verstehe.
„Nu", antwortet sie, und er: „Bine".
„Und was haben Sie gelernt?", fragt er mich.
„Nichts Richtiges", sage ich, um die Stimmung aufzulockern, schon runzelt er die Stirn. „Journalismus, dann Marketing. Meine Firma spezialisiert sich auf Senioren."
Er nimmt das Bierglas und leert es Schluck für Schluck bis zur Hälfte.
„Heute muss jeder von irgendetwas leben. Wir haben es alle nicht leicht."
Wieder will die Mutter wissen, was er sagt, ihr Blick ist jetzt vorwurfsvoll, ihr Mann schüttelt den Kopf. Langsam streicht er mit seinen schmalen Fingern über das Holz, in meine Richtung.
„Wann haben Sie meine Tochter eigentlich zuletzt gesehen?"
Testet er mich? „Vor zwei Jahren", antworte ich.
„Seitdem nicht mehr? Sind Sie sich sicher?"
Er greift nach dem Glas, mustert mich dabei. Setzt es nicht ab, bis der Schaum in seinen Mund geglitten ist.
„Ich glaube nicht, dass wir noch etwas für Sie tun können."
„Dann komme ich später vorbei."
„Ich bin mir nicht sicher, ob Luba das recht ist."
„Das kann sie ja selbst entscheiden."
Mein Kopf schmerzt. Erst jetzt bemerke ich diesen Geruch, alt und abgestanden. Er erinnert mich daran, wie Luba die Tapeten in unserer Wohnung entfernt hatte, weil sie sonst an früher dachte. Er kommt von einer vergilbten Tapete im Flur, Schimmel an den Ecken. Darunter der Fleck eines abgehängten Bildes.

„Ist Ihnen nicht gut?“
Schon bin ich aufgestanden.
Das Porträt eines hageren Mannes, sepiafarben. Vielleicht Lubas Großvater. Ein Hochzeitsbild von Lubas Eltern. Ihr Vater als Kind. Kein Bild von ihr.
Der Mann kommt zu mir, fasst meine Schulter.
„Ich glaube, Sie brauchen etwas frische Luft.“
„Wann kommt sie zurück?“
„Sie ist weggefahren.“
„Wohin?“
Er zögert. Sein Blick wandert zu seiner Frau.
„Bukarest“, sagt er. „Sie ist nach Bukarest.“
„Haben Sie ihre Adresse?“
„Wie soll ich das wissen.“
Er sagt etwas zu seiner Frau, als würde er sie danach fragen.
Sie schüttelt den Kopf. „Bukarest?“
„Sehen Sie, meine Frau weiß es auch nicht.“
Da ist von oben ein Geräusch zu hören. Ein dumpfer Schlag. Der Mann will mich zurückhalten, doch ich bin schon an den Stufen, renne die Treppe hinauf. „Luba, bist du das?“
Sie antwortet nicht. Ich öffne die erste Tür, eine Toilette. Wieder das Geräusch, es kommt vom Ende des Gangs, ich reiße die Tür auf. Das Fenster schlägt zu und geht wieder auf, nur ein offenes Fenster. Und wenn sie ... Doch da ist nichts, nicht sie. Es wäre zu hoch, um zu springen. Nur ein Baum, eine Bank. Vielleicht die Bank mit der alten Frau, von der sie einmal erzählte.
Erst jetzt fällt mir die Unordnung auf, die Bücher am Boden, der gekippte Stuhl, die rote Kommode mitten im Raum. Die Türen des Kleiderschranks sind weit geöffnet.
Sie hat etwas gesucht.
Sofort fällt mir die Kladde ein, die sie einst versteckt hatte.

Der Spalt zur Wand – nichts. Auf dem Boden ein Hemd, ich erkenne es, Luba mochte schwarze Hemden mit Spaghetti-Trägern. Ihr Geruch daran.
Das Bett.
Schnipsel unter dem Kopfkissen, die Schnipsel einer Postkarte, in vier Teile zerrissen. Ich füge sie zusammen. Eine vergilbte Ansicht von Giurgiu, eine Anschrift in Rom. Die Briefmarke mit einer wuchtigen Eisenbahn darauf, ungestempelt. Die unterstrichenen Zeilen: *„Ci incontriamo in Piazza di Spagna, il 24 settembre alle ore 15.00.*
Der Mann ruft von unten. Mir fällt Lubas Tagebuch ein, der Geheimdienst, den sie darin erwähnte. Und wenn ihr Vater selbst damit zu tun hatte?
Er steht noch immer neben den Treppenstufen. Sein Blick fällt auf die Postkartenschnipsel, die ich in der Hand halte, er erkennt sie.
„Haben Sie damals Lubas Karte aus der Post gezogen?"
„Die Postkarte nach Rom? Meinen Sie, ich hatte nichts zu tun?"
„Aber Sie wussten davon."
„Natürlich wusste ich es, ich bin schließlich ihr Vater."
„Haben Sie Luba bei Popescu verraten?"
„Popescu? Verraten? Was hat Sie Ihnen gesagt?"
„Dass sie wegen ihm die Schule wechseln musste. Nur weil sie aus Versehen eine Gipsbüste umgestoßen hat."
„Nur eine Büste? Es war das Porträt von Ceaușescu, ich glaube, Sie haben keine Ahnung von dieser Zeit. Sie hat ja immer nur an sich selbst gedacht. Sie hat es mit Absicht getan."
„Sie wollten ihren Willen brechen, sie bestrafen."
„Bestrafen? Ich habe versucht, sie zur Vernunft zu bringen. Popescu wollte mich dabei unterstützen, er war fast wie ein Freund, sie hätte es nur machen müssen. Aber sie wollte sich ja nicht helfen lassen."
„Sie war doch nur ein Kind."

„Und ein Kind muss noch viel lernen oder war das bei Ihnen anders? Ich hätte nicht auf meine Frau hören sollen. Wissen Sie, wohin meine Frau sie brachte? Ins Donaudelta. Ins Nirgendwo. Auf einen Campingplatz mit einem Haufen voller Narren. Aber warum erzähle ich das Ihnen, bei Ihnen scherte sich niemand um etwas, Sie können das nicht verstehen."
„Ich verstehe, dass Luba ein ganz normales Kind sein wollte."
„Normal? Alles habe ich wegen ihr verloren – das hat sie Ihnen bestimmt nicht gesagt. Sie kennen sie doch gar nicht. Gehen Sie jetzt endlich."
Ich weiche ihm auf der Treppe aus, er versperrt mir den Durchgang zum Flur, schiebt mich mit beiden Armen zur Haustür.
Mein Verdacht.
Ich dränge mich an ihm vorbei, öffne die Tür neben der Küche, die der Vater so schnell zugezogen hatte. Es ist das Wohnzimmer, doch Luba ist nicht da, keine Tasche, keine Jacke. Nur ein altes Sofa, zwei Sessel, eine gläserne Vitrine. Da fällt mir der Röhrenfernseher auf. Schräg steht er auf einem Holztisch. Die Scheibe zersplittert, das Kabel herausgerissen.
Lubas Vater zieht mich an den Schultern zurück.
„Verlassen Sie sofort das Haus."
„Was ist hier los?"
„Wir sind beraubt worden", sagt er und spuckt aus.
„Beraubt?"
„Kapieren Sie nicht, was inzwischen mit diesem Land geschehen ist?"
Ich weiche ihm in den Flur aus, in die Küche. Die Mutter sitzt blass am Tisch, ich suche nach einem Zettel, einer Adresse, irgendetwas, das Luba hinterlassen haben könnte, ein Zeichen. Nichts.

Da fällt mir ihr Freund von früher ein.
„Können Sie mir wenigstens sagen, wo Wanko wohnt?"
„Wanko?"
Die Mutter wiederholt fragend das Wort.
„Ja, ihr bester Freund. Aus der Schule."
„Was hat Sie Ihnen nur erzählt? Ich kenne keinen Wanko, hier war nie ein Wanko, sonst wüsste ich es. Luba hatte ohnehin kaum Freunde", sagt er und tritt dicht zu mir. „Sind Sie sicher, dass Sie die richtige Luba kennen?" Dann schiebt er mich in den Flur, zur Tür. „Gehen Sie endlich nach Deutschland zurück."
Die Mutter drückt sich an uns vorbei, steht zwischen der offenen Tür und mir. Ihr Blick ist fast flehentlich, auf Zehenspitzen stehend flüstert sie in mein Ohr.
„Tell. I love her."
Schon stoßen mich zwei Hände über die Schwelle.

sechzehn

Langsam gehe ich den Weg zurück, in Richtung Bahnhof, die Wiesen zur Donau sind sumpfig und weich. Ich setze mich ins feuchte Gras.

Was sie bei ihrem Vater gemacht haben mag – ich hoffe, sie hat es zu Ende gebracht.

Ein Hund setzt sich neben mich. Sein verfilzter bräunlicher Kopf, vier dünne Beine. Das heisere Winseln. Seine raue Zunge an meinem Arm.

In der Nähe muss ihr Versteck gewesen sein, hat sie mit Wanko gespielt, als er noch ihr Freund war. Warum hat der Vater ihn nicht gekannt?

Ich richte mich auf, meine Lungen füllen sich krächzend mit Luft. Der Hund winselt.

Ich erinnere mich, was Luba über ihr Gefühl erzählt hatte, bevor sie ins Donaudelta gefahren war. Sie wollte durch die Donau schwimmen, weil die Brücke geschlossen war. Sie wollte einen Tunnel graben. Ein Boot stehlen. Über den Fluss fliegen. Ich hatte es für eine kindliche Fantasie gehalten, bestenfalls für ein Gleichnis. Jetzt fühlt es sich real an.

Ich verlaufe mich. Am Horizont riesige, verrostete Kessel wie in einem Industriehafen. Ein einsamer Schlot. Die Mauern eines Friedhofs. So viele Gräber. Der Blick auf mein Handy: in das Wohngebiet hinein. Wie flach hier die Häuser sind und wie breit die Straßen. Noch immer folgt mir der Hund. Er begleitet mich über den Weg, der jetzt zu einem Dutzend Hochhäusern führt, die sich aneinanderreihen, wieder so eine Mauer. Endlich finde ich einen Trampelpfad zu einem Boulevard, der in einen zweiten mündet, bis ich den Bahnhof erkenne. An der Kreuzung davor steht ein anderer Hund, räudig, so groß wie ein Pony.

Bettelnd schaut der Hund an meiner Seite zu mir hoch, ob ich ihm das Geleit gebe. Ich werfe Kieselsteine nach dem Räudigen, er bellt und knurrt, zieht sich winselnd zurück. Der Weg ist frei. Der Mann hinter dem Bahnhofsschalter hat mich beobachtet, er nickt anerkennend, sagt etwas, was ich nicht verstehe.
„Bukarest", sage ich nur.
Er druckt mir das Ticket, gibt mir etwas Geld zurück und zeigt auf eine Tafel, macht eine Bewegung, dass ich mich beeilen solle. Der Zug steht schon bereit, der Schaffner winkt mir.
Es ist wieder ein Zug wie aus meiner Kindheit, harte, rote Sitze, dreckige Schiebefenster, das Abteil leer. Ich weiß nicht, was denken, die Fahrt lenkt mich ab, zum Glück, längst habe ich das Gefühl verloren für diesen Tag.
Überall liegt Müll an den Gleisen, auf der Hinfahrt hatte ihn die Nacht verdeckt. Der Zug passiert alte Reifen und Schrott. Wieder und wieder hält er, selbst wo sich nur ein Bahnwärterhäuschen und ein paar Wege zeigen. Tüten flattern über die Felder und Höfe. Zwei Kinder robben mit langen Ästen durch das flache Gras. Eine junge Frau schiebt einen Kinderwagen, ihre Stöckelschuhe bleiben in der Erde hängen.
Der Schaffner kommt, nimmt mein Ticket, sagt *Nord Gara A* und etwas, was nach einem Flughafen klingt.
„Where do you come from?"
Er scheint Stuttgart zu kennen. „Good cars", sagt er.
„Where do you want to go? To the airport? Back to your Porsche?" Er lacht.
Zurück? Warum nicht. Luba ist fort, was soll ich noch hier. Ich habe keine Adresse, weiß nicht einmal, ob sie tatsächlich in Bukarest ist.
„To the airport, no Porsche."
Wieder hält der Zug. Ein Mädchen rennt quer über die

Gleise und zwängt sich durch die Tür. Sie wischt sich mit dem Handrücken den Schweiß aus dem Gesicht, verschmiert den Lidstrich, eine Linie bis zum Ohr, sie erinnert mich an Dina, ich mochte sie gern. Der Zug fährt an, die Wasserflasche auf meinem Tisch kippt.

Mit geschlossenen Augen spüre ich dem Ruckeln des Zugs nach, den gleichmäßigen Schlägen unter meinen Schuhen. Irgendwann schwappt die Hitze durch die geöffneten Türen in das Abteil, der Zug hat Bukarest erreicht. Feucht legt sich die Luft auf meine Haut.

Am Infoschalter drängt sich eine Frau vor mich, sie hat lange Locken, ich rieche ihr süßliches Parfüm, als sie den Rucksack mit Schwung auf den Boden stellt. Die Frau fragt nach der Verbindung zum Flughafen, sie schwäbelt, und ich muss daran denken, dass ich nie mit Luba von Berlin nach Rumänien geflogen bin, weil sie es nicht wollte. Vielleicht hätte ich doch zwei Tickets kaufen sollen, für einen Trip in die Berge oder ans Schwarze Meer. Vielleicht hätten wir dann mehr über ihre Herkunft geredet, selbst wenn wir nicht geflogen wären. Über ihre Familie. Über uns. Vielleicht hätten wir uns besser verstehen gelernt.

Ich gehe in die Stadt hinein, ich muss es versuchen.

Sofort fällt mir die sinnlose Breite der Straßen auf, das sich stauende Blech, quietschende Reifen, überall sitzen Taxifahrer in ihren gelben Kisten. Statuen verharren auf den Verkehrsinseln in ihren monumentalen Posen, an den Straßen bröckelnde Häuser, die an sanierte Villen stoßen, Ranken erobern die Gitterspitzen. Frischer Asphalt zieht sich über den holprigen Fußweg aus Erde. Das Schöne scheint hier das Hässliche zu fressen und das Hässliche das Schöne.

Mein Hemd klebt mir am Körper. Über dem Asphalt flirrt die Luft, ein Windstoß weht den Geruch von Müll und Benzin heran. Wo würde ich an Lubas Stelle hingehen? In ein Café? Einen Freund treffen? An einen See in der Umgebung fahren? Ich gehe weiter, irgendwann muss auch Luba auf einen Boulevard, wenn sie zum Bahnhof will oder sonstwohin, ich suche die Straße nach ihr ab, ich würde sie sofort sehen. Sie trägt weder Miniröcke noch Stilettos wie die Frauen hier, sie schminkt sich die Lippen nicht. Und doch glaube ich, sie in jeder grazilen Kopfbewegung zu erkennen.

Weiter, ich übersetze notdürftig die Namen der Boulevards. *Die Straße des Sieges.* An den Fassaden verdecken riesige Werbeplakate die Baustellen, hüllen Häuser ein: ein spiegelndes Handy, ein monströses Auto. Gegen sie wirken die Werbesprüche unserer Agentur billig und klein. Eine Frau lässt ihre Netzstrümpfe über ein halbes Hochhaus gleiten, bedeckt die Fenster mit ihren Maschen, in denen sich eine andere Frau zeigt, real. Vielleicht sucht auch sie die Wände nach Versprechungen ab, auf der gegenüberliegenden Seite.

Die Hitze lähmt meine Schritte, das Licht ist staubig und hart, das Licht eines Sommertages mitten im Mai. Fliegen verenden auf den Windschutzscheiben, an den Fenstern. Die Fänger baumeln träge in den Hofdurchfahrten. Bierkästen an den Seitenstraßen, eine verdorrte Topfpflanze, um die Parkplätze freizuhalten. In Stuttgart stellen sie leere Eimer auf. Auf der Hauptstraße kriechen die Autos ineinander, blitzendes, überlappendes Chrom, während an den Gehwegen die Wurzeln die Steine aufreißen. Überall Efeu und winzige Äste, die durch den Asphalt brechen, selbst die Leitungen haben sich in Efeu verwandelt und überwuchern als Kabeldschungel die Masten über den Straßen. Sie wachsen bis zu mir herab, mit ihren schwarzen, rissigen Tentakeln. Ich muss mich setzen, trinken. Ein Laden dort. Ein Steinabsatz.

Ich werde sie finden.

Wieder einer dieser abstrakten Namen, die *Straße der Einheit.* Mächtig führt sie aus dem Zentrum, die Autos, die Menschen scheinen in ihr zu verschwinden, am Ende ein Platz aus Teer wie eine Brache, darüber Ceaușescus Palast. Block für Block wächst er nach oben und in die Breite, wie eine nie zu Ende gebaute Stadt, abweisend, die Fenster wirken wie Attrappen. Haus des Volkes wurde der Palast genannt, mir fällt Lubas Tagebuch ein.

Er macht die Menschen klein.

Er ist nicht einmal für Menschen gemacht, denke ich, er ist für niemanden geschaffen, keiner sollte ihn betreten oder in seiner Nähe wohnen, in der ganzen verdammten Gegend nicht. Und doch zieht er mich an, die Präsidentenstadt wächst über mir empor, sie färbt den blauen Himmel grau. Vergeblich suche ich nach einem Eingang. An einer Seite läuft eine Reisegruppe, die Menschen schrumpfen zu Ameisen, der Palast frisst sie auf.

Ich sehe Luba vor mir, wie auch sie in verwinkelten Gängen verschwindet und sich dort verirrt, eingesaugt für immer. Ich höre sie rufen.

Wieder muss ich mich setzen, meinen flachen Atem beruhigen.

Ich gehe die Straße zurück, zurück zu den Menschen. Passiere den Platz mit seinen Brunnen, die Hitze ist kaum auszuhalten, die Brustkörbe der Hunde scheinen zu bersten. Die Schritte fallen mir schwer, mein Kopf schmerzt. Der Horizont ist mit winzigen schwarzen Flecken gespickt. Ich kauere in einer Seitenstraße, ohne dass jemand Notiz von mir nimmt, der Schatten kühlt meine Haut. Eine winzige Kirche erhebt sich zwischen zwei Häuserreihen, als wäre sie in der Zange gehalten. Vogelgezwitscher am Eingang, ein Schwarm Finken oder Meisen. Ich suche nach ihnen, doch da sind nur zwei zwitschernde Lautsprecher. Zwei Frauen steigen über die Schwelle nach draußen,

schlagen Kreuze vor ihren engen Tops, bekreuzigen sich nochmals, als sie die Treppenstufen hinab schreiten, ihr Stiletto-Klappern gibt dem Zwitschern einen Takt.
Im Kirchendunkel der Dunst von Kerzen und Weihrauch. Die Altarwand glänzt golden, Gold umfasst die Apostel über meinen Kopf, an der Kuppel schwirren die Engel. Selbst die Heiligenscheine sind aus Gold. Eine Alte steht vor mir, gebückt und schief, als würde sie gleich zur Seite kippen, sie trägt eine bestickte Bluse und einen schwarzen langen Rock, mit wackelnden Schritten tippelt sie zum Altar. In ihrer Hand hält sie eine Kerze, das Wachs tropft auf den Marmorboden. Zitternd und krumm steht sie vor dem leuchtenden Gold, und mir fallen die Alten ein, die ich einst als Zeitungsvolontär besuchte und nach denen Luba mich immer wieder fragte, denn es waren *reale Alte,* wie sie sagte, anders als in unseren Werbebotschaften.
Meist öffnete mir ein betagter Sohn die Tür, oft lag der Flur im Dunkeln, mit einem schmalen Tisch mit Zupfkuchen und Schlachteplatte. Im Zimmer hinter dem Zupfkuchen warteten die Neunzig-, Fünfundneunzig- und Hundertjährigen, aufgerichtet in einem Sessel oder in einem Bett. Ich sprach dann den Namen, den mir der Sohn vorsagte, ich durfte sie duzen, die Bluse war weiß und die Augen über dem Latz schon grau. Danach stand ich still kauend an der Schlachteplatte, darüber das Bild des toten Ehemanns. Fast immer stand der dicke Bürgermeister dicht neben mir wie bei den Hochzeiten, Firmenfesten und Beerdigungen auch. Als Volontär führte ich ein Dorfbürgermeisterleben, sagte ich zu Luba, *klein, aber fett,* und sie antwortete: „So wünsche ich dich mir manchmal auch."
Ich suche nach Luba hinter den Säulen. Ich möchte, dass sie unter den schweren Bildern hervortritt, auf einem der schmalen Chorstühle an den Wänden sitzt, hier könnte sie doch sein. Doch nur die Alte steht dort, zitternd im

goldenen Glanz, sie macht mit der Hand eine Bewegung zu mir, als sie mich sieht, als wolle sie mich greifen. Ich nehme ihre Hand, ihre Schuhe schleifen in kurzen Bewegungen über den Boden. Ich helfe ihr über die Schwelle, die Treppen hinab. Ihre Schuhe scheuern weiter über den Asphalt, dann ist sie verschwunden.

Am Himmel bauen sich die Wolken zu Türmen auf, als hätte Bogdan das Unwetter aus seiner Sahara geschickt. Regentropfen fallen, wachsen zu dicken Fäden. Ich suche Zuflucht in der nächsten Bierwirtschaft.
Wieder eine Kirche, denke ich, die Wände wachsen kathedralengleich in die Höhe, mit zwei Galerien und bemalten Fenstern. Oben bestelle ich eine saure Suppe, um meinen Magen zu beruhigen. Immer mehr Menschen treten ein, sie tragen nasse Hemden und Sakkos, kurze Hosen, Lack- und Turnschuhe. Sie bringen den Lärm der Straße, die halbe Welt scheint sich hier zu versammeln. Ich sehe eine Reichert, schlank und ungewöhnlich strahlend, den Ärger über ihre miesen Mitarbeiter aus dem Gesicht geschminkt. Ich sehe einen Bogdan, breitschultrig und gutmütig, wie er am Tresen zwei junge Frauen betrachtet, sie könnten Daisy und Lilly sein. Ich sehe Menschen, die essen und trinken wie in jeder Stadt, mit Namen wie Stuttgart, Wien oder Warschau, ich sehe gedrungene und schmale Frauen, mit glatten und faltenreichen Gesichtern, mit gelockten, hochgesteckten und blondierten Haaren, nur Luba sehe ich nicht. Sie passt nicht hierher, hier fühlt es sich falsch an, falsch wie der König mit seinem lächelnden Mond auf dem Fenster.

Draußen hat es aufgehört zu regnen, es dämmert. Die Schlaglöcher sind mit einer dünnen Wasserschicht bedeckt. Wieder und wieder trete ich in eines hinein, nur die Frauen stöckeln daran vorbei.

Ein breiter Pflasterweg steigt aus der stickigen, dampfenden Stadt heraus. Er führt nur wenige Meter in die Höhe, und doch kriecht die Kühle in mich. Oben verschwimmen die Umrisse eines riesigen Gebäudes in der beginnenden Nacht, eine Kirche daneben, der Platz dazwischen ist verwaist. Zu meiner Rechten duckt sich eine Kapelle, Blumenbeete säumen sie, ein schiefes Steinkreuz daneben. Mir fällt eine Frau auf der Treppe dahinter auf, die Hände verschränkt, still und in sich versunken. Nur ihr Tuch flattert um ihren Kopf und verwischt ihre Gesichtszüge. Ihr Rock, die Strickjacke verschmelzen mit der Dunkelheit, vielleicht trauert sie, womöglich erinnert sie sich gerade an ihren verschollenen Mann.

Unter mir schimmert der Dunst der Stadt, in einem rötlichen Blau. Ich muss an die Donau denken, die in der Ferne ihre Bahn zieht, die so viele Länder verbindet, Tausende Kilometer lang. Nur zwei Menschen zusammenzubringen, das schafft sie nicht. Ich sehe mich als Kind in den Ferien an derselben Stelle Flussbiegung spielen, wie vertraut sie mir vorkam und wie seltsam es sich angefühlt hatte, als ich begriff, dass es gar nicht derselbe Fluss war, nie dasselbe Wasser, obwohl ich doch immer an dieselbe Stelle gegangen war.

Der Wind weht hinter meinem Rücken eine Plastiktüte hervor, eine leere Keksschachtel; die Stimme einer Frau. Die Melodie kommt mir bekannt vor, es ist die Frau von vorhin, ihr Tuch flattert jetzt an der Kapelle. Mich zieht es zu ihr, nur so weit, dass sie mich nicht bemerkt. Noch immer hat sie die Hände gefaltet.

Ich sehe Luba vor mir, wie sie ihre Nachbarin erwähnt, von der sie die Melodie zum ersten Mal gehört hatte, wie sie dabei an ihrem Fenster steht, sie hat Hausarrest, nicht nur ihr Vater, auch ihre Mutter hatte sie geschlagen, sie sagte: *Sprich nicht von Ceaușescu. Sprich über normale Dinge.*

Ich sehe, wie Luba die Furchen im Gesicht der Alten zählt, wie sich die Trauer mit der Melodie in ihrem Körper ausbreitet, Wort für Wort übersetzte sie mir den Refrain, als sie mir damals die Geschichte erzählte und mir es das Herz abschnürte. Ich hatte die Melodie schon zuvor gehört, ohne darauf zu achten, vielleicht zwei, drei Mal, wenn Luba gezeichnet hatte. *Ich bin aus einem Ei geschlüpft, mein Vater die Krähe, meine Mutter die Amsel, als Zilpzalp singe ich mein Lied.* Und in diesem Augenblick verstehe ich, dass das Lied für Luba viel mehr war. Sie wollte nicht mehr das Kind ihrer Eltern sein, nicht vorübergehend, nicht nur an diesem Tag, sondern für immer.

Es war kein Schicksal, dass Luba ausgerechnet am Tag, nachdem ihre Eltern sie wieder geschlagen hatten und sie in die Wohnung gesperrt worden war, Wanko zum ersten Mal getroffen hatte. Dass sie sich sofort geschützt fühlte. Es war gar nicht möglich gewesen, ihn real zu treffen, das Haus zu verlassen – sie hatte Wanko erfunden.

Alles ergibt plötzlich einen Sinn, auch die Worte des Vaters. Er kannte Wanko nicht, weil Wanko nur in Lubas Fantasie existiert hatte. Sie hatte ihn gerufen, um nicht zu zerbrechen.

Der Schmerz pocht in meinen Kopf, dumpf breitet er sich in meinem Körper aus. Meine Haut steht unter Strom, dann gibt mein Körper Ruhe.

Ich denke an Lubas Erzählung zurück, wie sie Wanko traf, wenn sie Schutz brauchte, wie sie sich mit ihm immer besser fühlte; wie sie im Donaudelta vielleicht erstmals völlig glücklich war und wie sie mit neuem Mut den Plan fasste, als sie nach ihrer Rückkehr am Donauufer die italienische Flagge entdeckte. Sie wollte ein Zeichen setzen, als sie sich so frei fühlte wie nie zuvor, Wanko musste ihr helfen.

Vielleicht hätte sie mit ihm den Vater besiegt, vielleicht auch Popescu, nicht aber beide zusammen.

Ich sehe Luba verloren vor Popescus Schreibtisch stehen, allein vor der Klasse, allein legt sie sich über das Knie des Vaters.
Am nächsten Tag geht sie in ihrem Zimmer auf und ab wie ein eingesperrtes Tier, ihr Hass gegen den Vater, ihr Hass gegen ihren imaginären Freund, der sie verraten hat, der noch in ihr ist, den sie herausprügeln muss.
Ich schlage mit den Fäusten gegen die Kapellenwand, Putz blättert ab, Vögel fliegen auf. Deshalb hatte sie sich in ihre Aufzeichnungen und Skizzen geflüchtet und versucht, sie zu verbergen. Ihr Vater musste sie entdeckt und die letzte Zuflucht verbrannt haben, die sie noch hatte – kein anderer kommt dafür infrage.
Ich wische mir das Blut an einem Taschentuch ab.
Ich habe sie anders im Stich gelassen, als ich es dachte.
Jetzt ahne ich, wo sie ist.

flug

sechs

Mein Bett beginnt zu vibrieren, unter mir röhrende Motoren. Ein Ruckeln. Dann setzt sich das Schiff in Gang. Licht fällt durch den braunen Vorhangstoff, von meiner Matratze aus schiebe ich ihn zur Seite. Hinter dem Bullauge zieht das Wasser vorbei und heftet sich wie Spucke an die Scheibe. Das Bullauge liegt zu tief, um das Ufer zu erkennen, der Horizont bleibt wasserfarben, grün und grau. Die Müdigkeit kriecht aus meinem Kopf, die Bilder der Nacht erobern den Platz.

Ich eilte am Hafen entlang, eine Stunde von Bukarest entfernt. Kreuzfahrtschiffe ankerten an der Donau in zwei Reihen. Die Kabinen hinter den zugezogenen Vorhängen waren erleuchtet, Lichter auch an der Bar. Ein Paar kam mir entgegen, sie stritten und gestikulierten, immer wieder blieben sie mit ihren Koffern stehen.
„Bist du mäschugge, wir haben doch nur gepimpert", sagte die Frau. „Wir wollten doch ins Delta nuff." Und der Mann: „Halt dei bleede Gusche."
Hinter ihnen stieg ein Koch von Bord, mindestens zwanzig Jahre jünger als die beiden, auf der Schürze trug er das Schiffsabzeichen. Von der Reling aus beobachteten ihn die Passagiere. Dann zog auch er den Koffer hinter sich her.
Rasch lief ich zur Brücke, bevor sie ein Matrose einziehen konnte, und suchte nach der Kabine, die offensichtlich das Paar gerade verlassen hatte. Von der Lobby aus verzweigten sich die Gänge, schon bald sah ich die geöffnete Tür, innen lagen Decken auf dem Boden verstreut, sonst herrschte die funktionale Ordnung einer winzigen Kabine.

Erst später ging ich zur Rezeption. Ob das Schiff auch in Tulcea Halt mache, fragte ich, und die Frau antwortete auf Deutsch: „Ja natürlich, haben Sie kein Programm?"
Ich gab ihr, was ich noch an Euro hatte, und behauptete, dass ich das Paar kenne, das das Zimmer jetzt nicht mehr brauche, aber darüber habe sie ja sicher gehört. Offenbar mochte sie nicht schon wieder Ärger, versicherte sich, dass ich kein Verwandter war und mich benehmen würde, und verlangte meinen Pass. „Bis Tulcea, nicht weiter, Herr Brandt", sagte sie und verlieh ihrem Ton eine aufgesetzte Strenge.

Vom Bettende aus kann ich mit den Beinen die gegenüberliegende Wand erreichen, für Freizügigkeiten ist hier kein Platz.
Wie aufgeregt Radka war, als ich sie gestern anrief und fragte, was sie über Urlaubsorte im Donaudelta wisse, vielleicht über einen möglichst abgelegenen Campingplatz.
Was mir einfalle, sie anzurufen, antwortete sie und fragte sofort: „Wie geht es ihr?" Ich sagte ihr, dass ich es nicht wisse, dass sie nicht mehr bei ihren Eltern sei, dass ich mir sicher sei, dass sie dort ist, wo sie sich einst glücklich gefühlt hatte, an einem Ort eines möglichen Neuanfangs. Und es müsse im Sommer 1987 gewesen sein.
„Urlaubsort? So würde ich das nicht bezeichnen", sagte sie, und da wusste ich, dass Luba auch ihr von jenem Sommer erzählt hatte. Dass Radka den Namen des Ortes kannte.
Sie behauptete, sie müsse erst nachschauen, fragte dabei spöttisch, ob ich auf der Reise zum Psychologen geworden sei, doch ihre Stimme verriet, wie sehr sie sich über die Nachricht freute. Ich solle auf Luba, auf mich aufpassen, und das war das zweite Mal, dass sie etwas Nettes zu mir sagte. Sie warnte mich noch, dass ich einen Ortskundigen suchen müsse, um dorthin zu finden. Es gebe dort

vermutlich fast nichts – oder fast nichts mehr. Dann legte sie auf.

Als das Schiff Fahrt aufgenommen hat, gehe ich auf das Panoramadeck. Hat man es aus dem Unterdeck des Traumschiffs gezimmert? Kunstrasen erstreckt bis zu den vergilbten Rändern. Zwei Pedometer stehen am Heck, zwei Gummibäume, Liegestühle an den Seiten. In der Mitte ein Loch mit blau gestrichenem Boden, das wohl ein Pool werden sollte, jetzt begrenzen es Absperrbänder. Drei Frauen trotten grußlos an mir vorüber, schnaufend und routiniert bringen sie die quietschenden Stühle in Position. Misstrauisch beäugen sie mich aus der Horizontalen, hinter ihnen gleitet das Ufer vorbei.
An der Bar hängt das Tagesprogramm: Snacks für Frühaufsteher. Bordgymnastik. Mittagessen. Bingo-Nachmittag. Ein Rumänisch-Sprachkurs von zwanzig Minuten. Kuchenstunde auf dem Panoramadeck. Am Abend das Captain's Dinner.
Ich nehme mir, was ich an Essensresten finde, und gehe in mein Zimmer. Vom Bett aus kann ich mit den Füßen sogar die Toilettentür erreichen, auch sie vibriert – selbst die Fußmassage ist hier inklusive, denke ich. Dann schlafe ich ein.

Die Durchsage weckt mich. *„Captain's Dinner in dreißig Minuten. Elegante Kleidung erwünscht."*
Ich trage, was ich in Slatina gekauft habe.
Der Speisesaal liegt im Dunst von Essen und Parfüm. Ich suche nach einem leeren Stuhl, es müssten doch zwei frei sein nach der gestrigen Nacht. Ein Kellner erscheint, flüstert, ich möge ihm bitte folgen, er wisse Bescheid.
Die zwei Frauen am Tisch beachten mich kaum, als ich mich setze, ihre Blicke sind auf den Mann gerichtet, Anfang

siebzig, volles, weißes Haar. Sein eleganter Anzug kontrastiert zu den tief ausgeschnittenen Blümchenblusen der Damen. Zwei Tische weiter erhebt sich der Kapitän, blutjung, mit einem schmalen Scheitel und einem blassen, unglücklichen Gesicht, als wäre er lieber an Land geblieben. Er spricht einige Worte, die das Rauschen des Mikrofons verschluckt, hebt das Glas, dann klatschen und lächeln und prosten wir alle.

„Nicolae Andrei".

Der Weißhaarige hat mich bemerkt, auch ich stelle mich vor, jetzt spricht die Tulpe: Sie sei aus Plauen, Bäckerin.

„Arztwitwe aus Heilbronn", sagt die Rose daneben und betont „Arzt" und „Witwe" zugleich. Sie leide an einem gebrochenen Herzen.

„Sie sehen aber auch etwas unglücklich aus", sagt Andrei, die Witwe kichert. „Sie suchen bestimmt jemanden."

Ich bin zu überrascht, um zu antworten.

„Nun, Sie sind bei weitem der jüngste im Saal, deshalb machen Sie diese Fahrt bestimmt nicht zum Spaß. Außerdem wirken Sie nicht entspannt. Und gestern waren Sie noch nicht da, wenn mich mein Gedächtnis nicht trügt."

„Psychologe?"

Das erwidert er nicht.

„Auslandsstudium in Ost-Berlin?"

„Gut geraten, aber das war bei vielen so, wenn man es denn durfte. Aber es bedrückt mich, dass ich mit meinem Deutsch nicht als ein Landsmann durchgehe."

Die Frauen nicken.

„Es ist wirklich nur ein klitzekleiner Akzent", sage ich.

„Sie haben auch in Berlin gelebt? Und was machen Sie? Nein, lassen Sie mich raten."

„Marketing", sage ich schnell.

„Warum ist die Jugend heute immer so ungeduldig? Dann suchen Sie bestimmt nach einer Dame."

Die beiden Frauen rücken mit den Stühlen näher heran. „Wie heißt sie?“, fragt er, und schon rutscht mir Lubas Name heraus, Andrei nickt. „Ein bulgarischer Vorname mit einem rumänischen Nachnamen. Jetzt nähern wir uns der Sache an.“

Die Vorspeisen werden serviert. Räucherlachs auf Rucola und Walnüssen. Schinkenscheiben mit Mango. Käseigel mit Trauben. Die Witwe zieht das Schirmchen aus dem Igel und dreht es zwischen den Fingern, während die Bäckerin eine Traube langsam in den Mund gleiten lässt. Andrei gibt vor, von alldem nichts zu bemerken. Ich glaube, eine gewisse Langeweile seinen Begleiterinnen gegenüber zu spüren, die ihn mir etwas sympathischer erscheinen lässt.

„Schauen Sie sich um“, sagt er. „So viele Touristen. Touristinnen. Sehr charmante Touristinnen. Mein Land entwickelt sich.“ Er zieht sein Handy hervor, streicht mit der Hand darüber. „Und es ist modern. Diese Informationstechnologie. In Bukarest machen sie dafür hervorragende Apps. Das hätten wir auch gebrauchen können.“

„Waren Sie früher Geschäftsmann?“

„Sie sind nicht sehr charmant zu mir. Sie fragen nicht, ob ich noch ein Geschäftsmann bin. Aber ich kenne mich im Handel etwas aus. Ich habe ab und zu bei der Zulassung nachgeholfen. Man half sich früher ja mehr als heute.“

„Wenn die Herren sich unterhalten, kann ich mich in der Zwischenzeit etwas frischmachen“, sagt die Witwe. Ihr Mund schmollt wie bei einem Kind.

Sofort ist Andrei auf den Beinen und schiebt ihren Stuhl zurück. „Das müssen Sie wirklich nicht“, sagt er, so dass es die Bäckerin nicht hört. „Sie sind heute die Bezauberndste.“ Die Witwe lässt beim Gehen ihren Handrücken über sein Jackett gleiten.

„Zumindest das ist geblieben“, sagt Andrei. „Es kommt auf

die Form an, nicht auf die Wahrheit. Das macht es für alle leichter. Es sind schöne Lügen."
Wieder Applaus. Der Hauptgang wird serviert, die Geschwindigkeit beim Essen ist hier beachtlich. Krautwickel. Schweine- und Rinderbraten auf schmalen, silbernen Platten werden aufgetragen, dazu Lasagne. Die Wunderkerzen leuchten die Käsekruste aus. Fast unmerklich ist Andrei zu mir ans Tischende vorgerückt, verfolgt die Kellnerinnen mit seinen Blicken.
„Ich mag Frauen", sagt er leise, „aber manchmal sind sie etwas anstrengend. Die rumänischen Frauen dagegen sind unkomplizierter, zumindest waren sie das einmal. Das haben auch Ihre Landsleute geschätzt."
Ich schätze das nicht, schon gar nicht Ihr abwertendes Gerede, will ich sagen, während er Preiselbeeren aus einer Soße fischt, doch er ist in seinem Redefluss nicht zu stoppen. „Ich habe genügend Firmenchefs kennengelernt, glauben Sie mir. Sie haben gut gegessen und geliebt, was wir ihnen vermittelt haben. Dann haben wir es liebevoll dokumentiert."
Bedächtig kaut er auf den Beeren, vielleicht denkt er gerade an einen Fall.
„Zu schade, dass sich die da oben zu wenig dafür interessierten, man hätte viel mehr daraus machen müssen, jetzt sind alle längst im Ruhestand."
„Was machen müssen?"
„Stellen Sie sich nicht dümmer, als Sie sind. – Ja, meine Liebe?"
Die Gabel der Witwe kreuzt unser Gespräch, zeigt auf den Krautwickel, den Andrei mit einer galanten Bewegung auf ihren Teller gleiten lässt, er schenkt ihr süßen Rotwein nach.
„Sie waren bei der Securitate."
Er lächelt.

„Und Sie glauben, dass das keinen stört?“
„Schauen Sie sich um. Meinen Sie, hier denkt auch nur einer daran? Und bei uns haben sie keine Zeit dafür.“ Genüsslich spießt er die Gabel in den Wickel. „Zuerst haben sie mich beschimpft. Dann beschimpften sie die Reichen. Und jetzt sind die Leute sauer, dass sie sich selbst nicht bereichert haben.“
„Und wen bespitzeln Sie heute?“
Er seufzt. „Ich mag nicht, wie sie das Wort gebrauchen, das wertet es ab – ich war immer professionell. Aber jetzt bin ich Witwer. Und wissen Sie was? Am schlimmsten ist die Langeweile.“ Er lacht, das Lachen treibt Tränen in seine Augen. Die Bäckerin lacht mit, obwohl sie nichts gehört haben kann, schon stimmt die Witwe ein: „Erzählen Sie schon, wir wollen auch etwas Spaß haben.“
„Herr Andrei hat nur auf Kosten anderer Spaß“, sage ich.
Andrei lehnt sich in seinem Stuhl zurück, kurz berühren seine Schuhspitzen meine Beine.
„Das würde ich nicht sagen“, sagt er und beugt sich wieder vor, dass nur ich es höre. „Es war anstrengend, wir waren ja nie effizient. Wir hatten viel zu viele Spitzel, die auch die Spitzel bespitzelten. Dabei reicht es doch, wenn man sie sich denkt. Und glauben Sie mir, das denkt jeder, dass da noch einer ist. Sie wissen ja nichts voneinander.“ Sein Kopf ist jetzt nahe bei meinem, mir fällt die schmale Narbe über dem Ohr auf, der Minzgeruch in seinem Atem. „Im Kapitalismus läuft das besser“, sagt er, „da geht man effizienter mit seinen Ressourcen um.“
„Reden wir jetzt nur noch über Wirtschaft und Politik?“, fragt die Witwe.
Sie hat offenbar die letzten Sätze verstanden.
„Natürlich nicht“, sagt Andrei. „Der junge Mann hier nimmt das Leben nur zu ernst. Lassen Sie mich einen Witz erzählen.“

„Aber nichts Dreckiges“, sagt die Bäckerin.
„Einen Witz aus Rumänien“, sagt die Witwe und schaut mich böse an. „Wir wollen ja auch etwas Spaß haben.“
„Also gut, für unseren Freund hier einen aus den alten Zeiten. Radio Bukarest sendet. ‚Liebes Volk, es ist genau 7 Uhr und Genosse Ceaușescu steht gerade auf. Es ist Zeit, dass Sie auch aufstehen.‘ Etwas später sendet Bukarest wieder: ‚Liebes Volk, es ist genau 7 Uhr 30 und Genosse Ceaușescu macht Morgengymnastik. Es ist Zeit, dass Sie sich auch bewegen.‘ Und dann: ‚Liebes Volk, es ist genau 8 Uhr, Genosse Ceaușescu frühstückt gerade. Genießen Sie die Volksmusik!‘ “
Die Bäckerin lacht.
„Ich verstehe nicht“, sagt die Witwe.
„Das macht nichts“, sagt Andrei und wendet sich zu mir. „Es ist inzwischen auch egal. Es gibt schließlich alles. Sehen Sie doch selbst!“ Er zeigt hinter mich, weil ich es nicht verstehe, als sich schon der Saal verdunkelt. Wieder leuchten Wunderkerzen auf, Frauen schieben Torten an die Tische. „Kapieren Sie's jetzt?“, sagt er.
„Und wer nicht mitmachen wollte?“
Mitleidig schaut er mich an, rückt dann seinen Stuhl zu den Frauen zurück, für ihn ist das Gespräch beendet.
Plötzlich erscheint es mir nicht mehr überzogen, dass Luba unser Festnetz-Telefon gemieden hatte, weil es so sonderbar knacke. In diesem Moment verstehe ich ihre Gefühle. Für Luba hatte sich nichts geändert. Schlimmer noch: dass es niemanden mehr interessierte.
„Die toten Ceaușescus sahen aus wie die lebenden, nicht wahr?“, sage ich. „Ich könnte mir vorstellen, dass es bei Ihnen einmal ähnlich ist.“
„Was sagen Sie da?“
Der entgeisterte Blick der Frauen. Nicht einmal ein Zischeln.

„Zügeln Sie ihre Worte, sonst …“, sagt Andrei und richtet sich auf, als in diesem Moment die Kellnerin einen Teil der Torte auf unserem Tisch platzieren will. Die Torte rutscht, mit einem Reflex versucht Andrei, sie aufzufangen, doch seine Hand greift nur in die Masse. Er schüttelt sie ab, sie fliegt auf sein Jackett, zur Witwe neben ihm.
Eine zweite Kellnerin ist schon da, wischt mit einem Tuch die Reste von Andreis Brust. Der Kapitän kommt heran, das blasse Gesicht unter der weiten Mütze. „Herr Andrei, ist Ihnen etwas passiert?“
„Der ist schuld.“ Die Witwe zeigt auf mich.
„Das glaube ich nicht“, sage ich und stehe auf. Und zu Andrei: „Oder was meinen Sie?“
Auch er erhebt sich.
„Kein Problem. Unser neuer Gast kennt nur die Etikette nicht.“
Ich gehe in Richtung Flur, Andrei folgt mir sofort, schließt zu mir auf, als unterhielten wir uns.
An der offenen Tür hält er an, die Blicke bleiben auf uns gerichtet.
„Schade“, sagt er so laut, dass es an den vorderen Tischen zu hören ist, „dass die Jungen mit ihrer Freiheit heute nichts anzufangen wissen.“
„Sie haben es ja geschafft und auf Gigolo umgesattelt“, sage ich, mache mit dem Kopf eine Bewegung zu den Frauen. „Kriegen Sie Geld dafür?“
Er lächelt in den Saal, winkt den beiden Frauen zu.
„Nur kein Neid“, sagt er, und: „Geht das überhaupt?“
„Was geht?“ Auch ich lächle.
„Eine Beziehung zwischen einem wie Ihnen und einer wie ihr? Wie heißt sie noch?“, sagt er, und leiser: „Ich habe die Wahl. Mir scheint, Sie haben noch nichts.“
Er winkt abermals und geht weiter. Zögerlich winken die Frauen zurück. Ich folge ihm, nach wenigen Schritten bleibt

Andrei stehen, zieht aus der Innentasche eine Schachtel Zigaretten hervor. Bietet sie mir an.
„Ich rauche nicht."
„Wirklich nicht?"
Ich gehe, bevor er sich die Zigarette anzündet.
Die Kabine sperre ich von innen ab.
Dann rieche ich es. Kalter Rauch. Mein Netbook liegt auf meinem Bett. Auf dem Nachttischkästchen, wo ich es zurückgelassen hatte, steht jetzt ein Aschenbecher, mit einer angerauchten Zigarette darin.
Es ist Andreis Marke.

fünf

Niemand an Deck. Am Ufer verhüllt der Morgennebel Gräser und Büsche, die Bäume scheinen zu schweben. Der Fluss verbreitert sich, ein Kohleschlepper kommt uns entgegen. Die Wellen verlieren sich in kleinen, schäumenden Kreisen.
Der Bordlautsprecher raschelt. Ein Husten. Das Tagesprogramm. Frühstück. Progressive Muskelentspannung nach Jacobson. Mittagessen. Die Ankunft in Tulcea und ab ins Donaudelta. Dort zu sehen: mehr als dreihundert Vogelarten. Wildpferde. Achttausend Pelikane. Möglicherweise seien es auch nur siebentausendneunhundertneunundneunzig.
Und schon zieht die Landschaft vorüber, wie man eine Leinwand verschiebt.

In der Mittagshitze schält sich Tulcea aus dem Dunst. Am Ufer hat man Hüpfburgen aufgebaut, Wurstgeruch verbindet sich mit dem Gestank von Öl. Die Kinderschreie mischen sich mit den Geräuschen von Wind und Wasser zu einem lauten Summen. An der Mole schreit ein Mann und wedelt mit den Armen, er hat ein Schild mit dem Namen unseres Schiffes an einen Poller gelehnt.
Wir sind zu spät. Hastig werfen zwei Bootsleute die Seile aus. Die schmale Brücke wird heruntergelassen. Schon trotten die ersten von Bord, stoßen aneinander, als könnte das Delta sich ohne sie vom Land lösen und abtreiben. Die Flussschifffahrt wird auf drei Boote verteilt. Auf dem Boot neben uns steigt Andrei über die Brücke.
Ich habe Glück. Unser Schiff befährt den Gheorghe-Kanal, zumindest ein Stück weit. Ein Abenteuer heißt es, es sei der ursprünglichste der drei Kanäle in Richtung Schwarzes Meer.

Es ist der Kanal, der mich näher zu Luba führt.
In meiner Reisetasche habe ich mir ein Handtuch mit einem stilisierten Schiff darauf gesichert, eine frische Rasierklinge mit etwas Schaum, das Bordduschgel mit Rosengeruch. Meine Mitpassagiere tragen Sonnenhüte und Gummistiefel unter den kurzen Hosen. Regenmäntel und Moskitonetze in den Armbeugen.
Die Männer positionieren sich mit Spiegelreflexkameras an Deck, die langen Objektive auf die Reling gestützt. Flüche, weil das Boot auf dem Wasser zittert, als es zu fahren beginnt.
Hütten und Motels säumen den Kanal. Strommasten an den Ufern. In einem ausgeschlachteten Cadillac sitzen zwei Jungen, johlen, als sie uns sehen. Fischerboote, die vor den Häusern liegen. Ein Boot mit dem Namen Denisa. Der Name erinnert mich an Daisy, wie sie die Bilder ihres Freundes löscht, wohin sie wohl ist?
Ich denke an Liviu, wie er von seinem Dorf zu einer Baustelle in Wien fährt. An Bogdan, der von meinem Wagen aus seinen Stuttgarter Acker inspiziert.
Wir steuern näher zu den Bäumen, Vögel fliegen auf, kein Kormoran, kein Pelikan ist darunter, und doch werden sie von den Objektiven eskortiert. *Die Routen vieler Zugvögel kreuzen sich hier,* säuselt es aus dem Lautsprecher.
Zeichnete man die Bahnen am Himmel nach, wären sie ein Knäuel, das wohl nur schwer zu entwirren ist.
Vater würde diese Landschaft gefallen, nur unser Boot würde er meiden, der Ruhe wegen. Stundenlang könnte er hier spazieren gehen und sich spazierend verstecken. Seltsam, immer wenn ich mich an ihn erinnere, denke ich vor allem daran, wie er sich mir entzog, an meine Sehnsucht nach ihm. Über meine Mutter, die immer für mich da war, wenn ich etwas brauchte, habe ich mir selten Gedanken gemacht.

Der Kanal verengt sich. Die Bäume neigen ihre Kronen zum Wasser. Winzige Basthütten an den Stegen, dann ein Touristenhotel, das hellblaue Wasser des Swimmingpools wie eine Fata Morgana. Der Wind wird stärker, es beginnt zu regnen. Ich strecke meine Zunge aus, um die Regentropfen zu fangen, ein Gefühl wie früher.
Das Schiff drückt gegen die Autoreifen und reißt mich aus meinen Gedanken. Die Mole, das Schild darüber: Murighiol. Um uns Fischerboote, fest vertaut. Die Brücke wird ausgefahren, schwankt unter unseren Schritten.
Ich müsse einen Fischer finden, einen der Alten, hat Radka mir geraten. Die Jungen würden den Campingplatz nicht mehr kennen.
Der Regen wird stärker. Ich flüchte unter einen Stand aus Schilf, Netze an den Seiten. Drei Fischer spielen an einem der Tische Karten, ihre hageren, faltigen Gesichter.
„Sprechen Sie Deutsch?"
Sie blicken auf.
„Ein bisschen", sagt einer von ihnen.
Ich nenne ihm den Namen des Sees, des Campingplatzes, den es nicht mehr gibt. Ob er ihn kenne?
Er legt die Karten auf den Tisch, sieht mich prüfend an. Er ruft nach jemanden, *Darian.* Ein Mann kommt aus einem der Schuppen, weißes Brusthaar unter dem offenen Hemd, die Haut von der Sonne gegerbt. Der andere wiederholt, was ich gesagt habe.
Darian kommt auf mich zu, seine Augen sind schmal. „Genau das hat mich vor zwei Tagen eine Frau gefragt."
„Luba. Sie meinen Luba."
Er zuckt mit den Schultern.
„Was hat Sie gesagt?"
„Sie hat mir keinen Namen genannt."
„Aber was hat Sie gemacht?"
„Sie hat nur ein paar Dinge eingekauft – bei meiner Frau."

Er zeigt auf den Laden in der Nähe der Mole. „Sie wollte wohl etwas länger bleiben."
„Wann ist sie los?"
Darian ignoriert meine Frage. Er sagt zu den anderen etwas. Sie lachen.
„Sind Sie ihr Freund? Oder ein Stalker?"
„Ihr Freund", sage ich schnell.

Die Bäume wachsen in alle Himmelsrichtungen, das offene Hemd von Darian flattert im Wind. Ich habe ihm fast mein ganzes Bargeld gegeben, nicht alles, was er sagte, konnte ich verstehen. Er sprach von einer Genehmigung. Von einem geschützten Gebiet. Und dass ich Wasser und Essen brauche. Und wo ich übernachten wolle?
Er verkaufte mir ein Moskitonetz und zwei Armeedecken, kratzig und schwer. Wie ich nach Independenţa gekommen sei, fragte er und erklärte, das sei der frühere Name der Gemeinde gewesen, in der Ceauşescu-Zeit. *Unabhängigkeit,* heiße das. Der Name Murighiol stamme aus dem Türkischen und bedeute *violetter See.*
Beides schien mir für Luba zu taugen.
Das Licht fällt durch die Blätter der Bäume, das Wasser leuchtet auf, ein grünlicher Nebel, der Falten wirft. Pelikane treiben mit ihren mächtigen Kehlen hintereinander auf der Oberfläche, entengleich. Das Wasser zerfließt vor meinen Augen, als würde ein Gemälde ständig neu gemischt. Kurz führt der Kanal auf einen offenen Flussarm, dann biegen wir in den nächsten, schmaleren Abzweig ab. Wieder Schilf. Sumpf. Alles scheint mit dem Wasser zu verwachsen. Schon bald weiß ich nicht mehr, wo ich bin. Die Feuchte kriecht in mein Hemd, in meinen Körper.
Unser Ausflug in den Spreewald kommt mir in den Sinn, Lehde, nur eineinhalb Stunden von Berlin entfernt. Es war der letzte Versuch, um unsere Beziehung, um uns zu retten.

Ich lief schweigend mit Luba zu einem im Wald verborgenen Kanuverleih mit einem Wasserpostkasten an der Tür. Wir paddelten an den Touristenbooten vorbei, dann saugten uns die schmalen Kanäle ein, nichts war mehr zu hören außer unserem Paddelschlag.

Über uns spielte die Sonne in den Blättern, während Luba das Paddel in das Wasser tauchte, ich nur ihren Rücken sah. Ich schloss die Augen. Hörte nur noch das Wasser, wie es ans Ufer schwappte. Ich fühlte mich, als würde ich mit dem Boot schweben und Luba mit mir.

Es war so trügerisch gewesen.

Darian reißt mich aus meinen Gedanken. Er ruft einen Namen, zeigt geradeaus. Ein Kormoran steigt auf, doch Darians Arm bleibt ausgestreckt. Vorn verbreitert sich der Kanal, ich hatte das Blau für den Horizont gehalten, doch es ist ein See. „Campingplatz", sagt er und lächelt. Schaut mich an, schüttelt den Kopf. „Lange her." Ich kann nichts erkennen.

Er stellt den Motor ab. Das Wasser schlägt an den Bug. Stille. Der Fluss wird zum See und verzweigt sich in der Ferne weiter, alles geht ineinander über. Vorsichtig rudert Darian bis zu dem eingefallenen Steg, das Boot stößt an verfaulte Stümpfe. Er nennt mir die Richtung, in die ich gehen soll, deutet in das Dunkel der Bäume. Er wolle in zwei Tagen nachsehen, da müsse er in der Nähe ohnehin nach etwas schauen. Ich ziehe Schuhe und Hose aus, klemme die Decken unter meine Achsel und wate das letzte Stück ans Ufer, an den schlickigen Holzresten vorbei.

Der sandige Weg. Ich klettere über einen umgekippten Baumstamm, steige über ausladende Äste, die ein Sturm vor kurzem umgeknickt haben muss, die Blätter schimmern noch grün. Ich suche nach Fußspuren, doch der Regen hat den Sand verwaschen, ihn mit Reisig und Blättern gespickt.

Da nimmt der Weg eine Gerade. Die Reste eines Schilfdachs lugen zwischen den Bäumen hervor, ein zerbissener Kegel am Boden: Ziegel. Ich ziehe die Schuhe an. Babygeschrei aus der Ferne: Vögel fliegen weit hinter mir auf und über mich hinweg. Lachmöwen.
Ich klettere über einen vom Blitz getroffenen, verkohlten Baum, sehe das schiefe Häuschen. Zerborstene Fensterscheiben. Das Dach kaum mit Schilf bedeckt.
Ich spüre nur noch meine eigenen Schritte.
Das Holz der Hütte ist morsch, die verzogene Tür steht offen. Modergeruch. Meine Augen brauchen Zeit, sich ans Dunkel zu gewöhnen. Wasser hat sich in der Mitte gesammelt, ein Stück des Himmels erscheint durch das Loch im Dach. Ein zurückgelassener, aufgeklappter Lederkoffer steht in einer Ecke, eine alte Matratze, die verfilzte Decke. Nur der massive Schrank in der Ecke scheint intakt. Keine Blätter, kein Sand auf dem Boden. Dann ein Fiepen. Eine Katze. Sie hat ein Junges am Hals gepackt, duckt sich unter den Schrank, läuft in den hinteren Teil des Zimmers. Das Fiepen wird lauter, weitere Jungen sitzen dort, eingewickelt in eine speckige Decke. Die Katze faucht, die Krallen zeigen sich über dem aufgeblähten Bauch, während ihre Jungen blind um die Zitzen kämpfen. Der kühle Wind streicht hinein, der Himmel draußen hat sich verdunkelt. Ich gehe zum Fenster. Fliegen und vertrocknete Spinnen kleben am Rahmen. Der Zweig eines Baumes verdeckt die Sicht, ich öffne das Fenster und drücke ihn zur Seite.
Da sehe ich sie.

vier

Sie steht mit dem Rücken zu mir. Zweige wachsen aus ihrem Körper, ein, zwei Meter lang. Ich will ihren Namen rufen, doch meine Stimme versagt. Da dreht sie sich um. Wie schmal ihr Gesicht ist.
Sie lässt das Bündel fallen.
Die Starre meines Körpers löst sich. Ich laufe zu ihr, sie darf jetzt nicht weg, ich stolpere. Die Wolken brechen auf.
Sie steht starr. Ihre schwarzen Haare sind zu einem Pferdeschwanz gebunden, die Schatten der Blätter gleiten über ihr Gesicht, wie ein Rascheln. Wie stolz die Bögen ihrer Wangenknochen sind. Sie macht einen Schritt auf mich zu, stoppt.
Ich weine.
Ein kurzer, unterdrückter Laut. Auch sie weint.
Stille. Die Sonne verschwindet.
„Was machst du hier?"
Sie geht in die Hocke, atmet heftig, ihr Gesicht ist bleich.
Ich knie mich zu ihr, möchte sie umarmen. Der Wind weht eine lange Strähne in ihr Gesicht, langsam streicht sie sie zurück.
„Du stinkst."
Ich schaue an mir herunter. Mein nassgeschwitztes Hemd. Der Schlamm an meiner Hose. Meine dreckigen Hände.
„Es war ein weiter Weg", sage ich. „Ich wollte schon früher kommen."
„Mir ist kalt", sagt sie. „Und ich muss essen."
Sie packt einige der Zweige und geht langsam weiter. Ich nehme die anderen und folge ihr. Sie geht an einem Schuppen vorbei zu einer improvisierten Feuerstelle. Steine sind in einem Halbrund geschichtet, ein Gitter darauf. Sie legt das Bündel ab, putzt die Hände an einem Brett, das

zwischen zwei Baumstümpfen liegt, und öffnet den Deckel eines Eimers daneben. Sie zieht einen Fisch heraus, halb so lang wie ihr Arm: ein Zander mit seinem gespaltenen Maul, die stachligen Rückenflossen.
Sie bemerkt meinen Blick, als sie das Messer nimmt, verharrt, trennt mit einem kurzen, harten Schlag den Kopf vom Körper. Sie greift wieder in den Eimer und holt Tomaten und Zwiebeln hervor.
Ich staple die Zweige in der Feuerstelle zu einem Zelt und kleide es von unten mit Reisig und trockenem Gras aus. Luba wirft mir eine Streichholzschachtel zu und beobachtet mich aus den Augenwinkeln, während vor mir Rauch aufsteigt und sich die flammenden Zweige in Glut verwandeln. Ich fache sie mit meinem Atem an.
Luba legt die Fischhälften über das Gitter und wärmt ihre schmalen Hände über dem Feuer. Wie rissig sie sind. Mir fallen ihre Joggingschuhe auf, schwarz und rot wie die Glut vor mir. Nie habe ich sie mit Joggingschuhen gesehen.
„Es ist noch alles da", sagt sie. „Auch wenn man sich das schwer vorstellen kann."
„Ich ..."
Doch sie deutet auf den Campingplatz, auf das verbliebene Stück Wiese, den Sand, Fundamente, wo einmal Duschen waren. Vielleicht geht sie in ihrer Erinnerung die Zelte ab.
Das Fett des Fisches zischt im Feuer. Die Haut weitet sich von innen, Luft entweicht und reißt schmale Lücken. Luba dreht die Hälften mit zwei kurzen Zweigen um.
„Wie hast du mich gefunden?", fragt sie und verscheucht mit den Zweigen die fetten Fliegen.
„Ich habe mich daran erinnert, wo du glücklich warst."
Lubas Augen hellen sich auf, aber ihre Stirn liegt in Falten. Sie nimmt die gefaltete Plastiktüte neben dem Eimer und wickelt Teller, Gabeln und Messer heraus.

Wortlos setzen wir uns auf zwei Baumstümpfe.
Der Fisch schmeckt nach Rauch. Erst jetzt wird mir mein Hunger bewusst. Ich drücke mit der Zunge das Fischfleisch an meinen Gaumen, das Kauen beruhigt mich.
Luba schiebt mit den Schuhen etwas Sand vor sich her und legt Insekten frei, die sich in das spärliche Gras flüchten. Mit den Hinterbeinen gräbt sich mühsam ein Käfer aus dem Boden, er ähnelt einem Skarabäus. Ihm fehlt nur etwas Dung, den er zu einer Kugel formen und auf den Weg zurück nach unten rollen könnte. Luba folgt meinem Blick.
„Du bist nicht mehr so schmal wie früher“, sagt sie, während die Vorderbeine des Käfers in der Luft strampeln und sie ihn mit Sand bedeckt. Sie nimmt meinen leeren Teller und taucht ihn in den Wassereimer. Zwischen den Joggingschuhen und ihren Jeans entblößt sich ein dünner Streifen Haut, den die Schnaken blutig gesaugt haben.
„Komm. Ich zeige dir, wo ich wohne. Wenn du schon da bist.“

Neben dem Haus scheint Rost in einem Regenwassertank, eine poröse Plastikschüssel treibt darin. „Mein Bad. Meine Küche.“ Innen schimmert das Schilf über unseren Köpfen, Licht fällt herein. Sie muss einen Teil des Dachs ausgebessert haben, wie sie wohl hinaufgeklettert ist?
„Früher wohnte hier der Leiter des Campingplatzes, ein guter Mensch“, sagt sie, öffnet den Schrank an der Wand und zieht einen roten Pullover heraus. Unterwäsche und T-Shirts liegen in den Regalen, etwas Brot, Wasser und Konservendosen. Ihre rote Reisetasche, die ich noch von Berlin kenne. Ich höre ein Miauen, schon umkurvt die Katze schnurrend meine Beine, ihre Jungen fiepen Protest.
„Das ist Missy“, sagt Luba und zeigt in das Dunkel des Raums, „und ihre Bande.“

Missy läuft zu ihren Jungen zurück, legt sich auf eine speckige Decke. Sofort klammern sich vier Münder an die Zitzen, Tatzen pressen sich gegen ihren Bauch, das Drahtgestell quietscht leise. Ich streichle über Missys atmendes Fell, über die verschwitzten Körper der Jungen. Missys Kopf wendet sich mit einem hungrigen Miauen zu mir, weil sie den Fisch riecht. Mit ihrer rosigen Zunge leckt sie meine Handflächen blank.

Lubas warme Augen folgen jeder Bewegung.

„Sie hat die Jungen gerade zur Welt gebracht, als ich gekommen bin. Sie haben mich empfangen. Sie waren die Einzigen."

Der Wind streicht kühl herein, der Himmel draußen hat sich wieder verdunkelt. Auf den Resten der Fensterscheibe sitzen Fliegen. Schwarze Flecken.

„Ich dachte, du bist nach Stuttgart zurück."

„Ich war da, aber zu spät. Ich bin sofort los, als ich deine Mail gelesen habe."

Sie streicht langsam mit der Hand über Missys Rücken. Ihre Hand verharrt.

„Und was macht deine Freundin?"

„Wieso, ich habe keine", sage ich und verhaspele mich dabei.

Sie lächelt, das Lächeln verschwindet.

„Und deine Arbeit?"

Es klingt nicht nach einer Frage. Schon steht sie auf, klopft sich den Staub aus den Jeans und geht hinaus.

Erst am Schuppen hält sie an. Tritt gegen die Tür, weil sie klemmt.

Innen bedecken Blätter und Zweige den sandigen Boden wie in einem Wald. Das Gesicht einer Puppe ist ausgebissen. In den Holzwänden sitzen die Insekten in den Ritzen, in die Holzkommode haben sie ein flaches Labyrinth gefressen. Davor ein Matratzengestell.

Luba nickt. Mein Bett.
Sie reicht mir einen Reisigbesen. „Warum bist du …?“
„Was?“
„Nichts, gute Nacht – hier geht man früh ins Bett“, sagt sie und verlässt den Schuppen.

Ich lasse mein Hemd an. Das Gitter des Gestells drückt sich durch die Armeedecken in meinen Rücken. Ich breite das frische Hemd gegen den Modergeruch über mein Gesicht. Lange bleibe ich liegen.
Ein Rascheln im Eck, im Dunkeln ist nichts zu erkennen. Nur der Wind ist zu hören. Er gewinnt an Kraft, wirbelt Sand und Blätter gegen die Tür. Regentropfen fallen, vereinen sich zu einem Prasseln. Blitze zucken, der Donner scheint weit entfernt.
Schon höre ich ihn nicht mehr.

drei

Luba steht neben mir. Ihre zerkratzte Hand, der rote Pulli. Müde drehe ich mich um, will weiterschlafen. Die Hand rüttelt mich wach.
„Du musst mir helfen."
Mühsam setze ich mich auf. Mein Rücken, die Beine fühlen sich an, als hätte ein Boxer an mir trainiert. Knöpfe an meinem Hemd fehlen, an der Seite ist es eingerissen. Ich schüttele zwei Käfer aus den Schuhen und folge ihr.
Es ist feucht. Abgebrochene Zweige bedecken den matschigen Weg. In Lubas Haus ziehen sich Wasserlachen über den Boden. Durch das Dach zeigt sich der graue Himmel. Ihr Schlafsack liegt an der einzigen trockenen Stelle, wo auch Missy sitzt.
Luba nimmt das Messer und geht den schmalen Weg in Richtung Landungssteg, biegt ab in das wogende Schilf.
Ich ziehe die Schuhe aus, kremple die Hosenbeine hoch, nehme ihr das Messer aus der Hand. Rohr für Rohr hoble ich ab, während die Natur ihre wilde Schönheit verliert, jetzt wirkt sie sumpfig und regenverhangen. Rohr für Rohr reiche ich Luba. Rohr für Rohr legt sie übereinander, bis zwei dicke Bündel entstanden sind. Sie grinst, als ich wieder aus dem Schilf komme, in meinen Schlammgummistiefeln, dabei hatte ich nur Sneakers an.

Am Haus zurück deutet Luba auf das Seil, das um den untersten Ast der nebenstehenden Birke geknotet ist. Dann zeigt sie nach oben.
Immer wieder rutsche ich ab, weil ich kaum mein eigenes Gewicht zu halten vermag. Endlich erreiche ich den Ast und winde mich umständlich um ihn, klettere Zweig für Zweig nach oben und lasse mich auf das Dach herab. Auf

Händen und Füßen krieche ich über das glitschige Schilf bis zum Rand des größten Lochs. Unter mir räkelt sich Missy auf ihrer Decke, Luba verknotet mit einem dicken Seil das Schilf zu Bündeln. Das Seilende wirft sie zu mir, dann das Messer. Mit der Spitze bleibt es neben mir stecken. Das Schilf lege ich über die offenen Stellen und verknote die Seilenden mit dem Dach. Wie Pflaster.
Ich kann den See sehen, die winzigen Kanäle unter den Bäumen.
In der Ferne schimmert das Meer.

Luba hat Feuer gemacht, zwei Blechtassen voll Wasser kochen auf der Glut. Sie gibt Kaffeepulver hinein, schneidet in kurzen Schnitten Brot und Salami auf, noch immer hat sie diese Kraft.
Als sie mir die Tasse reicht, mischt sich der Kaffeegeruch mit ihrem. Tief atme ich ihn ein.
Ich trinke den Kaffee in einem Zug aus.
„Das hatte ich mir jetzt verdient."
„Was bildest du dir ein?"
Sie versucht, grimmig zu schauen, doch ihre Mundwinkel zeigen nach oben.
Der Kaffeesatz klebt am Boden. Man könnte daraus lesen.
„Ich habe von oben das Meer gesehen."
Sie schaut zu mir und dann zum Wald, ich folgte ihrem Blick. Dahinter muss es sein. Sie trinkt ihren Kaffee in winzigen Schlucken. Ich merke, wie sie sich entspannt, wie sie mich wieder aus den Augenwinkeln mustert.
„Du guckst nicht mehr wie ein Fuchs", sagt sie. „Du siehst anders aus. Keine Ahnung, wie du das machst."
Sie nimmt mir den Becher aus der Hand und schüttet den Satz weg.
„Komm jetzt."

Wieder biegt sie in das Schilf ab, bis wir einen weiteren Steg erreichen, keine zwei Meter breit. Die Bäume werfen unruhige Schatten über unsere Beine. Luba streift die Schuhe ab, greift einen Stock am Stegende, taucht ihn in das Wasser, zieht eine Reuse ein und wuchtet sie auf die Bretter. Ring für Ring faltet sie zusammen. Schleift das Netz über die Planken zu mir. Zwei Hechte zappeln darin, ihre Größe überrascht mich.
„Bitte, mach du das."
Die Hechte kämpfen zu meinen Füßen um ihr Leben. Die Flossen schlagen gegen mein Bein, die Wucht schmerzt. Ich suche nach einem Stock, finde den herabhängenden Ast einer Weide. Schwer liegt er in meiner Hand. Ich ziele auf die schmalen Köpfe. Drei, vier Schläge. Der fünfte. Das Zittern der Fische. Mit Lubas Messer steche ich zu, wo ich das Herz vermute. Luft entströmt, wie eine Seele. Ich weite den Schnitt. Zitternd und nass liegt der Hecht in meiner Hand. Wie schwer er ist.
Luba zieht die Reuse zu sich, faltet sie zusammen und legt die beiden Hechte obenauf. Die Augen sind vier winzige Spiegel.
„Das ist doch nicht deine Reuse."
„Der Fischer hat nichts dagegen. Er wird froh sein, wenn ich etwas zu essen habe."
„Er selbst aber auch."
Sie lacht. Das erste Mal.
„Er hat mich hier abgeladen, wie man jemandem zum Sterben aussetzt. Wie auf eine Pestinsel. ‚Ist mit Ihnen wirklich alles in Ordnung?', hat er gefragt. Und ob ich angeln könne? ‚Kommen Sie in einer Woche wieder', habe ich gesagt. Er wird bestimmt schon früher nach mir schauen.'"
„Oder nach mir. Ich glaube, wir hatten denselben Fahrer."
„Vielleicht. Diese Stelle hier kennen nicht viele."
Sie schaut auf das Wasser hinaus.

„Es ist komisch. Damals kam mir alles so groß vor. Die Donau. Die Seen, die sie hier bildet. Das Meer dort hinten. Und der Himmel glitzerte, als wäre auch er nur aus Wasser gemacht. Für mich war es der schönste Ort der Welt. Jetzt kommen nicht einmal mehr Touristen."
Sie zieht den Pullover aus und legt ihn zur Seite. Ihre Brüste zeichnen sich unter dem schwarzen Top ab. Sie schließt die Augen.
„Früher dachte ich, der Wind würde flüstern."
Sie spricht jetzt leiser. Ich rücke näher heran, um sie zu verstehen, berühre sie dabei mit dem Bein.

Wir gehen zur Feuerstelle zurück und füllen einen alten Kessel mit Wasser auf. Entfachen das Feuer. Beobachten, wie sich Bläschen bilden.
„Ich war bei deinen Eltern."
Sie steht jetzt starr.
„Und? Wie findest du meinen Vater?"
Sie versucht, ironisch zu klingen, doch ihre Stimme klingt bitter.
„Ich hatte nicht erwartet, dass er so kalt ist, so nüchtern. Du musst dich daheim beschissen gefühlt haben."
„Willkommen in meiner alten Welt."
„Nein, ernsthaft. Es tut mir leid, dass ich nicht kapiert hatte, was dein Vater dir angetan hat."
„Was meinst du damit?"
„Ich habe das mit Wanko verstanden. Du weißt, dass ich auch mal einen erfundenen Freund hatte, den Geheimagenten. Aber es war ein Bücherfreund. Ich hätte es auch ohne ihn geschafft, ich hätte mir einen realen Freund suchen können."
Luba nimmt die beiden Hechte und lässt sie in das Kesselwasser gleiten. Sie tauchen ein, drängen an die Oberfläche zurück.

„Sorry für meinen blöden Vergleich."
„Wanko ist erst wieder zu mir gekommen, als du mich daran erinnert hast, ich hatte ihn völlig verdrängt. Ich kann es selbst kaum noch glauben, aber es ging damals Schritt für Schritt, ich brauchte doch jemanden, der mich verteidigt und zu mir hält. Plötzlich war er bei mir, in mir – ich konnte es irgendwann nicht mehr unterscheiden. Es tut mir leid, dass ich dich mit ihm verglichen habe. Aber ich fühlte mich so verletzt.
Als Kind wollte ich immer, dass es ein Missverständnis war, dass Vater zu den anderen gehörte. Ich hatte gehofft, dass es einen Grund gab, dass er mir so viel verbot. Ich hoffte, dass er mich beschützen wollte, dass er sich um mich sorgte, trotz seiner abweisenden Art. Als er mich an Popescu verriet, hat es mir meine letzte Hoffnung geraubt. Ich werde ihm nie verzeihen, dass er meine Aufzeichnungen verbrannt hat. Es war doch das Einzige, was mir noch blieb."
Immer wieder dreht sie mit dem Messer die Fische um, drückt sie an den Augen hinab.
„Ich musste noch einmal zu ihm, ich hätte schon früher gehen sollen. Ich habe es sofort gespürt. Sie hatten die Wände gestrichen. Sie hatten sogar mein Bild abgehängt. Und diese Möbel von Ikea. Ich bin sofort nach oben, ich habe es nicht ausgehalten. Ich habe mein altes Zimmer durchsucht, um noch irgendetwas zu finden, was mich an mich selbst erinnerte. Nichts. Nur die Postkarte, die ich geschrieben hatte.
Sie saßen auf dem Sofa, der Fernseher lief. Ich habe gewartet. Ich habe ihnen Zeit gegeben. Ich wollte, dass sie etwas sagen.
Es kam nichts. Ich wusste, dass es nichts bringt, aber ich musste ihn fragen. *Warum hast du geglaubt, dass es Absicht war? Warum hast du es Popescu gesagt? Warum hast du mich*

nie verteidigt? Warum hast du das einzige verbrannt, was ich noch hatte? Er schwieg.
‚Er wollte dich beschützen', hat meine Mutter gesagt, nur um etwas zu sagen, fast wie früher, wenn sie etwas glattbügeln wollte, als sei sie immer noch Näherin und unsere Familie ein Stück Stoff. Vater tat so, als ob ich gar nicht mehr da wäre. Nur als ich fragte, warum er mein Leben zerstört hat, sagte er: *Ich deins?*
Ich fragte Mutter, warum sie bei ihm geblieben ist, während er neben ihr saß, ich wollte, dass er jedes Wort hört. Doch sie schaute ihn nur an. ‚Wir kennen uns doch schon so lange. Unsere guten wie unsere schlechten Seiten.'
In diesem Moment wollte ich sie beide bestrafen. Ich wollte die Stühle, den Tisch, das ganze Zimmer zertrümmern, doch ich schaffte es nicht. Nur den beschissenen Fernseher habe ich erwischt. Da konnte ich das Weckglas dahinter sehen. Ich habe vor ihren Augen jeden einzelnen dreckigen Schein herausgenommen. Ich habe sie Vater ins Gesicht geschlagen."
Sie stößt den Kessel um, die Hechte gleiten heraus, rutschen über die Erde, doch Luba bemerkt nichts davon.
„Wie kann man nur sein einziges Kind verraten? Ich war immer so wütend. Ich war auch auf dich so wütend, ich konnte nicht anders. Vielleicht werde ich meine Wut nie ganz los."
Endlich erwidert sie meinen Blick.
„Das musst du auch nicht. Ich mochte deine Wut. Immer wenn du wütend warst, warst du auch mutig, und manchmal auch ich. Auch deshalb hatte ich mich in dich verliebt."
Ich bin mir nicht sicher, ob sie es hört.
Lange starrt sie auf die Hechte am Boden.
Sie nimmt sie und legt sie auf einen Baumstumpf, bedeckt die trüben Augen mit Blättern.
„Manche Dinge trägt man sein Leben lang mit sich."

„Aber du hast deinen Vater besiegt."
Sie schüttelt den Kopf.
„Aber jetzt kann ich besser loslassen."
Wir legen die Fische in den Kessel zurück.
Wir haben keinen Hunger mehr.

Langsam gehen wir zum Steg zurück.
Luba wirft die Reuse ins Wasser. Eine Kolonie von Pelikanen schwimmt auf dem See. Einer von ihnen nimmt Anlauf, läuft über die Wasseroberfläche, es spritzt an den Füßen, er hebt sich in die Luft und sackt wieder ab, versucht es erneut. Ein Junges folgt ihm ebenso schwerfällig, bis es in der Luft gleitet, so, als könne es jeden Moment abstürzen.
„Ich habe gehofft, dass du mich suchst. Weißt du, was ich gedacht habe, als du nicht gekommen bist? Wahrscheinlich ist er nach Stuttgart zurück, zu seiner verdammten Arbeit. Macht einfach weiter, wo er aufgehört hat." Sie schüttelt den Kopf, wie man Flöhe abschüttelt. „Vielleicht war es auch gut so, dass du nicht rechtzeitig da warst. Du warst immer ein grauenhafter Helfer."
Wir lachen.
Wir schauen auf den See hinaus, auf die Algen vor uns. Die verkohlten Baumstämme.
„Jetzt sind wir also hier", sage ich und schiebe mit dem Stock die Algen weg. Grüne Schlieren ziehen sich über das Wasser.
„Und?" Luba zieht sich zum Stegrand und taucht die Füße ein.
„Was meinst du?"
„Erzähl schon. Was hast du hier erlebt?"
„Es gibt hier so viele Dinge", sage ich, „ich mag, wie die Leute mit Pflanzenkübeln ihre Parklücken freihalten, ich mag, dass es in den Kirchen nach Frauenabsätzen klingt.

Und ich mag Bogdan, auch wenn er mir mein Auto abgeknöpft hat. Dafür hat er mich abgeschleppt, irgendwo in der Walachei, ich meine mein Auto, er hat mich aus dem Sand gerettet wie ein alter Beduine. Und er hat mich zu seiner Hochzeit eingeladen, ich meine die Hochzeit seiner Schwester, die ganze Familie war etwas verrückt, sie hätte auch dir gefallen. Sie haben mir auch die rumänische Küche gezeigt, aber Schweinsohr zählt definitiv nicht zu meinen Favoriten. Dann habe ich mich mit Bogdan geprügelt."
„Geprügelt? Du? Warum das?"
„Weil ich blöd war. Und weil ich gemerkt habe, wie viel du mir noch bedeutest."
Sie zieht nur die Augenbrauen hoch.
„Ich glaube, du plapperst zu viel."
Sie spritzt mit ihren Füßen Wasser zu mir, ich revanchiere mich.
„Ich hatte schon länger keine Zuhörerin mehr", sage ich. „Aber es gibt auch Dinge, die mir nicht gefallen haben. Ich habe mir vorgestellt, wie du in diesem verdammten Präsidentenpalast sitzt und nicht mehr herauskommst, es war ein komisches Gefühl. Und ich habe auf dem Boot zu dir diesen schmierigen Typen kennengelernt, der bei der Securitate war – das hat mir Angst gemacht. Weil er einfach da war und weitermachen konnte, als wäre nichts gewesen, als wäre das nicht eine andere Zeit. Zum Glück warst du nicht dabei. Du hättest ihn wahrscheinlich umgebracht."
Luba zieht die Füße aus dem Wasser, umfasst die Knie, schweigt.
„Ich glaube, dass ich früher zu feige war. Ich habe mich vor Entscheidungen gedrückt", sage ich. „Ich habe dich vermisst."
Luba schaut mich lange an, während wir wie zwei halbe Bündel nebeneinandersitzen. „Das hast du früher auch

gesagt." Sie schüttelt den Kopf, als verdränge sie den Gedanken.
„Wann musst du eigentlich zu deiner blöden Arbeit zurück?"
„Ich gehe nicht mehr hin."
„Hast du einen neuen Job? Dann Glückwunsch."
Sie weiß nicht, ob sie mir glauben kann.
Ich greife nach meinem Handy, aber es ist nicht da. Mir fällt ein, wo es sein muss.
„Warte", sage ich und renne zum Schuppen. Ich rutsche aus, rappele mich auf. Staub schlägt mir entgegen. Dort. Ich laufe zu Luba zurück.
Ich setze mich neben sie, reibe den Dreck meiner Hände an der Hose ab. Beginne zu tippen, während sie meinen Bewegungen folgt.
„Sehr geehrte Frau Reichert."
Ich zeige es ihr. „Du kennst sie vielleicht noch, sie kommt jetzt ganz groß raus."
Luba hält ihre Hand über den Bildschirm, damit sich das Licht nicht darin spiegelt.
„Hiermit kündige ich fristlos."
Zusammen halten wir das Handy fest. Mühsam tippe ich mit der linken Hand weiter. „Murighiol, im Mai, Lukas Brandt."
Die Nachricht verschwindet nicht vom Bildschirm, als sperre sie sich.
Hätte ich direkt der Personalabteilung schreiben müssen?
Die Nachricht erlischt.
Übertragen.
Stille. Nur das Wasser schlägt sanft an den Steg.
„Danke", sagt Luba und fasst meine Hand.

zwei

Sie sitzt auf dem Ast und zeigt über mich hinweg. „Dort hinten ist es! Ich dachte schon, ich würde es nicht mehr sehen."
Luba strahlt, ihr Gesicht liegt in einem Kegel von Haaren. Ich stütze sie, als sie herunterklettert. Für einen kurzen Moment bleibt sie in meinen Armen stehen.
Sie fasst meine Hand und zieht mich hinter sich her. Der Duft von Harz, dünne Stämme, die der Wind umgeknickt hat. Etwas weiter ein gekippter Riese, die Wurzeln in der Luft, die vergeblich nach Halt suchen.
„Sie wachsen hier nicht tief", sagt Luba und kniet, lässt ihre Hände durch das Wurzelwerk gleiten, feiner Sand rieselt durch ihre Finger. „Aber weißt du, was schön an ihnen ist?"
Ich muss die Augen schließen. Sie nimmt meine Hände und bewegt sie durch das Geflecht. Die Wurzeln fühlen sich seltsam lebendig an. Kühl, erdig. Haarig. Sie kitzeln und kratzen auf meiner Haut, bis ich einen gewölbten Stein spüre, rillig und flach. Ich darf die Augen wieder öffnen. Der Stein ist eine Muschel, eine ganz normale Muschel, wie es sie überall am Strand gibt. Auch andere sind mit den Wurzeln verwoben.
„An dieser Stelle war einmal das Meer."
Luba zeigt um sich, und in diesem Moment sehe ich mich tatsächlich am Meer stehen. Mitten im salzigen Wasser. Noch nie waren wir zusammen dort, nur an unseren Seen. Luba löst eine der Muscheln aus den Wurzeln, klopft mit den Fingerspitzen den Sand aus und gibt sie mir.
„Und jetzt suchen wir richtige."

Der Weg wird sandiger. Kurzes Gras, Ausläufer von Dünen. Luba zieht mich immer weiter. Zwei Hühner flattern vor

uns auf, keine Ahnung, wie sie hierhergekommen sind. Knochen liegen am Wegesrand, Federnreste.
„Es ist nicht mehr weit", sagt Luba. „Es beginnt am Ende des Sees."
Aus dem Schilf schiebt sich ein Angler in seinem klobigen Ruderboot. Er hat die Kapuze tief in das Gesicht gezogen. Er bemerkt uns, ruft.
Luba läuft ein Stück in seine Richtung, lange redet er auf sie ein. Sie winkt ab, sagt etwas. Sie schüttelt den Kopf, als sie zurückkommt.
„Kennst du ihn? Was hat er gesagt?"
„Nichts. Er hat nur Angst", sagt sie und zeigt zum Himmel. Die Wolken stehen tief. Zwei Möwen fliegen dicht über uns, der Wind treibt sie ab. Ihr nervöses Lachen.
Luba läuft weiter, bis wir vor den Dünen stehen. Das Gras biegt sich in alle Richtungen, wilde Kreisel. Wir ziehen die Schuhe aus, der Sand ist noch warm, Wind kühlt unsere Haut. Dann zeigt es sich: ein blaues Band mit weißen Püscheln. Die Püschel auf den Wellen heben ab. In unserem Rücken liegt der See, diesig im Horizont, als könne er sich nicht entscheiden, wohin er gehören will, zu der Donau dort hinten oder hierher, wo das Salzwasser zu ihm drängt, nur notdürftig von den Dünen gehalten.
Wir setzen uns. Schauen auf das Schwarze Meer vor uns. Ich überlege mir, welche Länder sich dahinter erstrecken, Georgien fällt mir ein. Russland. Die Türkei.
„Willst du die Leute noch immer auf die Länder verteilen, die sie verdienen?"
Luba lächelt. „Vielleicht. Warum nicht?"
„Dürfte ich in demselben Land sein?"
„Ich weiß ja selbst nicht, wohin ich gehen werde."
„Das macht nichts." Und weil sie nicht antwortet: „Vielleicht könnte ich sogar die Sprache lernen. Ich bin nicht immer so dumm."

„Na gut, vielleicht könnte ich dir dabei helfen. Ich könnte dir aber auch bei anderen Dingen helfen. Du hast noch viel zu lernen, das weißt du hoffentlich?“
Ich lege mich hin. Bewege Arme und Beine wie ein Hampelmann zu den Seiten. Luba legt den Kopf auf meine Brust. Ich fühle ihre Wärme, mein Herz schlägt durch ihr Gewicht schneller.
„Weißt du, als es bei uns nicht mehr so lief, habe ich an manchen Tagen gedacht, ich wollte nicht mehr in deinem Leben sein, sondern nur noch in meinem. Da wusste ich, dass wir noch nicht wirklich zusammengefunden hatten.“
„Mir ging es ähnlich“, sagt sie. „Ich hatte mir gewünscht, wir könnten nur für uns sein, ohne mein Land, ohne deins, verstehst du? Ohne unsere Eltern. Ohne unsere Schulen. Vielleicht sogar ohne unsere Erinnerungen. Ich wollte eine Ahnung haben, wer du bist. Dich völlig nackt sehen.“
Ich richte mich auf. Sie rutscht mit dem Kopf von meiner Brust, ihr empörter Blick.
Ich streife mein Hemd ab. Die Hose. Die Unterwäsche. Ich renne die Dünen hinunter in Richtung Wasser. Ich höre Luba hinter mir, wie sie schreit. Sie ist halbnackt, stolpert, als sie den Slip über die Beine zieht. Sie ruft meinen Namen. Ihren eigenen. Ich rufe zurück, da stößt sie mich schon um. Ich tauche in die kalten Wellen, mein Herz rast. Lubas Mund ist weit geöffnet, als ich wieder auftauche, ruft sie noch immer, steht gegen den Horizont, ihre Augen und Zähne leuchten.
„So siehst du also jetzt aus. Du hast Speck angesetzt!“, ruft sie.
„Du wolltest es ja so.“
Wir liegen uns in den Armen, ein Gefühl von kaltem Krepp, so eisig ist unsere Haut. Lange bleiben wir stehen, küssen uns. Spüren die Wärme an der Brust.

Wir überspringen die Wellen. Luba stöhnt auf, stolpert. Beugt sich, zieht ein Stück Muschel aus dem Fuß. Kurz färbt sich das Wasser an der Stelle rosig. Schon hat es die Strömung zurückgezogen.
Wir legen uns hin, eine dicke Sandschicht bleibt an unseren Körpern kleben. Luba rollt sich zur Seite, rollt weiter, ich rolle ihr nach, Steinchen drücken sich in unsere Haut, ein Rollen auf Schmirgelpapier. Wir atmen schwer. Sandbepackt. Wieder das Lachen der Möwen. Unser eigenes.
Lubas Brustwarzen ragen aus dem Sandkorsett heraus, ihr Bauch trägt eine dunkle Maske. Der Sand reicht mir bis zum Becken, nur meine Narbe hebt sich weiß ab, mit ihrer gesichelten Form. Eine *Cäsarennarbe.*
Weitere Wörter kommen in meinen Kopf. *Walwender. Ohneland.*
Ich lege mich auf sie, sie stöhnt auf.
„Du bist jetzt wirklich schwer."
Sie fühlt sich warm an und kratzig.
„Aber ich mag das."
Liebesspeck.

*

Der Sand in meinem Gesicht weckt mich auf. Wir liegen ineinander verschlungen. Der Wind weht Lubas Haar über meinen Mund. Mich fröstelt. Über uns haben sich die Wolkentürme schwarz gefärbt. Selbst ihre Spitzen zeigen ins Dunkel. Behutsam löse ich mich aus Lubas Umarmung, richte mich auf und betrachte das Meer. Unser Spiel von früher fällt mir ein, die Fragen:
Was wäre, wenn du dir ein neues Land aussuchen könntest?
Was wäre, wenn du im gleichen Haus wie ich aufgewachsen wärst?

Oder jetzt: *Was wäre, wenn wir uns nicht mehr getroffen hätten?*
Weit draußen ein Segelschiff vor einer schwarzen Wand. Die zwei Segel pumpen wie die Flügel zweier bleicher Lungen. Luba hat sich neben mir aufgerichtet, auch sie beobachtet das Schiff.
„Als ich das letzte Mal hier war, dachte ich, ich werde in ein Boot steigen, irgendeins. Natürlich wäre es die falsche Richtung gewesen."
Lubas Hände krallen sich in den Sand. Ich weiß, sie denkt jetzt daran.
„Hast du meine Tagebücher gelesen?"
„Ich …"
Sie legt ihre Hand auf meinen Mund. „Nicht jetzt. Ich nehme es dir nicht übel."
Sie streicht den Sand von meinen Lippen. „Früher habe ich mich immer gefragt, was gewesen wäre. Ich meine, ein anderer Ort, eine andere Zeit. Früher habe ich auch immer gedacht, dass es viel wichtiger ist, sich vorzustellen, wie man sein könnte. Verstehst du?"
„Ja. Ich habe als Kind wohl deshalb immer so viel erfunden."
„Schreibst du noch?"
„Nein, aber ich habe zumindest mein Netbook dabei. Und du? Zeichnest du wieder?"
„Nur ein paar Skizzen."
„Du bist so gut darin. Das Zeichnen gehört zu dir."
„Wie denn? Ich kann es mir momentan nicht leisten, ich muss erst einmal Geld verdienen."
„Du solltest es trotzdem wieder versuchen."
Sie gräbt die Füße in den Sand, die rissigen Zehen schauen heraus.
„Sorry, ich weiß, dass es ungerecht ist. Ich meine, dass du nicht das haben konntest, das du verdient hättest."

Auch ihre Zehen verschwinden im Sand.
„Wie wäre es, wenn du deine Geschichte zeichnen würdest und ich schreibe dazu? Ich meine, wie sie hätte sein können."
Ungläubig schaut sie mich an.
„Ich bin doch nicht deine Muse. Schreib dein eigenes Leben auf."
„So habe ich es doch nicht gemeint."
„Dann sag' es nicht."
Sie steht auf. Ihr Körper ist schwarz vor der untergehenden Sonne. Als würde sie in einem brennenden Himmel stehen.
„Warum hast du dich damals so davongestohlen?"
Schon zieht sie ihren Slip an, das Top, die Hose. Die Wolken liegen über uns wie fester Rauch.
„Lass uns gehen", sagt sie. „Es wird einen schweren Sturm geben."

Der Wind entlädt seine Wut und peitscht von allen Seiten, als wir zurück über die Dünen laufen. Die Möwen ducken sich weg. Dicht an dicht sitzen sie im Gras, schützen ihre Nester. Der Fischer mit seinem Boot ist verschwunden. Für einen kurzen Moment färbt die Sonne den grünlichen Teppich auf dem See, dann öffnet der Himmel sich, sofort sind wir nass. Der Wind kühlt unsere Körper aus, die Bewegungen schmerzen. Dreck klebt an unseren Füßen. Wir springen über einen Graben, den schon das Wasser gefüllt hat. Kurz habe ich Angst, wir könnten den Weg zurück nicht finden, dann erreichen wir den Wald. Äste brechen, ein kaltes Knacken. Luba knickt um, ich stütze sie. Der Regen peitscht jetzt in unser Gesicht, selbst die Bäume bieten keinen Schutz.
Endlich erreichen wir den Lagerplatz.
Kurz bleibt Luba stehen, dann geht sie wortlos zu ihrem Häuschen.

Der Sturm hat die Schuppentür aufgerissen und eine Ecke unter Wasser gesetzt. Ich ziehe mich aus, wickle mich in das Hemd ein, in die kratzende Decke.
Ich denke daran, ob das Schilf in Lubas Dach hält. Ich hoffe, dass sie etwas Schlaf findet. Vergisst.
Mich fröstelt. Ich habe Angst vor dieser Nacht.

*

Ich wache auf.
Blitze zucken, sofort kracht der Donner.
Regen dringt durch das Dach und nässt meine Decke. Ich höre, wie draußen die Baumkronen schwanken. Die Rahmen der Scheiben quietschen, die Verriegelungen schlagen an das Holz. Tok, toktok, tok-ot.
Ich sehe sie wieder vor mir, es ist unsere letzte Nacht.
Luba hat den Kopf zur Seite verdreht, während ich blute. Die Spitze des Brotmessers steckt noch immer unterhalb meiner Schulter. Der Griff in unseren Händen. Endlich schaffe ich es, Lubas Finger zu lösen, Finger für Finger, sie sind kalt und steif. Das Messer löst sich dabei.
Als ich wieder zu mir komme, weiß ich nicht, wie lange wir schon liegen. Es ist dunkel geworden, von draußen fällt Laternenlicht auf den Boden. Kurz habe ich das Gefühl, im Raum zu schweben und uns von oben zu sehen: ein in sich verhaktes Paar.
Mühsam richte ich meinen Oberkörper auf, taste die Wunde ab: Sie hat aufgehört zu bluten, zum Glück ist sie nicht tief. Ich horche nach Lubas Atem, fühle ihren schwachen Puls. Sie schläft.
Ich gehe zum Telefon, um einen Arzt zu rufen, ich spreche leise, sie soll es nicht hören. Erst als das Blaulicht über das Laternenlicht schwingt, ziehe ich meine Jacke an und gehe nach draußen.

Als ich mit dem Notarzt hereinkomme, richtet Luba sich gerade auf. Ihre Augen sind pechschwarz.
Der Notarzt tastet sie ab, während er das Messer liegen sieht, fragt, wie sie heiße.
„Luba", sagt sie, „Luba Ohneland".
Er trägt eine Wundsalbe auf ihre zerkratzten Unterarme auf, tauscht mit dem Sanitäter Blicke aus, fragt weiter.
„Dienstag", antwortet Luba. „Zwölf plus zwölf macht vierundzwanzig."
Der Arzt nickt jedes Mal, sonst sagt er nichts. Der Sanitäter reicht ihm Bandagen, sorgfältig umwickelt er Lubas Unterarme.
Als er aufsteht, nimmt er das Messer vom Boden und bittet mich in den Flur. „Da ist nichts Schlimmes, aber sie sollte zur Beobachtung, und von Messern sollte man sie fernhalten." Er würde Luba gerne in einer psychiatrischen Abteilung untersuchen lassen, meint er, während ich stumm vor ihm stehe, das sei im Moment das Beste.
Erst als sie Luba mitgenommen haben, ziehe ich die Jacke, mit der ich meine Wunde verborgen hatte, wieder aus. Ich nehme einen übriggebliebenen Verband und wickle ihn mir um die Brust. Wie betäubt fahre ich zur Notaufnahme des nächsten Krankenhauses. Ich fülle Formulare aus, ohne sie vorher zu lesen. Mit wenigen Stichen nähen sie mich. Danach lässt man mich nach Hause gehen, weil ich sage, draußen warte jemand schon auf mich.

Ohrenbetäubender Krach reißt mich aus meinen Gedanken, noch nie habe ich ein Geräusch wie dieses gehört. Und doch weiß ich, dass ein Blitz eingeschlagen hat. Als ich die Tür öffnen will, reißt mir der Wind den Griff aus der Hand, sofort durchnässt mich der Regen. Nicht weit vor mir steht ein Baum in Flammen, bis zum Schuppen strahlt die Wärme ab, das unwirkliche laute Knacken.

Erst zwei Tage später rief ich auf der psychiatrischen Station an. Ich gab mich als Lubas Bruder aus. Die Schwester am Telefon fragte, wie denn der Nachname sei. „Matei", sagte ich, und als sie den Namen nicht fand, „Ohneland". Die Schwester sagte, körperlich gehe es ihr gut, die Suizidgefahr jedoch sähen die Ärzte noch nicht gebannt. Wie lange sie schon Depressionen habe? Ob ich denn nicht vorbeikommen wolle? Ich versprach es und bedankte mich.
Eine Woche darauf meldete ich mich bei Radka. Ich ahnte, dass Luba Schutz bei ihr suchen würde. Ich bat Radka, nichts von meinem Anruf zu sagen.
Noch am Abend kam Radka vorbei, um ein paar Sachen zu holen, von der sie glaubte, Luba könne sie jetzt brauchen. Radka packte das Nachthemd ein, die Mokkakanne und die Essstäbchen. Den Bildband über Sizilien. Sie sah mich nicht an, so tief war ihr Hass auf mich.

Ich spüre die Hände an meiner Schulter, man ruft mich. Lubas Gesicht zeigt sich über mir, ihr Mund bewegt sich. Sie schüttelt mich, kniet sich zu mir, umklammert mich.
„Was machst du nur?"
Erst jetzt bemerke ich, wie ich im kalten Schlamm vor der Hütte liege. Meine Narben schmerzen. Ich spüre den Schmerz von meinem Becken und meiner Brust, er zieht sich tief in mein Gehirn.
Ich zeige auf den brennenden Baum, während der Regen auf uns prasselt und sie versucht, mich aufzuziehen, nur langsam weicht die Taubheit aus meinem Körper, aus dem Kopf.
„Ich habe an damals gedacht", sage ich.
Sie schlägt mir ins Gesicht.
Umarmt mich.
„Es tut mir leid."
„Sei jetzt still", sagt sie.

eins

Die Sonne ist hervorgekrochen, rot, blutig. Durch das kaputte Fenster höre ich den Regen von den Zweigen tropfen. Die Vögel singen wirr von der stürmischen Nacht.
Luba liegt neben mir, sie schläft, die Haare bedecken ihr Gesicht. Ihr Atem bewegt die Spitzen.
Mir ist kalt, ich bin bis auf die Unterhose nackt. Ich schäle mich aus dem Bett, das mit dem Kopfende in Lubas Schrank reicht. Sie muss es in der Nacht hineingeschoben haben. Das Fußende steht in einer Lache, Pfützen überziehen den welligen Boden.
Luba wacht auf. Ihr Blick fällt auf mich, das löchrige Dach, auf das Wasser und Schilf am Boden. Sie steht auf, nimmt Pullover und Hose aus dem Schrank und zieht sie sich über. Wortlos wirft sie mir eine Turnhose zu, ein T-Shirt. Ich zwänge mich hinein, Hand- und Fußgelenke schauen heraus, vier bleiche Bänder. Feuchtes Fell streift an meinen Füßen entlang, Missy.
Draußen hat der Wind die schmalsten der Bäume geknickt. Still betrachten wir das vom Unwetter zerstörte Haus, Luba sagt: „Hier können wir jedenfalls nicht mehr bleiben.“

Auf dem Weg zum Schuppen liegt kalter Rauch in der Luft. Der vom Blitz gespaltene Baum wirkt wie ein längliches Stück Kohle, ein Stück Kohle mit Resten von Ästen. Im Schuppen hat sich der sandige Boden in Matsch verwandelt, Blätter und Zweige stecken darin, die strohige Puppe kopfüber. Ich hole mein Netbook aus der Kommode, mein Handy, mein zweites Hemd, Luba die Decken.
Der Wald glitzert irrwitzig. Der Weg zum Steg ist uns schon vertraut. Ich breite die Decken auf den Holzplanken aus

und ziehe mein Hemd aus. Luba legt sich neben mich. Ich spüre ihre Haut, die Sonne.
Feiner Nebel hängt in der Luft. Er kann nicht vor und nicht zurück. Luba streicht über meine aufgeschürften Wangen, den Hals, die zerkratzten Arme, sagt zärtlich: „Was ist nur aus uns geworden?“
Sie richtet sich auf, zeigt auf mich, den See, die Weite vor uns.
„Weißt du noch, am Nikolassee?“, sage ich.
„Unser Spiel?“
„Es ist gut, dass wir uns jetzt auch normale Fragen stellen.“
Sie nickt: „Und was sollen wir jetzt machen?“

*

Lange liegen wir da, während der Nebel sich lichtet, die Sonne ihren Zenit erreicht und weiterwandert. Wir saugen ihre Energie auf. Wie ausgelaugt wir waren.
Die Luft hat sich aufgeklart, Luba hat die Augen geschlossen, ihre Augäpfel bewegen sich unruhig unter den Lidern.
Ich stehe auf, ziehe mir das Hemd wieder an. Ich bin jetzt völlig klar im Kopf.
Der Steg vibriert unter meinen Schritten. Ich laufe an der Feuerstelle vorbei, Asche überzieht den Weg. Durch die Schuppentür scheinen die bleichen Beine der Puppe im Sand, ich nehme das Handy.
Vier verpasste Anrufe auf dem Display, alle aus Stuttgart. Reichert.
In diesem Moment klingelt es. Ein Ton wie aus einer fremden Welt. Ich nehme das Gespräch an.
„Endlich. Warum gehen Sie denn nie ran? Sie haben die Kündigung doch niemand anderem geschickt?“
„Nein, aber ...“
„Etwa dem Geschäftsführer?“
„Nein ...“

Schon habe ich das Rauschen im Ohr, ein erleichtertes Seufzen.
„Ich habe Sie unterschätzt. Sagen Sie mir, was Sie von mir wollen."
„Ich verstehe nicht."
„Sie wissen ganz genau, dass ich jetzt Erfolge vorweisen muss. Ohne ihre Kunden klappt das nicht. Der Geschäftsführer ahnt, was ich plane. Ich brauche Sie auf diesem Posten."
Luba ist mir gefolgt, sie steht im Schatten der Bäume. Wie schön sie aussieht. Reichert soll uns nicht stören. „Okay, dann ..."
„Okay? Hören Sie mir überhaupt zu?"
Luba kommt näher, eine schmale Falte bildet sich über ihrer Nase. Vielleicht meint sie, es gehe um sie. Vielleicht meint sie auch, Radka sei am Apparat. Ich mache mit der Hand eine Bewegung, dass es nicht wichtig ist. Sie deutet die Geste falsch, weicht einige Schritte zurück.
„Wir kennen uns doch schon so lange. Vertrauen Sie mir."
„Ich muss jetzt ..."
Ein hohes Geräusch, wie ein Ballon, aus dem Luft entweicht, sie trägt die Sätze weg. „... und Sie bekommen ein Gehalt wie ein Art Director. Sie haben die Stelle für die nächsten Jahre sicher. Überlegen Sie sich das, ich weiß doch von ihren Schulden." Reicherts Stimme klingt plötzlich monoton, als würde sie ablesen. „Wir machen eine bessere Agentur. Denken Sie an unsere Seniorinnen und Senioren."
Ich höre es und verstehe es kaum, es fällt mir schwer, das Büro, meine alte Arbeit dort zu begreifen.
„Ich überlege es mir", sage ich, damit endlich wieder Ruhe ist.

„Was war?"
Lubas Miene heitert sich auf, als sie mich lachen sieht.

Wenn sie wüsste, wen ich dran hatte. Wie Sie Reicherts Anrufe auf meinem Arbeitshandy gehasst hatte.
Doch Luba lacht nicht, als ich es erzähle.
Vielleicht denkt sie daran, wie ich selbst damals war, welchen Druck ich mir machte. Dass ausgerechnet ich Reichert verspotte.
Sie geht ein paar Schritte in Richtung Feuerstelle. Dreht sich um. Zeigt zum Haus, zum Schuppen, zu den geknickten Bäumen.
„Ist das für dich nur ein Spaß?"
„Ich verstehe nicht."
„Was sind deine Pläne?"
„Ich will mit dir zusammen sein."
Sie schluckt. Ich möchte sie jetzt küssen.
„Und wovon sollen wir leben?"
Ich finde schon einen Job, will ich ihr sagen, und du auch. Doch es kommt mir wie eine Floskel vor.
„Warum bist du vorhin von mir weg?"
„Ich wollte etwas mit dem Handy suchen, telefonieren. Eine Lösung finden, irgendetwas."
Es kommt mir jetzt blöde vor.
Luba fragt nur: „Allein?"

*

Es ist Abend geworden und wir haben noch immer nichts gegessen.
Luba hat keine Lust, zur Reuse zu gehen. Im Haus öffnet sie den Schrank, findet eine Dose Ravioli. Missy schnurrt um ihre Beine, doch Luba beachtet sie nicht.
Ich entfache draußen das Feuer. Das Holz ist nass, Rauchschwaden steigen auf und bleiben an den Zweigen hängen.
Luba kommt zu mir und reicht mir die Dose: „Ich bin froh, wenn das alles aufhört."

Die Rauchschwaden über uns verflüchtigen sich nur langsam, ziehen Schlieren entlang der Bäume bis über die Kronen. Tropfen fallen von den Blättern und Nadeln zischend ins Feuer und verdampfen. Ich öffne die Dose mit dem Messer und stelle sie in die Glut, für einen kurzen Moment flammt das Papier an den Seiten wie Magnesium auf. Hinter uns knarren die Fenster in den verbogenen Rahmen. Die Reste der Scheiben bilden Gebirgsketten aus Glas, in denen sich das Feuer spiegelt. Brennende Zinnen.
Es ist schön, wie sich die Dinge hier verwandeln und niemals fertig scheinen. Sie lassen sich nicht fangen.
Ich nehme die Dose mit zwei Ästen aus dem Feuer und stelle sie vor uns ins Gras. Wieder zischt es. Luba taucht den Löffel hinein und rührt um, die Bläschen an der Oberfläche ziehen in die Tiefe hinab. Still betrachtet sie sie. Als würde sie aus Tomatensauce und Nudeln lesen anstatt aus Kaffeesatz.
„Ich habe keinen Hunger."
Sie schiebt die Ravioli zu mir hinüber. Die Dose kippt um, als sie aufsteht und zur Hütte geht, an der Türschwelle bleibt sie stehen.
„Vielleicht sollten wir es noch einmal mit der Agentur versuchen."
„Ich verstehe nicht."
„Könntest du nicht doch mit Frau Reichert sprechen?"
„Wie meinst du das?"
„Dass du zurück in die Agentur gehst. Vielleicht kann ja auch ich dort arbeiten, du scheinst sie ja praktisch in der Hand zu haben."
Ich höre die Worte, ich sehe Luba, ich bringe es nicht zusammen. Ihre Hände gestikulieren, als redete eine zweite auf mich ein.
„Ich brauche wieder ein normales Leben. Eine Dusche. Ein Bett. Etwas Geborgenheit, kein Gewitter. Ich will mich

ausschlafen, etwas Gutes essen. Und ich brauche vor allem einen Job."
Noch immer reden die Hände, wie damals, als ich sie zum ersten Mal über ihre Wünsche sprechen sah, aber jetzt?
„Das alles können wir doch noch finden", sage ich.
„Und wann? Ich brauche endlich etwas Sicherheit, das musst du doch verstehen. Ich könnte meine Schulden abbezahlen. Danach könnten wir den nächsten Schritt wagen."
Sie kommt zu mir, umfasst von hinten mit beiden Armen meine Brust. Ich entwinde mich ihrem Griff.
„Du redest nur von Jobs. Lass uns etwas Zeit. Weißt du noch, wie wir einmal morgens mit dem Auto losgefahren und nicht zur Arbeit gegangen sind, nur mit einer Tasche und noch in unseren Schlafsachen?"
„Und jetzt trägst du meine Turnhose."
Ihre Stimme ist leise geworden: „Es wäre ja nur so lange, bis wir einen guten Job gefunden haben. Du müsstest ja nicht für lange in die Agentur zurück."

*

Luba packt ihre Sachen.
Ich höre den Schrank knarren, das Schnappen der Kofferschlösser. Ihr Seufzen. Sie ist in den Gedanken schon nicht mehr hier. Ich streiche durch Missys Fell, an das sich von unten die Jungen drängen, ihre Pfoten schieben Blätter über den Boden.
Wir gehen zum Schuppen.
Wir legen uns auf das notdürftige Bett, Luba rückt ganz nah, bis sie seitlich auf mir liegt, während das Gitter sich durch die dünne Matratze in meinen Rücken drückt. Bald spüre ich ihn nicht mehr.
Sie schläft, ich aber bin wach. Meine Gedanken wandern zurück in die Agentur, ich kann sie nicht halten.

Ich sehe Reichert vor mir. Mein Tisch steht noch immer am selben Platz. Zu schwer, dass sie ihn verrücken.
Meine Gedanken wandern weiter durch die Stadt. Es sind die Gedanken eines Touristen, so fremd ist mir Stuttgart geworden. Ich sehe mich langsam durch die Straßen gehen, oft bleibe ich stehen. *Kronprinzstraße, Königstraße, Schlossplatz.* Kulissennamen. Ich schaue hinter die Fassaden, ob es etwas zu entdecken gibt, schon schließen sich die nächsten Attrappen an. Könnte ich sie doch umstoßen, zertrümmern, wenigstens eine Lücke reißen, die etwas Raum für Neues schafft, dass sich zumindest das Licht flach in die Wege drängt, die langen Schatten der Passanten sich in flüchtigen Würfen berühren. Ich möchte die Läden fliegenden Händlern überlassen, die einen mit einem Espresso und einem Dutzend Schals um den Arm umgarnen und bequatschen.
Ich schließe die Augen, wieder zieht es mich zum Marienplatz zurück, vorbei an den hippen Cafés, Müßiggängern und Eis liebenden Menschen, die hier Italien nachspielen, das für Luba und mich jetzt Vergangenheit ist. Ich gehe in die Hohenstaufenstraße hinauf, in den Hof zur Agentur, in das Treppenhaus voll Bohnerwachs und knarrenden Stufen. Ein Haus, das für Wünsche geschaffen ist, für Herzensdinge. Nicht für Werbeversprechen.
Kurz sehe ich Luba vor mir, wie sie Skizzen für Stützstrümpfe und Duschkopfhörer zeichnet. Ich verdränge den Gedanken.
Stattdessen bin ich ganz nah bei ihr, hier, wo der Sturm uns getrennt und zusammengeführt hat, wo sich unsere Bahnen ein zweites Mal kreuzten. Ich stelle mir vor, wie wir zusammen nach Stuttgart fliegen, doch nicht in einem Flugzeug, wir fliegen selbst, der Flug zweier Kometen.
Die Luft zittert, wir zittern und stoßen uns, wir gewöhnen uns noch an unsere gemeinsame Bahn. Im Flug reiben

wir einander die eisigen Hüllen ab, werden schmaler, fast durchsichtig, Kerne aus Stein und Staub. Die Luft singt und zischt, als wir uns der Stadt nähern, doch als wir landen, mitten auf dem Platz, uns in zwei knöcheltiefe Gruben drücken, sieht und hört es keiner, nur die U-Bahnen unter uns rattern. Die Menschen zeigen mit ihren Eiswaffeln nach oben, auf unseren abgeworfenen Schweif. Kurz steht er in ihren Augen still, wie ein Nachleuchten.
Wir aber klopfen den Staub unserer Hosen ab und erklimmen die Karlshöhe, steigen auf eine Brüstung und lassen die Beine baumeln. Wir ignorieren das aufgeregte Summen der Menschen unter uns, schauen auf die Hügel, hinter denen der Neckar fließt. Könnten wir uns noch treiben lassen, wenn wir wollten? Den Neckar hinauf bis zum Rhein, der seine Schleifen zieht und abtaucht ins Meer, irgendwo dort hinten? Könnten wir zusammen wieder und wieder auf neue Weise in die Stadt zurück?
Die Abendsonne fällt durch die offene Schuppentür, Luba bewegt sich auf mir, murmelt: „Was ist los? Du bist so unruhig."
„Wir waren Kometen", sage ich.

null

Behutsam stehe ich auf, hebe dabei sacht Lubas Arme von meiner Brust, während sie weiterschläft. Ich möchte es aufschreiben, egal, ob ich es vorhin gedacht oder erträumt habe – ich möchte mich daran erinnern.

Ich nehme mein Netbook von der Kommode und gehe nach draußen. Nebel verdeckt den Sternenhimmel, doch der Weg ist mir schon vertraut. Erdklumpen kleben sich an meine Fußballen. Wasser schlägt gegen den Steg. Das Holz vibriert, schwingt mit jedem meiner Schritte nach. Morgen wird Darian kommen. Drei Tage hat er gesagt, dann wolle er nach uns schauen. Die Zeit kommt mir viel länger vor.

Ich schalte das Netbook ein, der Akku zeigt noch vierzehn Prozent an. Wo es mich schon überall begleitet hat. Bei meinem Unfall. In der Wüste. Auf Bogdans Fest. Immer war es da, ich habe kaum darauf geachtet. Es hat eine fleckige Struktur bekommen, ein flacher, dreckiger Marmorstein.

Ein Hinweis erscheint, schwarze Schrift auf weißblauem Grund: „Ihr System wurde seit langem nicht mehr genutzt. Aktualisieren sie es, damit die Funktionen gewährleistet sind."

Ich will nicht warten, ich tippe, während um mich die Bäume tropfen. Der Duft von Harz, Wasser, Moder und Gras. Von Schilf. Von Blüten, Rauch und Kohle. Entfacht von einem einzigen Unwetter. Wann es wohl das nächste gibt?

Ich versuche, mich an Unwetter zu erinnern. In den Bergen: das polternde Geröll, das sich nach einem Einschlag löste, Donnerhall. Als Kind im Garten, im Baumhaus: der wütende Regen, während ich mit den Ästen wie ein dünner Vogel schwanke. Jedes Mal war ich hinterher

vollgepumpt mit Adrenalin, einer Energie, die sich erst spät verflüchtigte.
So ein Gefühl ist es auch jetzt.

*

Ich weiß nicht, wie lange ich geschrieben habe, als der Steg wieder vibriert, schon sehe ich in Lubas fragendes Gesicht. Sie setzt sich zu mir auf die Planken, zieht gegen die Kälte ihre nackten Beine an.
„Ich dachte mir schon, dass du hier bist."
Ich nehme sie in den Arm, mein T-Shirt, die Turnhose sind feucht und klamm. Selbst meine Haare sind nass.
„Was hast du denn mir im Schuppen nur alles erzählt? Stuttgart liegt also am Meer? Und wir waren Kometen?"
„Du schläfst wohl nicht tief."
Wortlos legt sie mir ein Notizbuch auf die Schenkel.
Ich schlage es auf. Es ist kein Tagebuch. Ich bin darin zu sehen, im Nachtlicht wirke ich blass.
Ich erkenne mich auf dem piksenden Bettgestell. Ich habe die Augen geschlossen, und doch ist zu sehen, dass ich träume. Wann hat sie die Skizze gemacht?
Ich blättere weiter. Sie hat noch mehr gezeichnet, wieder bin ich das Motiv.
Nackt liege ich im Regen, der brennende Baum hinter mir, der ganze Wald, scheint es, steht in Flammen.
Dann sehe ich mich vor dem Schuppen telefonieren. Mein Mund ist weit aufgerissen, die Augen, meine Hand macht ein seltsames, linkisches Zeichen, das wohl Luba meint. All das sieht übertrieben aus und überdreht. Und doch sehe ich mich glücklich.
Wie gut sie mich kennt.
Sie nimmt das Notizbuch und blättert darin. Dreht es zu mir.

Ich treibe im Meer, die Füße ragen weit heraus wie Otterflossen. Mein Kopf ist ein Duschkopfhörer mit Micky-Maus-Ohren. Aus meinem Mund ergießt sich der Schwall der Brause.

„Dazu scheinst du ein schwieriges Verhältnis zu haben", sagt Luba. „Ich weiß nicht einmal, was das ist."

„Ich weiß auch nicht, wie sie funktionieren. Ich habe nur den Slogan geschrieben."

„Nur?"

Sie seufzt und klappt das Notizbuch wieder zu.

„Erinnert dich das an etwas?"

„Das weißt du ganz genau", sagt sie.

„Magst du jetzt Dinge, die keiner braucht?", frage ich.

Wir umarmen uns, ihr Herz hämmert, vielleicht ist es auch meins. Wir riechen nach Salz, feuchten Haaren und Schweiß. Ich spüre ihren Atem an meinem Ohr, sie flüstert: „Okay, fuck the office."

Ich streiche mit den Lippen über ihr Gesicht zu ihrem Ohrläppchen.

„Fuck Stuttgart", flüstere ich.

„Fuck Romania", flüstert sie, und ich hauche: „Fuck Popescu, fuck Securitate, fuck your father. Fuck everybody."

Sie legt ihre Hand auf meinem Mund.

„Jetzt übertreib' es nicht."

Lange bleiben wir sitzen. Es kommt mir fast unwirklich vor, ihre Nähe zu spüren, während die Mücken summen und das Schilf nach Moder riecht, ihre warme Haut.

„Aber ich werde mich bestimmt nicht noch einmal finden lassen", sagt sie.

Wir lachen, klingen wie aufgeschreckte Möwen.

Ihr Gesicht ist jetzt ernst.

„Werden wir dieses Mal besser auf uns aufpassen?"

*

Ich nehme die Tasche und ordne meine Sachen. Zwei gebrauchte Unterhosen. Ein Duschgel mit Rosengeruch. Die Rasierklinge mit etwas Schaum. Das Ersatzhemd mit dem stilisierten Schiff darauf.

Mein Netbook.

Luba hat ihre rote Reisetasche geöffnet, behutsam verstaut sie ihre Skizzen darin.

Die Farbe der Dämmerung wechselt in ein helles Violett und färbt sich blau. Der Wind treibt Blätter in die Höhe, sie flattern um die Wipfel wie junge Vögel.

Ich werde wieder schreiben. Reportagen. Vielleicht, was ich hier erlebt habe.

Missy begleitet uns ein Stück, dann läuft sie klagend zurück.

Das Geräusch des Motorboots.

Darian. Sein schmales, bärtiges Gesicht.

„Wohin soll es gehen?"

Das Wasser schlägt an das Boot. Lubas Haut reibt an meiner, unsere Füße zittern und kitzeln. Um uns schlagen die Flügel von Pelikanen, beidbeinig tapsen sie über das Wasser, es sieht aus nach Fliegen und Stürzen, und doch heben sie ab.

Vor dem Kanal ziehen sich die Äste zurück.

Das Wischen von Licht.

Aus dem Verlagsprogramm

Hilde Link
„Die Weltreisenden " – Schleichwege zum Hass
Oral-History-Roman
ISBN 978-3-946046-26-4

Florin Iaru
Die grünen Brüste
Erzählungen
ISBN 978-3-946046-17-2

Sigrid Katharina Eismann
Das Paprikaraumschiff
Roman
ISBN 978-3-946046-18-9

Rayna Breuer
Platte 317
Roman
ISBN 978-3-946046-25-7

Klaus Rohrmoser
flüstern
Erzählung
ISBN 978-3-946046-28-8

Verlagspreis Literatur des Landes Baden-Württemberg 2022

Aus dem Verlagsprogramm

Pavol Rankov
Der Kleine Donaukrieg
Roman
ISBN 978-3-946046-31-84

Georgi Tenev
Christo und die freie Liebe
Roman
ISBN 978-3-946046-36-3

Zoltán Lesi (Hg.)
An unseren Grenzen haben wir Angst
Anthologie
ISBN 978-3-946046-38-7

István Örkény
Rebellion in der Nussschale
Ein Lesebuch
ISBN 978-3-946046-34-9

Oxana Matiychuk
Rose Ausländers Leben im Wort
Graphic Novel
ISBN 978-3-946046-27-18

Gesamtprogramm: www.danube-books.eu

Lyrikreihe edition textfluss

Lothar Quinkenstein
Die Brücke aus Papier
Sprachen der Bukowina
ISBN 978-3-946046-21-9

Bogdan Coşa (Hg.)
Die Spitzenelf / Primul unsprezece
(rumänisch/deutsch)
ISBN 978-3-946046-11-0

Mila Haugová
Langsame Bogenschützin/Pomalá lukostrelkyňa
(slowakisch/deutsch)
ISBN 978-3-946046-09-7

Ilse Hehn
Sandhimmel
Lyrik & Übermalungen
ISBN 978-3-946046-06-6

Gesamtprogramm: www.danube-books.eu

Lyrikreihe edition textfluss

Admiral Mahić
Flirrende Visionen / Lepršava priviđenja
(bosnisch/deutsch)
ISBN 978-3-946046-16-5

Kristiane Kondrat
Wer tanzt im Niemandsland
ISBN 978-3-946046-33-2

Franz Hodjak
Im Ballsaal des Universums
ISBN 978-3-946046-35-6

Sigrid Katharina Eismann
Dschangakinder
ISBN 978-3-946046-30-1

Sophie Reyer
Silberstrom bin ich
ISBN 978-3-946046-23-3